인동초
김대중

인동초
김대중

| 박병두 다큐소설 |

고요아침

| 작가의 말 |

사람이 살다 보면 잘될 때가 있고 뭔가 안 풀리는 때가 있다. 무난하게 기복이 없이 사는 사람도 있으나 대부분은 삶에 있어서 고난의 순간이 항상 오게 된다. 이러한 고난의 순간에 대부분의 사람은 왜 나에게 이런 일이 벌어지는가? 세상을 원망하고 자괴감에 빠지는 사람들이 많다.

대한민국은 식민지로 현대를 맞았고 해방과 동시에 동족상잔의 비극인 한국전쟁을 맞이하게 되었다. 식민지로 수탈당하고 전쟁으로 나머지 가진 것 마저 모두 잃게 되었다. 그럼에도 불구하고 대한민국은 어려운 여건을 이겨내고 세계에서 손꼽히는 경제대국이 되었다. 대한민국은 경제 대국임과 동시에 민주화가 발달된 나라로도 알려져 있다. 경제와 민주화를 동시에 이룬 극히 보기 드문 국가라는 것이다.

이러한 경제의 성공은 박정희, 전두환, 노태우로 이어지는 군부의 결과라면 민주주의는 김영삼과 김대중의 목숨을 건 투쟁을 통해 얻어진 값진 승리의 결과가 아닐까 생각한다. 수많은 훌륭한 민주주의 투사들 가운데에서도 특히나 돋보이는 것은 인동초로 불리는 김대중이 아닐까 싶다. 김대중 선생은 성공과 실패를 두루 겪으며 특히나 그의 실패는 웬만한 사람들은 이겨낼 수 없을 정도로 절망에 가득한 커다란 권력의 폭력에 의한 목숨을 잃을 수 있는 수많은 고비들로 이루어져 있었다는 것은 대부분의 사람들에게 알려져 있었다. 그러한 생명의 위협, 그리고 때로는 회유와 타협, 협박, 납치, 수많은 압력 속에서도 결코 타협하지 않고 굴하지 않고 포기하지 않았다. 결국 대한민국에서 가장 큰 위대한 사람의 생을 살았던 것이다.

김대중 선생의 삶의 흔적들을 찾아보면서 기존에 알고 있는 일들 말고도 삶의 고비를 넘긴 순간들이 항상 존재했으며 성공의 순간이 다가와도 결코 안주하지 않고 계속해서 더욱더 큰 목표를 설정하여 노력하는 모습을 보며 감동의 눈물을 흘린 적이 한두 번이 아니다. 그의 삶 안에서 가족에 대한 사랑과 자식을 잃는 아픔. 그리고 사랑하는 부인을 잃은 아픔, 선거에서 패배한 고통, 무시무시한 독재자에게 위협당하고 납치까지 당하는 고통 속에서도 항상 포기하지 않고 위기를 지혜로 이겨내는 모습을 보면서 이것은 현재 고통 속에서 살아가는 많은 대한민국 사람들에게 귀감이 되는 모습이 아닐까, 하는 생각에서 이 글을 쓰게 되었다.

많은 분들이 알고 있는 사실이며 김대중 선생을 소재로 한 글들이 엄청나게 많은 것 또한 사실이다. 그러나 간단하고 쉽게 읽혀질 수 있으며 누구나 쉽게 공감할 수 있는 소설로서 적어진 글들은 많지 않은 것 같다. 그래서 이 소설을 쓰게 되었으며 한자 한자 한 페이지 한 페이지 적어 갈 때마다. 김대중 선생님의 위대한 삶의 여정을 느끼며 탄복하지 않을 수 없었다.

이 글이 김대중 선생을 지지하였거나 혹은 반대하였거나 혹은 어떠한 삶을 살았는지 모르는 젊은이들에게 그 정치적인 좌우와 지역의 대립을 떠나 한국인 중에서 이렇게 고통과 고난을 이겨내고 인내하며 노력한 사람이 있다는 것, 그리고 그러한 삶의 여정을 엿보면서 지금

본인의 고통과 좌절을 이겨내어 자신의 삶을 찾아가는 그러한 계기가 될 수 있기를 바라며 작가의 말을 마치려 한다. 이 글은 김대중 자서전, 옥중서신을 비롯한 많은 저서들과 방송 뉴스 등을 참고 하였음을 알린다.

아울러, 고향 해남으로 귀향한 지 4년이 지났다. 개정판으로 해남군의 문화예술지원금을 받아 출간했다. 감사드린다. 2010년 이 책을 쓰는 시절은 공직으로 있던 필자의 시계였다. 숨죽여 세상을 보고, 주변을 살피지 않으면 안 되었다. 마음은 자유롭지만 사람 사는 세상은 무당처럼 시끄럽고 혼돈의 시대다. 정치인들뿐만 아니라, 국가와 정부가 안정이 되도록 더 많은 이해와 배려가 요구되는 시절이 아닌가 싶다. 노무현, 김대중 대통령이 그리운 시간이다.

2024년 10월
땅끝, 해남 仁松文學村吐文濟 인송문학촌토문재에서
박병두

| 차례 |

작가의 말　　　　　　　　　　　　　　　　004

01 | 대통령 취임　　　　　　　　　　　　　010
02 | 하의도에서 태어나고, 자라다　　　　　038
03 | 1950년대, 사업을 하다　　　　　　　　063
04 | 생(生)과 사(死)의 기로(岐路)에서　　　090
05 | 출마와 거듭되는 낙선, 그리고 아내 차용애의 죽음　　105
06 | 5.16쿠데타와 이희호와의 결혼　　　　116
07 | 대통령후보에 피선. 그러나 피랍으로 곤욕을 치르다　　131
08 | 박정희 사망, 그리고 신군부 등장　　　148
09 | 정계은퇴 성명　　　　　　　　　　　　163

10 | 케임브리지대학 유학과 IMF 한파 184

11 | 동생 대의 사망, 그리고 대통령 당선 199

12 | 금 모으기와 구조 조정 216

13 | 각국 정상과의 회담 235

14 | 북한 방문을 위한 예비회담 260

15 | 방북 278

16 | 김정일과 회담 290

17 | 귀국, 그리고 노벨평화상 318

18 | 인생을 마치다 334

인동초
김대중

01

| 대통령 취임 |

　여의도 국회의사당 앞마당에는 많은 사람들이 모여서 새로운 대통령의 취임연설을 듣고 있다.
　마치 본인의 친구가 대통령이 된 것 마냥 웃고 있는 사람도 있었고, 연설 중간 중간에 박수조차 치지 않고 무심한 표정으로 지켜보는 사람도 있었다. 이들은 국회의사당을 향해 앉아서 새로운 대통령의 연설 중간마다 환성을 올리고 박수를 쳤다.
　이러한 청중과 마주보며 취임연설을 하고 있는 대통령 뒤로 전임 대통령과 정치가들의 모습이 보인다.
　강렬한 햇살에 눈이 부신 듯이 살짝 얼굴을 찡그린 대통령의 연설에는 그 말 한마디 한마디에 강렬한 힘이 실려 있었다.
　"오늘은 이 땅에서 50년 만에 처음으로 여야의 정권이 교체되는 자랑스러운 날입니다."

대통령이 되기까지 겪었던 수많은 고통과 여러 가지 사건 사고들은 당사자뿐만이 아니라 전 국민도 어렴풋이 알고 있을 것이다. 그리고 그러한 고통과 시련을 준 기존 정권의 대통령과 대표들이 새로운 대통령의 취임연설을 가만히 경청하고 있었다.

"잘못하다가는 나라가 파산할지도 모를 위기에 우리는 당면해 있습니다."

당선이 되기 바로 직전 외환위기로 나라 전체가 위기에 빠져 있었다. IMF의 구제금융이 앞으로 어떠한 일을 몰고 올지 아직 심각한 상황을 인식하지 못하는 그런 상황이었다.

"올 한 해 동안 물가는 오르고 실업은 늘어날 것입니다. 소득은 떨어지고 기업의 도산은 속출할 것입니다. 우리는 땀과 눈물과."

15대 대통령은 이렇게 말하고 잠시 말을 멈췄다. 그리고 잠시 뒤에 감정이 실린 울컥한 목소리로 연설을 이어 갔다.

"고통을 요구 받고 있습니다."

경청하던 사람들의 박수에도 감정이 실린 듯 힘없게 울려 퍼졌다.

대통령은 다시 힘을 실어 연설을 이어나갔다.

"도대체 우리가 어찌해서 이렇게 되었는지 냉정하게 돌이켜 생각해 봐야겠습니다. 정치, 경제, 금융을 이끌어온 지도자들이 정경유착과 관치금융에 물들지 않았던들, 그리고 대기업들이 경쟁력 없는 기업을 문어발처럼 거느리지 않았던들 이러한 불행한 일은 일어나지 않았을 것이라고 저는 확실히 단언해 마지않습니다."

청중의 박수와 함성소리가 크게 높아졌다. 새로운 개혁에 대한 기대 때문일지도 모른다.

"잘못은 지도층들이 저질러 놓고 고통은 죄 없는 국민이 당한 것을 생각할 때 한없는 아픔과 울분을 여러분과 같이 금할 길이 없습니다. 이러한 파탄의 책임은 장래를 위해서도 국민들 앞에 마땅히 분명하게 밝혀져야 한다고 저는 강조해 마지않습니다."

청중들의 힘찬 함성과 박수소리가 울려 퍼졌고 새로운 대통령 뒤에 앉아 있는 VIP 중에는 소수만이 박수를 쳤다.

정치, 경제, 교육, 국방, 그리고 외국자본의 유치 등, 국가에 필요한 자신의 소신을 담은 연설을 이어나갔다. 남북 간의 대화와 이산가족의 만남이 꼭 필요함을 강조하는 내용을 담았다. 북한의 지도자와 정상회담을 할 용의도 있음을 밝혔다. 그렇게 새로운 대통령의 취임연설은 종반으로 흐르고 있었다.

"존경하고 사랑하는 국민여러분, 지금 우리는 전진과 후퇴의 기로에 서 있습니다. 우리를 가로 막고 있는 고난을 딛고, 힘차게 전진합시다. 국난 극복의 재도약의 새로운 시대를, 여러분과 같이 열어 갑시다. 반만년 역사가 우리를 지켜보고 있습니다. 조상들의 얼이 우리를 격려하고 있습니다. 후손들이 우리를 바라보고 있습니다. 민족수난의 고비마다 불굴의 의지로 나라를 구한, 이 민족의 자랑스러운 전통을 이어서 우리도 오늘의 곤란을 극복하고 내일을 실천하는 그러한 위대한 역사를 우리 다 같이 힘을 합쳐서 창조하자는 것을 여러분들에게 호소하고 부탁해 마지않습니다."

청중의 함성과 박수의 소리가 높아져 간다.

"오늘의 위기를 전화위복의 계기로 삼아야 합니다. 저는 자신을 가지고 있습니다. 우리 국민 또한 이것을 해낼 수 있습니다. 6.25 폐허에서 일어난 역사가 그것을 증명하지 않습니까? 제가 여러분들의 선두에 서겠습니다. 우리 다 같이 굳게 손잡고 힘차게 나아갑시다. 그리하여 이 국란을 극복합시다. 그리고 세계무대의 선진국으로서의 재도약을 이룩합시다. 그리하여 오천 년 역사에 빛나는 이 대한민국의 빛나는 영광을 다시 한 번 세계만방에 드높이자는 것을 여러분에게 호소해마지 않습니다. 여러분 경청해 주셔서 감사합니다."

전쟁의 폐허 속에서 일어나 놀라운 경제발전을 해왔던, 오직 경제적인 성공을 위해 많은 것을 희생하고 달려온 온 국민들이 전혀 겪어 보지 못했던 경제적인 국란에 봉착한 지금, 두려움 속에서 불신과 기대의 혼돈 속에서 자신을 믿어 달라는 말로 연설을 마친 15대 대통령 김대중은 청중들의 박수를 뒤로 하고 의사당 광장을 걸어 나왔다. 길을 중심으로 양쪽에 도열해 있던 시민들은 박수를 치고 환호성을 질렀다. 그러나 한편으로는 잘 할 수 있을까 하는 표정도 읽을 수 있었다. 국민의 선택을 받아 대통령이 된 야당의 민주주의 투사는 시민의 환호성에 웃으며 기쁘게 손을 흔들지만 마음속 한 편으로는 그동안 자신이 비판해 왔던 대통령의 자리에 직접 앉아서 국민의 기대에 부흥해야 한다는 책임감도 존재하고 있었다.

주어진 짐이 너무나 무거웠다. 그러나 그가 누구인가? 그는 수많은 역경과 고난, 그리고 생명의 위기 속에서도 굴하지 않고 오직 자신의 신념을 지키며 싸워왔던 투사가 아니던가?

그러한 고난 속에서 언제나 중심에 설 수 없을 것 같던 김대중은 이제 대한민국의 중심에 서 있었다. 국내뿐만이 아니라 세계의 많은 이들이 과연 잘해낼 수 있을 것인가? 이 위기를 어떻게 해쳐나갈 것인가, 지켜보고 있을 것이었다.

고난을 의지로 극복하며 이겨내고 마침내 대통령이 되었다. 사람들은 그를 보고 인동초(忍冬草)라고 불렀다. 인동초는 강인한 생명력으로 삶을 이어가는 것으로 알려져 있다.

사람에게 인동초라고 부르는 것은 그만큼 생명력이 강하고 위기를 넘기는 지혜와 용기가 함께 함이 아니겠는가?

대통령임을 상징하는 방탄차에 올라타고 청와대로 가는 그는 잠시 감회에 젖었다. 그러나 그렇게 감정적으로 기쁨을 느낄 사이가 없었다. 그동안 도전했던 수많은 대권, 수많은 실패, 그러나 가장 어렵고 위험한 상황에서 국민은 그를 대통령에 선출하였다. 예전에는 본인과 가족, 그리고 동지들의 삶을 이끌어 왔다면 앞으로는 대한민국 국민을 이끌고 이 위기를 벗어나야 한다. 이러한 생각이 들 때쯤에 청와대에 도착하였다.

　우선 처리해야 할 일이 몇 가지 있었다. 연설을 하기 전에 서명한 총리 임명동의안이 어떻게 됐는지가 중요했다. 국회에서는 한나라당 의원들이 전원 출석을 거부하여 상정조차 하지 못했다고 가만히 이야기를 전한다. 정권이 바뀌어 야당이 된 한나라당은 새로운 대통령에게 정면으로 대항해왔다. 김종필 씨가 총리로서 적합하지 않다는 이유였다. 이런 상황이 벌어질 것은 이미 예견되어 있었다. 그러나 야당의 협조 없이는 국정이 제대로 이루어 질 수 없다는 것을 누구보다도 잘 알기에 절박하게 호소했었다. 그러나 한나라당 의원들은 취임식에도 나오지 않았고 임시국회의 본회의에도 불참했다. 새로운 내각의 명단을 발표할 수도 없었다. 총리와 내각이 없이 대통령만 있는 그런 상황이다.

　김중권 비서실장과 강봉균 정책기획수석, 문희상 정무수석, 김태동 경제수석, 임동원 외교안보수석, 조규향 사회복지수석, 박지원 공보수석 겸 대변인에게 임명장을 전달하는 간단한 행사를 진행하였다. 6명의 수석비서관과 35명의 비서관으로 새롭게 출발하였다.

　조촐한 대화를 마친 후 대통령은 세종문화회관으로 이동하였다. 세종홀에서 대통령 취임 경축 리셉션이 열리기 때문이었다. 천여 명의 내외 귀빈이 모인 자리에서 신임 대통령은 다시 한 번 야당에게 협조를 요청했다.

"민주당이 다수 의석을 확보하고 있지 못한 탓에 국정이 표류하고 있습니다. 대통령이 일할 수 있도록 총리 임명동의안을 인준해 주십시오."

평생 야당에서 싸웠던 대통령이, 야당이 된 전 집권당의 의원들에게 호소하는 것은 아이러니이다. 여당이 되어 본적이 없는 야당과 야당이 되어 본적이 없는 여당은 서로의 위치가 낯설었던 것은 아니었을까? 고개를 숙일 수밖에 없었다. 본인을 지지해 준 국민들의 표정과 환호성이 눈앞에 아른거린다. 국민들은 새로운 세상을 만들어 달라고 정권을 교체했다. 그러나 시작도 할 수 없음에 마음이 불편할 뿐이었다.

어떻게 보면 꿈에도 그리던 날이며 꿈처럼 보낸 하루일지 모른다.

대통령이 되어 취임사를 낭독하고 국민들에게 자신의 국정운영의 포부를 피력했다. 그 하루를 마무리하기 위해 청와대로 돌아온 대통령은 가만히 영부인이 된 부인의 손을 잡았다.

죽을 고비를 몇 번이나 넘겼고 그 위기의 순간에 함께해 준 부인, 그녀와 함께 이 청와대로 온 것이다. 청와대는 너무나 컸다. 전에 살던 집이 작았던 것은 아니지만 청와대의 침실은 너무나 컸다. 본인을 그토록 핍박했던 역대 대통령들이 머물렀던 곳, 그들도 여기에 누워 밤마다 잠을 청했을 것이다. 그들은 어떤 생각을 했을까? 그들도 나와 같았을까? 여러 가지 생각에 쉽게 잠을 이룰 수 없었다. 아내도 불편했는지 뒤척이고 있었다. 70대의 노부부가 기거하기에는 너무나 커서 한편으로는 썰렁하다는 느낌이 들 정도이다. 노부부는 바로 잠들지 못했다.

　설레기도 하고 부담되기도 하고 익숙하지 않은 침실에서 잠을 청하기는 어려웠을 것이다.

　취임식을 하고 난 다음날 아침부터 업무가 시작되었다. 집무실에서 사람들을 만나는 일이었다. 축하사절도 있고 오랜 친구이기도 하고 국가적인 손님들도 있었다.
　첫 번째로 맞은 손님은 폰 바이츠제커 전 독일 대통령이었다.
　"독일이 우리의 외환위기를 해소하는데 적극 협력해 주셔서 감사합니다."
　이어서 일본의 나카소네 야스히로 전 총리와 타케시타 노보루 전 총리 등 일본의 고위 인사들과 만나서 한국과 일본의 관계를 강조했다.
"한국과 일본은 지역적으로 가깝고 역사를 함께 해왔습니다. 그러나 그러한 관계가 표면적으로만 가까운 관계가 아니었나, 다시 생각해 보지 않을 수 없습니다. 앞으로는 실질적으로 더욱 더 가까워지는 관계를 가질 수 있노록 노력합시다."
　일본 정치가들에 이어서 제임스 레이니, 도널드 그레그 전 주한 미국대사를 만나서 환담을 했다. 그들에 이어 모루아 프랑스 총리가 시라크 대통령의 친서를 가지고 방문했다.
　아키노 전 필리핀 대통령도 라모스 대통령의 친서를 가지고 왔다.

이들 모두에게 외환 위기에서 벗어날 수 있게 도움을 요청하는 대통령의 표정에는 온화함과 진지함이 함께 했다.

이어서 친분이 있고, 취임식에도 참석해 준 미국의 슈퍼스타 마이클 잭슨도 방문해 주었다. 대통령은 마이클 잭슨에게도 한국에 투자해 줄 것을 당부하는 인사를 잊지 않았다.

쉬지 않고 사람들을 만나고 계속해서 인사를 하다 보니 고령의 대통령은 목이 잠기기 시작했다.

"너무 강행군을 하시는 것 같습니다. 조금 인원을 줄이는 것은 어떨까요?"

의전비서실에서 걱정이 됐는지 한마디 했다.

"여기까지 와준 분들은 다 만나야지요. 다들 만나야 할 사람이니까요."

"그렇다면 말씀을 조금 줄이시고 이야기를 듣는데 힘을 쓰시면 어떨지요."

그 말마저 거부할 수는 없는 대통령이었다. 그러나 지금 위기를 겪고 있는 나라는 우리나라이며 이 나라의 대통령이 되었는데 지금 만나는 사람들은 우리나라를 도와줄 수 있는 사람들이다. 이런 생각이 드니 말을 해서 설득하고 싶었던 대통령은 계속해서 상대방에게 말을 하고 또 했다.

하루가 지난 다음날 27일 오전, 조순 한나라당 총재가 오찬회동을 위해 청와대로 방문했다.

서로 반갑게 웃으며 덕담을 나눴지만 심기가 불편한 대통령은 본론을 꺼내려 했다.

그러나 조순 총재가 먼저 선수를 쳤다.

"김종필 총리의 지명을 철회해 주십시오."

대통령은 웃음기를 지우고 진중한 표정으로 조순 총재를 바라보았다.

"자민련과의 연합은 국민과의 약속이었습니다. 자민련과의 합의를 깨는 것은 배신행위입니다. 김총리의 지명이 부당하다고 생각하신다면 한나라당은 투표에 참여하여 반대표를 던지는 것이 마땅한 일 아니겠습니까?"

"정 그러시다면 표결에 참여하도록 의원들을 설득해 보겠습니다."

대통령은 총리지명을 어떻게든 통과시키고 싶다. 아니 최소한 표결이라도 하게 했으면 좋겠다는 심정이었을 것이다. 이렇게 야당 대표와 만나서 국무총리 임명동의안을 3월 2일에 표결하기로 합의를 마쳤다.

3.1절은 대한민국은 공휴일로 기념하고 있으나 북한에서는 공휴일까지는 아니고 그냥 혁명의 날 정도로 알려져 있다고 한다. 삼일절 자체가 태극기를 흔드는 것이 주가 되기 때문에 인공기를 사용하는 북한 입장에서는 특별히 기념할 매력을 못 느꼈는지도 모른다.

대통령은 3.1절 기념식에 참석하여 남북 기본 합의서를 이행하기 위한 특사 파견을 요청하는 내용의 연설을 하기 시작한다.

　"남북한은 상호 체제를 존중하고 어떠한 불이익을 주는 일도 삼가야 한다. 평화 공존, 평화 교류, 평화 통일을 위해 우리는 어떠한 수준의 대화에도 응할 용의가 있다. 지금 당장 통일을 하는 것은 어렵겠지만 이산가족의 상봉과 생사 확인만이라도 서둘러야 할 것이며, 이를 위해서 어떠한 대화라도 응할 마음의 준비가 되어 있습니다."

　기념식을 마치고 차로 이동하여 청와대로 돌아온 대통령은 관저에서 휴식을 취했다.

　매주 일요일이면 성당에서 미사를 드리고, 아들과 며느리 그리고 손자 손녀들과 점심을 함께 하는 것이 오래된 일상이었다. 그러나 대통령이 된 이후에 경호 때문에 여러 사람이 번잡하게 수고를 하는 것이 신경이 쓰였던 대통령은 그대로 청와대에서 혼자 휴식을 취하기로 결정한 것이다.

　영부인은 예술의 전당에서 열린 '달러 모으기' 특별연주회에 참석했기 때문이었다.

　"달러 모으기라… 사람의 마음을 울리는 연주회에 달러 모으기라는 이름을 붙이니 마음이 좀 그러네."

　국무총리 표결을 하기 위한 국회가 열린 3월 2일이 되었다. 이미 조순총재와 표결로 처리하기로 합의한 사항도 있으니 뚜껑을 열어볼

일만 남았다고 생각했지만 마음은 계속해서 신경이 쓰이는지, 비서들에게 국회상황을 계속해서 확인시키는 대통령이었다.

"오늘은 특별한 일정을 잡지 말고 국회 쪽에서 벌어지는 상황에 대해서 수시로 알려줬으면 좋겠소."

시간이 지날수록 비관적인 상황 보고만 올라오고 있었다.

"한나라당 의원들이 표결에 참여했다고 합니다."

"오 그래? 결과는 어떤가?"

"그런데 그것이 저… 표결에 참여하기는 했지만 백지를 내고 있다고 합니다."

"어허, 사람들이 참."

국회에서는 투표가 시작되었다. 그러나 한나라당 의원들은 동의의 가부를 표시하지 않고 백지를 내고 있는 것이었다. 김종필을 총리로 만들 수는 없다. 그러나 낙마를 시켜서 새로운 정권의 출범에 방해가 되었다는 여론의 질타를 받는 것도 피하자는 생각에서 그랬을 것이다.

투표를 진행하고 있는 사이 이상한 기류가 감돌자 여당의 의원들이 큰소리로 항의를 하기 시작했다. 백지로 투표하는 한나라당 의원들과 제대로 표결하라며 목청을 높이는 민주당 의원의 설전이 벌어져서 국회는 난장판이 되었다.

"대통령님 투표가 결국 중단됐다고 합니다."

소식을 전해들은 대통령은 의자에서 일어나 창가로 걸어 나갔다.

"이것은 대통령 선거 결과에 승복할 수 없다는 것이 아닌가? 어찌 사람들이 이럴 수 있나?"

비서는 말을 잇지 못했다. 대통령은 야당 총재와 합의를 한 이후에도 계속해서 이런 일이 생길 거라고 어느 정도 예상은 했던 터였다. 이제는 대통령의 결심만이 남은 상황이었다.

국회의 표결로 총리임명동의안이 처리될 가능성은 거의 없어 보였다. 계속해서 시간을 끌면서 야당은 무리한 요구를 할 것이 예상되었기 때문이다.

"이렇게 끌려다닐 수만은 없지. 이건 국민의 표심에 대한 배신이며 민주주의에 대한 배신이야."

대통령은 단호한 표정으로 비서에게 말을 했다.

"고건 총리를 부르게."

고건 총리는 새로운 부처의 조각을 위해 여러 가지 안을 제안했었다.

IMF 외환위기 이후 정부는 그 규모를 줄일 필요가 있었던 것이다. 23개의 정부 부처를 17개로 줄이는 고건 총리의 안을 대통령은 받아들였다.

"경제 부총리와 통일 부총리제도는 폐지하는 게 좋을 것 같습니다."

"고맙습니다. 고건 총리님, 그간 수고 하셨습니다. 계속해서 나라 발전에 도움을 주시길 기대하겠습니다."

고건 총리가 자리를 떠나자 비서관을 불렀다.
"내일 김종필 총리서리 체제를 출범시킨다고 발표하게나."

3월3일 김종필 총리서리가 임명되었고 청와대에는 각부 부처의 장관이 임명장을 받기 위해 모이게 되었다.

비서관이 한명씩 호명하며 임명장을 받아 갔다. 국민회의와 자민련의 연합이기 때문에 장관도 당별로 나눠서 임명하게 되었다.

국민회의는 통일부 장관 강인덕 극동문제연구소장, 외교통상부 장관 방정수 의원, 법무부 장관 박상천 의원, 국방부 장관 천용택 의원, 행정자치부 장관 김정길 의원, 교육부 장관 이해찬 의원, 문화관광부 장관 신낙균 의원, 산업자원부 장관 박태영 전 의원등을 임명했다.

기본적인 국가 골격의 핵심을 국민회의가 맡아서 책임지는 형국이었다.

자민련은 재경부 장관 이규성 전 재무장관, 과학기술부 장관에는 강창희 의원, 정보통신부 장관에는 배순훈 대우전자 회장, 환경부 장관에는 최재욱 전 의원, 보건복지부 장관에는 주양자 전 의원, 건설교통부 장관에는 이정무 의원, 해양수산부 장관에는 김선길 의원을 발탁했다.

예전에 공화당이 했음직한 경제발전과 기술발전 산업발전의 필요한 요직을 자민련이 맡는 형국이었다. 농림부 장관에는 김성훈 중앙대 교수를 임명, 노동부 장관은 이전에 했던 이기호 장관을 유임시켰다.

IMF의 구조 개혁과 더불어 노동개혁도 이어서 나가야 한다는 의견을 따라야 했을 것이다.

하루가 지난 3월 4일에는 국가안전기획부장에 이종찬 대통령직 인수위원장을 임명하였고 기획예산위원장에는 진념 기아그룹 회장을 임명했다.
3월 6일에는 국무조정실장에 정해주 전 통상산업부 장관을 임명했고, 한국은행 총재에는 전철환 전 충남대 교수를 임명했다. 금융감독위원장에 이헌재 비상경제대책위 실무기획단장을 임명했으며 여성특별위원장에는 윤후정 전 이화여대 총장을 임명했다. 전윤철 공정거래위원장은 유임하는 걸로 발표했다.

대통령은 국회의 표결로 동의를 얻지 못하고 총리서리로 임명할 수밖에 없었던 상황을 국민들에게 설명하기 위해 대국민 성명을 발표하기로 결정했다.
야당의원들의 반발이 있었지만 이러한 상황은 그들이 만든 것이나 마찬가지가 아닌가.
연단에 올라선 대통령은 비장하지만 당당한 표정으로 국민들에게 읍소하듯이 연설을 시작했다.
"이제 국사를 더 이상 공백 상태로 둘 수가 없습니다. 저는 제 책임을 완수하기 위해서 어떠한 결단도 주저할 수 없습니다. 사정이 이러만큼 참으로 원하지 않고 괴롭기조차 한 일이지만 이제 김종필 총리 지명자를 서리로 임명하여 당분간 국정을 운영해 나갈 수밖에 없게 되었습니다. 하루 속히 이러한 상황이 종식되기를 바라는 심정이 간절합니다. 국민 여러분의 이해와 협력을 바라마지 않습니다. 김종필 자민련 명예총재를 국무총리로 임명하려는 것은 선거 때부터 이를 국민 여러분께 밝혀 온 사실입니다."

비록 국회를 통과하지 못한 서리로 시작하지만 새로운 정권의 새로운 시작을 알리는 날이기도 했다. 우선 새로운 정권이 들어섰으니 온 국민이 새롭게 출발하는 마음으로 시작하여야 할 것이었다. 그러기 위해서 3월 13일에 새로운 정부가 출범함을 알리는 사면, 복권을 단행할 것을 결정했다.

건국 이래 최대 규모의 사면 복권이 단행되었다. 모두 552만여 명으로 되어 있으며 새로운 출발을 함께 하게 된 것이다. 그 중에는 기업인도 있고 노동자들도 있고 공무원도 있고, 양심수들을 대거 포함시켰다. 정치인들도 많이 포함되었지만, 아끼는 단 한 사람은 제외하였다, 그는 한보 사건에 연루되어 옥살이를 하고 있는 권노갑 전의원이었다.

주변에서 많은 이들이 권 의원은 억울하다며 그의 석방을 건의했지만 국민들의 눈을 의식하지 않을 수 없었다. 대통령과 가장 가까운 측근인 권 의원을 석방한다면 국민여론이 좋게 보지 않을 가능성이 있기 때문이었다. 억울한 생각이 들었지만 권노갑 의원에게 사면할 수 없다는 이야기를 전달했더니 권 의원은 역시나 새로운 정부에 부담을 주지 않으려는 마음으로 순순히 이러한 사실을 받아들였다. 그러나 대통령의 마음이 편할 리 없었다. 오랜 시간 같이 투쟁하고 함께 고생한 형제 같은 동지였다. 막상 대통령이 되었으나 그를 사면해 줄 수 없는 현실이 안타까울 뿐이었다.

대통령은 이미 이전의 동지들에게 특권을 줄 수 없음을 내비쳤다.

취임식을 하루 앞둔 날 밤에, 예전부터 함께 했던 동지들인 설훈 의원, 최재승 의원 등 비서들이 찾아와서 절을 했다. 그들의 눈은 촉촉하게 젖어 있었다. 김대중과 함께 하여 당했던 그들의 고통이 떠오르기도 하였고 이제야 드디어 그러한 고통의 순간을 지나 얻은 승리를 맛볼 순간이 왔으나 나라와 국민을 생각해야 하는 어렵고 고통스러운 가시밭길이 이들의 눈앞에 펼쳐져 있기에 더 이상 측근으로서의 특권을 나눠줄 수 없다는 선을 그어야 할 때가 온 것이었다.

이것은 새로운 대통령뿐만이 아니라 함께 고생한 비서들도 예감할 수 있었다.

동교동계 가신으로 불리는 이들이 있다. 한화갑, 김옥두, 남궁진, 윤철상 등 비서 출신들이 그들이다. 대통령 선거 내내 그들은 자신의 특권을 내려놓으며 김대중이 정권을 잡아 대통령이 된다면 차기 정권에서는 어떠한 공직도 맡지 않겠다고 공개적으로 선언을 했었던 것이다.

당선이 된 후에 공공연한 장소에서 대통령당선자의 신분으로 당당하게 말했었다.

"함께 민주화 투쟁을 한 동지는 있지만 저를 위한 가신이라는 것은 존재하지 않습니다."

측근을 공직에 들이지 않겠다는 선언에 함께 고생을 했던 비서들인 그들도 임명직 공직에는 참여하지 않겠다고 공공연하게 천명을 했던 것이다.

바로 앞이 보이지 않았던 독재와의 투쟁에서 민주화 동지들인 그들은 자신의 미래와 안락한 삶을 포기하고 인간 김대중을 따라주었다. 그들은 용기를 주었고 헤쳐나갈 수 있는 지혜를 주었다. 그들이 없었다면 김대중도 존재하지 않는다고 생각했던 그였다. 그러나 그러한 고마움은 뒤로하고 앞으로 나아갈 수밖에 없었다. 해야 할 일이 너무나 많았던 것이다.

4월2일부터 영국에서 열릴 예정인 ASEM 아시아 유럽 정상회의에 참석하기 위한 대통령의 행렬은 차분했다.

"모든 행사를 간소하게 치르시오."

대통령의 이러한 한마디에 모두들 따라야 했다.

국가적인 행사이고 정권이 바뀐 이후에 대통령의 첫 대외 행사였기에 기념아치나 현수막, 팡파레 등이 울려 퍼지고 태극기를 들고 환송하는 이들이 나올 법한 굵직한 행사였다. 그러나 표면적인 것에 신경 쓸 때가 아니라는 대통령의 뜻에 따라 모든 것이 차분하게 진행되었다.

3군 의장대의 사열행사도 생략하였고 대통령의 출국을 알리는 텔레비전 생중계도 하지 않았다. 회의 참석을 위한 대통령을 배웅하러 온 사람도 십여 명에 불과했다. 그리고 대통령과 함께 회의에 참석하는 수행원의 숫자도 평소의 반으로 줄여버렸다. 모든 것이 대통령의 뜻이었다.

영국에 도착하자마자 대통령은 본인의 비장함을 나타내며 방문인사를 했다.

"나는 이곳에 세일즈를 하러 왔습니다."

야당의 총수이자 한국 민주주의의 투사이며 대표적인 반독재 투쟁을 해온 인사로 해외에서 많은 이들을 만나온 그였지만 각국 정상들을 직접 만나서 회의를 하는 ASEM은 대통령의 새로운 데뷔무대였다. 그는 시간을 아껴가며 각국의 정상들을 만났다.

"이렇게 중요한 순간에 각국의 정상들을 한꺼번에 만날 수 있는 것은 나의 행운이며 하늘의 축복이라고 생각한다."

정상을 만날 때마다 특유의 언변과 지식을 동원하여 대화를 주도해 나가는 대통령이었다.

각국 정상에 맞춰서 그 나라의 이야기를 소재로 삼아 대화를 시작하였으나 결국 같은 내용으로 마무리를 짓곤 했다.

"나를 믿고 돈을 빌려 주시오. 한국 국민을 믿고 투자를 해 주시오. 우리는 저력이 있고 이 위기는 곧 극복하게 될 것이오."

이렇게 말이다.

영국은 대통령에게 의미 있는 곳이기도 했다. 14대 대통령선거에서 고배를 마신 후에 정계 은퇴를 선언한 김대중은 더 이상 미래가 없을 것처럼 보였다. 갈 곳이 없던 그를 초청하여 준 곳이 바로 케임브리지대학이었다. 한국을 떠나 케임브리지에서 패배의 상처를 씻고 다시 정계에 복귀할 수 있는 힘을 비축할 수 있는 고맙고 소중한 곳이었다. 그러나 영국에 들렀음에도 대통령은 한가하게 거닐던 그 캠퍼스를 방문할 수 없었다. 지금은 나라를 위해 세일즈를 해야 할 소중한 시간이었기 때문이다.

주룽지 중국총리를 만날 때도 정성을 다해서 설득했다.

"어려울 때 도와야 진정한 친구다." 라는 말로 말이다.

하시모토 류타로 일본총리를 만났을 때도 그는 열정을 다해서 설득했다. 토니블레어 영국총리와 자크 시라크 프랑스 대통령 등 각국의 정상들은 평생을 투쟁해온 이 노령의 동양 대통령의 말에 귀를 기울이고 있었다. 개혁에 대한 집념과 모든 것을 내려놓는 용기를 높이 평가하는 것 같았다.

프랑스와도 정상회담을 하게 되었는데 이것은 전혀 예정에 없었던 일이다. 시라크 대통령이 간곡하게 요청했기에 만나게 되었다. 고속철도등 여러 가지 현안에 대해서 담소를 나누던 대통령은 끝으로 의미 있는 부탁을 하였다.

"프랑스가 보관하고 있는 외규장각 도서를 반환하는 것에 대해서 시라크 대통령께서 결단을 내려주시기 바랍니다."

시라크 대통령과의 직접 면담이 끝난 후 2차 정상회의가 열리게 되었다. 그때 김대중 대통령은 유럽의 정상들에게 한 가지 제안을 했다.

"유럽이 아시아를 지원하는 조치를 취할 것을 믿고 있습니다. 이것이 직접적으로 눈에 보일 수 있도록 투자 조사단을 파견해 줄 것을 제안하는 바입니다."

그러나 쉽게 채택될 것 같지는 않았다.

의장국인 블레어 총리가 말을 이어 받았다.

"앞으로 함께 검토해 봅시다."

그러나 김대중 대통령은 다급한 상황이었다. 어떻게 해서든 이 위기를 넘겨야 했다.

어느 시점에서 못을 박아두느냐를 생각하던 중에 영국 여왕인 엘리자베스 2세가 주최한 만찬에서 다시 한 번 투자 조사단 문제를 꺼내어 확답을 받아 두고자 결심했던 대통령이었다.

김대중 대통령은 만찬장에서 각국의 정상들을 찾아다니며 인사를 하고 경제에 관한 투자에 대한 김대중 대통령 자신의 생각과 각국에서 투자를 한다면 적극 지원할 뜻이 있음을 내보였다. 특히나 블레어 총리를 만났을 때에는 강력하게 밀어 붙였다.

"이렇게 힘들 때 유럽에서 아시아를 도와주지 않으면 아시아에서는 ASEM이 무슨 소용이요, 뭐 이런 이야기가 나오지 않겠습니까? 잘못하면 이번이 마지막 기회가 될 수도 있습니다."

블레어 총리는 약간 당황하는 표정이었다. 약간의 이해관계가 있는 프랑스의 시라크 대통령과 하시모토 류타로 일본 총리가 김대중 대통령의 의견에 동의를 하고 적극 지원해주는 분위기였다.

다음날 3차 회의의 의제는 ASEM이였다. 그러나 모두 김대중 대통령이 제안한 의제를 표면으로 끌어올리고 있었다. 토니블레어 의장과 시라크 대통령 그리고 일본의 하시모토 총리가 분위기를 잡았다. 이에 독일의 헬무트 콜 총리와 이탈리아 총리인 로마노 프로디도 가세했다. 김대중 대통령의 투자추진단 파견은 고위급 기업인 투자추진단이라는 명칭으로 의장 성명서에 채택되었다. 각국의 정상들은 축하인사를 해주었다. 야당의 민주주의 투사였던 김대중이 대통령이 되어 국제 외교무대의 데뷔전에서 큰 인상을 주었기 때문이다. 이렇게 숨 가쁘게 5박 6일의 시간을 보낸 대통령은 국가의 위기를 이겨낼 하나의 물꼬를 틈과 동시에 본인의 외교에 대한 자신감을 얻을 수 있는 기회가 되었다.

김대중 대통령은 각하라는 호칭을 사용하지 못하게 하였다. 그것은 본인을 억눌렀던 권위주의의 덩어리로 여겨져 불편했던 것도 일부 작용했을 것이다. 그러나 각하라는 호칭을 없애는 데에는 오랜 시간이 걸렸다. 그리고 관공서에 사진을 걸지 않도록 했다. 경제난에 모두가 어려운데 수만 장의 사진을 새로 보급하는 것 자체가 낭비라고 생각했기 때문이다.

그리고 휘호를 써서 현판을 만들거나 하지 않았다. 딱 하나 국가안전기획부가 국가정보원으로 명칭이 변경되어 새롭게 태어날 때 이종찬 원장의 부탁으로 정보는 국력이다, 라는 휘호를 써서 국정원 마당에 세워 놓은 것이 있을 뿐이다. 정치 사찰과 민간인 감시등의 부정적인 활동을 청산하고 순수 국가 정보기관으로 다시 태어남을 경축해야 한다는 원장의 말에 그럴 듯하다는 생각이 들어 쓰게 되었다.

5월 12일, 대통령은 국가안전기획부를 방문하였다. 그리고 업무 보고를 받았다. 안기부의 전신인 중앙정보부는 한국 공작 정치의 소굴이었고 그 이름만으로도 사람들을 벌벌 떨게 만들었다. 안기부로 명칭이 바뀐 이후에도 달라지는 것은 별로 없었다. 매수, 협박, 도청, 감시는 물론이고 구속하여 고문하고 납치를 일삼기도 했다. 이러한 정보기관의 가장 큰 피해자였던 김대중이 대통령이 되어 안기부를 방문했다는 것은 역사의 아이러니가 아닐 수 없다.

국가 정보기관은 1973년에 도쿄에서 납치하여 살해기도를 한 사건에도 개입했고, 가택 연금 때에도 동교동 자택의 옆집을 사들여 계속해서 감시했다. 요원들이 상주하며 일거수일투족을 살폈다. 지금의 연세대 김대중 도서관 자리가 안가 중의 한 곳이다. 중정과 안기부는 간첩사건을 조작하여 선거를 그들에게 유리하게 돌려놓으려 했었다. 김대중은 빨갱이다, 거짓말쟁이다. 이런 자료를 만들어 배포하기도 했다. 이렇게 괴롭힘을 당하고 박해받았던 과거를 생각하면서 김대중 대통령은 안기부 간부들을 불러 앉혔다.

"과거에 불행했던 역사의 표본이 바로 나 김대중입니다. 납치도 당하고 사형선고도 받고 안기부의 용공 조작 때문에 별일을 다 당했습니다. 내가 당했던 이런 일을 안기부가 다시는 해서는 안 됩니다. 완전히 새 출발해야 합니다. 대통령은 국가의 행정수반으로서 받드는 것이지 정치적으로까지 받들 필요가 없습니다. 대통령이 정치적으로 부당한 지시를 하면, 들을 필요가 없습니다. 이 정권은 안기부를 정권의 도구로 이용하지 않을 것이며 여러분도 그것을 원하지 않을 것이라 생각합니다."

새로 임명된 이종찬 부장은 안기부의 이름을 국가정보원으로 바꾸고 초대 원장이 되고 원훈도 '정보는 국력이다'로 정했다고 보고 했었다. 순수한 정보기관으로 탈바꿈하게 된 것이다. 음지에서 일하며 양지를 지향한다는 과거의 원훈은 부정과 조작의 느낌이 있었지만 새롭게 바뀐 원훈은 대통령의 마음에 들었던 것이다.

"안기부는 국민의 마음에 탄식과 걱정을 끼쳤고, 정치적으로 부정적인 기관으로 보여 온 게 사실입니다. 앞으로 안기부는 국가정보원으로 다시 새롭게 태어났습니다. 경제연구기관 못지않게 정보 역량을 강화하는 데 최선을 다해 주십시오. 여러분들은 앞으로 경제 전쟁에서 승패를 결정하는 중요한 결정을 해야 합니다. 북한을 어떻게 개방시킬지 노심초사해야 합니다. 국가 정보원이 국내에서 군림해서는 안 됩니다. 국가 기관과 정보를 공유하여 국가 위기 원인을 철저히 분석하여 관리해야 합니다. 국가정보원은 이제 민주적이고 애국적이어야 합니다. 대통령으로서 마지막으로 부탁합니다. 완전한 중립을 지켜 주십시오."

대통령의 중립을 지켜달라는 말이 새롭게 출발하는 국가정보원의 미래를 위한 다짐이 될 것이다. 당하고 또 당한 과거의 괴로움과 고통의 시간. 그 괴롭힘의 직접적인 당사자인 조직이 결국 괴롭힘을 당하던 한 사람으로 인해서 명칭을 비롯하여 모든 것이 바뀌게 되었다. 겉으로는 차분하게 진행되겠지만 새로운 조직에 필요 없는 과거의 인물들은 모두 사라지게 될 것이다. 그와 동시에 과거의 정의로 불리던 행위들도 그것의 죄과를 책임지게 될 것이다.

이 모든 것이 살아있음에 이루어졌다. 죽이고 또 죽이려 해도 살아나고 이겨내어 여기까지 오게 된 것이다. 대통령은 그날 밤 관저에 앉아서 지나간 날들을 돌이켜 보았다.

이렇게 될 거라고 본인은 그날부터 믿고 있었을 것이다. 자신이 고통당하던 그 시절부터 말이다.

하지만, 국정원은 퇴임 이후에 더 많은 시련으로 김대중 대통령에게는 아픈 상처로 남았다. 고 이수일 국정원 2차장의 운명이었다. 감사원 사무총장을 거쳐 국정원을 나와 호남대학교 총장으로 있던 시절, 국정원 통신 감청 문제로 나라가 어수선했다. 결국 수사를 받았다. 신건 원장, 한광옥 실장, 측근 인사들이 구속을 피할 수 없었다. 고난의 세월과 고통을 이겨낸 김대중으로서는 가슴에 통증만 쌓였다. 이수일 국정원 2차장은 전북 완주군 출생으로, 고시 특채로 경찰 제복을 입었다. 경기경찰청장과 경찰대학장을 역임했었다. 필자를 살갑게 아껴주었다.

일선 어느 근무지에서 현장에 몸 담고 있는 필자는 이 청장의 부름을 받고 은사에게 드리는 편지 서신을 초안으로 쓴 적이 있었다. 청장은 초등학교 시절 은사를 각별하게 챙기고, 구술하는 동안 스승에 대한 애틋한 눈물을 감추지 못했다. 필자와 이수일 청장은 그렇게 인연이 있었다. 정이 많고, 두뇌 회전이 빠르고 순간순간 부드럽지만 결단력과 판단력, 인지력이 뛰어났다. 말이 느리고 머리가 떨어진 나로서는 이수일 청장을 대면할 때마다 긴장해야 했었다. 정신력이 맑고 투명한 일선 지휘관으로 지금도 작은 체구에서 뿜어져 나오는 청장의 미소가 그는 떠났지만 필자로서는 이 세상 다할 그날까지 잊을 수 없다. 당시 이수일 청장 부속 실장이었던 채수광 선배와 경무인사기획국장, 울산경찰청장, 충남경찰청장을 지낸 조용연 청장은 경찰 조직에서 기획통으로 정평이 나 있지만 글 쓰는 문사로 조직에서 필자와는 상하관계지만 남다른 의식의 눈과 가슴으로 살펴주었다.

이수일 청장의 운명이 다가오는 시간, 호남대 총장인 청장은 필자를 호출했다. 총장실은 넓고 외로워 보였다. 문을 열고 들어간 청장의 모습은 수척해 보였다. 검찰에 제출할 서면 답변서를 작성한 그것이었다. 그런 얼마 후, 청장의 생일이 다가왔다. 나는 넥타이 하나를 사 들고 호남대 총장실을 다녀왔다. 구내식당에서 식사도 같이하고, 호남대

교내 정원을 같이 산책했다. 청장은 아무런 말이 없었으나, 수심이 가득했다. "청장님 열차 시간이 되어 올라가겠습니다." 청장은 더 있다 가지 뭐 이리 바쁘냐…

나는 총장의 차에 몸을 싣고 광주역에서 내렸다. 청장은 검찰 수사를 받고 돌아온 얼마 지나지 않은 상황이어서 내게 말을 했었다. "손바닥으로 하늘을 정말 가릴 수 없으니 어쩌나." 혼잣말로 괴로워했다. 청장의 검찰 진술이 자신을 아껴준 전주고 선배에 대한 구속이 괴로움으로 밀려 들었던 것이다. 영광 법성포를 가까운 친구들과 다녀와 총장 관사에서 극단적인 선택을 한 것이다.

YTN뉴스에서 이수일 청장 소식을 접한 해남 작은형님께서 자정이 넘은 시간에 알려주었다. 뉴스는 속보를 통해 자막으로 계속 나왔고, 주체할 수 없는 눈물을 흘렸다. 영결식이 있는 호남대학교로 운전대를 잡고 눈물을 흘리며 과속 페달을 밟았다. 직원들 소집 회의가 있던 날이어서 민원실장으로 있던 탓에 사무실에서 빠져나오는 어려움이 있었다. 영결식에 다녀와 당시 서장에게 혼줄났던 때, 간부 회의에서 흰 양발로 탓에 미운털이 박혀 힐난을 받았던 추억이 일어난다.

영결식은 끝났고 이수일 청장을 태운 영구차는 장지인 완주 구이면으로 향하고 있었다. 전남경찰청장으로 있던 한광택 치안감과 청장실에서 차담을 나누며 영결식 분위기를 들었다. 담배를 연신 빨아대는 한 청장은 이수일 사모님께서 자신을 붙들고 엉엉 울었다며, 눈시울을 붉혔다. "이 제복을 너무도 사랑했는데"하시며 오열 하시는 사모님과 같이 울었다며 아파하셨다. 참으로 비통하고 아픈 기억이다. 명석하고 자애로운 이수일 청장의 기억은 많은 세월이 지났는데도 잊혀지지 않는다. 김대중 대통령의 퇴임 이후 고 이수일 청장의 자살 소식은 자신의 아픔보다 더 큰 것이었다.

02

| 하의도에서 태어나고, 자라다 |

목포에서 34킬로미터쯤 떨어진 전라남도 무안군 하의면 후광리에 살던 김운식(金云式)은 두 명의 부인을 두었다.

두 번째 부인인 장수금(張守錦)은 엄청난 난산 끝에 진통을 시작한 지 하루가 지난 1924년 1월 6일 사내아이를 낳았는데, 그가 바로 김대중이다. 탯줄을 어깨에 감고 울지도 숨을 쉬지도 않고 태어난 아이의 출산을 돕던 그의 부친이 부엌으로 안고 가 다리를 치켜들고 볼기를 때려 울게 하였다. 그제야 아이는 큰 울음소리를 내며 숨을 쉬었다. 그의 태몽은 품속에 들어온 호랑이었다고 한다. 그래서인지 모친의 아들 사랑은 각별하였다.

김운식은 첫 번째 부인에게서 1남 3녀를 두었고 둘째부인에게서는 3남 1녀를 두었다. 김대중은 김운식의 차남이면서 장수금에게는 장남인 것이다. 장수금은 본가에 들어가지 않고 따로 집을 얻어서 살았다.

아무래도 본가에 비해서 넉넉지 못한 살림이었으리라.

　김대중은 본가와 장수금의 집을 오가며 성장하게 된다.

　그때 당시만 하더라도 부인이 둘 셋 있는 집이 종종 있었다.

　김대중이 태어난 후광리는 갯벌을 메운 넓은 간척지가 뒤에 펼쳐져 있어서 붙여진 이름으로 김대중은 평생 후광이라는 이름을 아호로 사용하기도 했다.

　하의도라 불리는 이 섬은 전체가 일본인의 소작지였다. 소작농들은 그대로인데 주인이 계속해서 바뀌더니, 결국 일본인에게 넘어갔던 것이다. 어린 김대중이 살던 섬은 도쿠다 농장으로 불리고 있었다. 김대중은 7세 때부터 서당에 다녔었다. 그 서당의 이름은 덕봉서당이었다. 훈장의 이름은 김연(金鍊)이고 호는 초암(草庵)이었다. 덕봉산 밑에 있어서 덕봉서당이었으나 초암서당이라고도 불렸다. 김대중은 언제나 좋은 성적을 받아 선생에게 칭찬을 받곤 했다. 그가 8세가 되던 무렵인 1931년 일본은 만주사변을 일으켜 중국을 점령하려 하였고 그 이듬해인 1932년 5월 15일은 일본 해군 청년장교들이 쿠데타를 일으켜 수상을 살해한 사건이 발생했다. 그 후 정당이 사라지고 군부가 지배하는 군국주의의 국가가 되어 버린다.

　그 이후 1936년 2월 26일 육군청년장교들이 1500명의 병사를 동원하여 수상관저와 경시청을 습격하여 각료들을 살해하고 도쿄의 중심부를 점령하는 사건이 발생한다. 두 사건은 모두 일본 국내 경제혼란과 사회운동 등에 위기감을 느낀 우익세력이 군부와 손을 잡고 정당제를 폐지하고 천황을 받들려고 했던 공통점이 있다. 이렇게 일본 국내를 점령한 군부 세력은 아시아 지역으로 점차 세력을 넓혀가려고 하였다. 이러한 상황에서 점령당한 한국은 일본의 강압에 의해 독립 운동가들은 해외로 도피하고 지하로 숨어드는 계기가 되었다.

이런 혼란의 시대에 김대중은 섬에서 어린 시절을 보낸 것이다.

김대중이 자란 하의도는 염전이 유명하여 거기서 생산하는 소금은 목포와 영산포, 그리고 충청도에까지 팔려나갔다. 섬은 일본인이 주인이라 소작으로 농사를 지어 먹었지만 염전은 개인소유인 경우가 많았다. 그러한 섬에서 유일하게 주낙배를 가지고 있는 것이 바로 김대중의 집이었다. 구장이라는 직책을 맡고 있던 김대중의 부친 김운식은 판소리 실력과 춤에 능하였다고 한다. 그리고 그 당시에는 아주 귀한 축음기(蓄音機)도 가지고 있었다. 그만큼 하의도에서는 부유한 집 자제였던 것이다.

동네 친구들과 함께 뛰어놀던 어느 날이었다. 동네의 두 살 위 형님이 장난감 배를 만들고 있던 김대중을 큰 소리로 불러댔다.

"대중아, 대중아, 왔다. 군함이 들어왔다."

"그래요? 같이 가요 형님."

두 소년은 섬 언덕배기까지 숨이 차도록 달렸다. 푸른 하늘에는 구름이 띄엄띄엄 흐르고 있었고 갈매기들이 무리지어 날아다녔다.

커다란 뱃고동을 울리는 새카만 군함은 파도를 가르며 하의도 앞 바다인 옥도를 향해 가고 있었다. 정말로 엄청난 크기를 자랑하는 군함이었다. 집에 있던 주낙배의 백배 아니 천배도 훨씬 넘을 것이었다.

"대중아, 예전에 러시아와 전쟁할 때 일본 함대가 여그 근처에서 숨어서 러시아 배를 기다렸다고 하더라."

"아 여기에서 숨었다가 대마도 쪽으로 간거구만요."

어린 김대중의 눈에는 거대한 배는 국력이요, 뛰어난 기술이어서 감히 넘볼 수 없는 위압감을 느끼게 하였다.

"저런 큰 배를 만드는 일본은 정말로 힘에 세구나…"

이런 어린 시절의 경험은 넓은 세상에 대한 동경으로 이어지기도 했다.

김대중은 동네에서 영특하기로 소문이 났었다. 이에 김대중의 모친인 장수금 여사는 남편에게 계속해서 김대중을 더 넓은 곳에서 교육시켜야 한다고 설득하곤 했다.

"여보, 우리 대중이가 공부를 잘하고 영특하니 이런 섬에서 묵히지 말고 목포로 옮깁시다. 가서 장사라도 하면 목구멍에 거미줄이야 치겠소. 땅이랑 집이랑 가진 것들을 처분하면 장사 밑천은 될 터이니, 그리 하십시다."

어린 김대중은 이불을 뒤집어쓰고 잠들어 있는 것처럼 누워 있으면서 부부의 이야기를 듣고 있었다. 육지로 나가서 학교에 다닐 것을 생각하니 가슴이 두근두근하여 마음이 설렜다.

김대중의 어머니는 언제나 이렇게 이야기를 하였다.

"대중아, 너는 높은 데에서 나왔으니 몸을 함부로 굴리지 말거라."

호랑이를 품에 안는 태몽을 꾸고 난산으로 어렵게 낳은 자식이라서 그런지 자식들 중에서도 특히 애착이 가는 아들이었다. 영특하고 성적이 좋아 본인을 기쁘게 하였다.

어느 날인가 서당에서 제사지내는 법을 배워왔다며 집에서 절차를 반복하는 모습을 보면서 칭찬을 아끼지 않았던 적도 있었다. 그만큼 김대중은 어머니에게 각별한 사랑을 받으면서 자라났던 것이다.

김대중은 7살 때부터 서당에 다녔다. 그가 살던 하의도에는 학교가 없었기 때문이었다. 덕봉서당에 다녔는데, 이 서당의 훈장인 김연은 자주 시험을 봤었다. 그때마다 김대중은 가장 우수한 성적을 받았다. 그러면 김대중은 그 성적표를 받아가지고 집으로 달려갔고 그의 부모는 무척 기뻐하면서 받아온 성적표를 벽에 붙여 놓고 흐뭇한 얼굴로 바라보곤 했었다.

그의 어머니는 음식을 장만해서 서당으로 가지고가 선생과 아이들에게 골고루 나눠 먹였다.

"열심히 하거라, 대중아. 내가 무슨 일이 있어도 너는 꼭 공부를 시켜야겠다."

한학에 조예가 깊은 초암 선생은 인근에도 명성이 자자한 스승이었다. 그는 서당에서 천자문, 사자소학 동몽선습 등을 가르쳤다. 그의 명성을 듣고 인근의 진도, 무안, 해남, 흑산도 등에서도 배우러 온 학생이 있을 정도였다. 그러한 초암 선생은 특히나 김대중을 아꼈다.

"김대중이는 앞으로 크게 될 인물이다." 주변의 학생들에게 이렇게 말한 것이 몇 번씩 되었다. 차분하면서도 인자하였지만 가르치는 것만큼은 엄하게 하는 것으로 유명했다.

그러나 시대는 변화하였고 보통학교가 하의도에도 생기게 되었다.

동생을 따라 우연히 들른 하의 보통학교는 4년제로 동생이 입학하는 날 아버지를 따라 갔다가 2학년으로 편입해서 신학문을 배울 수 있게 된 것이다.

서당에서 배운 것을 인정해 주고 2학년이 된 것이 김대중이 10살 때 일이다.

그는 공부를 좋아했고 재미있어 했다. 암기도 잘했으며 문과 과목에 흥미를 느꼈다. 그 중에서도 역사 과목에 매력을 느끼고 있었다.

김대중은 동년배 친구들하고 어울리는 것도 잘하였고 마을 아이들과 몰려서 먼 통학 길을 함께 다니기도 했다. 겨울에는 눈보라를 뚫고 왕복 10리 정도 되는 등굣길을 오가다 보니 체력이 강해지는 계기가 되기도 했다.

섬은 사면이 바다로, 섬에서 자라난 아이들에게 바다는 거대한 살아있는 놀이터가 되기도 했다. 여름에는 벌거벗은 채 수영을 하기도 했고 낙지를 잡아서 산 채로 씹어 먹기도 했다. 낙지 발이 코로 들어가면 숨이 막힐 수도 있기 때문에 손으로 낙지발을 훑은 다음에 힘을 빼내고 머리부터 씹어 먹어야 한다. 문저리라 불리는 망둥어는 낚시로 잡아서 내장을 빼고 날로 회를 쳐서 먹기도 했다.

섬의 중심부에는 야산이 있어서 아이들과 함께 소를 몰고 올라가

기도 했다. 소를 풀어 놓으면 저희들끼리 움직이면서 풀을 뜯어 먹었고 김대중은 친구들과 함께 이리저리 달리며 놀았다. 가을에는 콩밭에서 콩서리를 하였고 여름에는 보리를 서리해서 친구들과 구워먹었다. 김대중은 동물을 아끼고 좋아했다. 야생오리 한 마리를 잡아와서 집에서 기르려고 노력한 적도 있었다. 집에서 키운 개를 동네 어른들이 잡아먹었을 때에 김대중은 울면서 항의하기도 했었다. 그러나 나중에는 어른들이 건네는 개고기를 받아먹기도 했다.

김대중은 형제들과 우애가 깊었고 함께 먹을 감고 함께 씨름을 하면서 놀았다.

김대중이 보통학교 4학년이 되던 1936년 가을. 온 가족이 목포로 이사를 갔다.

어릴 적부터 뭍으로 가고 싶어 했던 김대중의 바람과 자식을 공부시키겠다는 어머니의 의욕이 합쳐져서 삶의 터전을 섬에서 육지로 옮기게 된 것이다.

목포는 남북한을 합쳐 7대 도시 가운데 하나로, 1930년대의 목포는 일본과 중국의 중간에 위치해 있어서 동북아 무역의 거점이 되었다. 그리고 여객선과 고기잡이배들이 수시로 드나들었다. 일본은 호남선으로 각지에서 수탈한 물자를 실어 날랐고 그 마지막 집산지가 바로 목포항이었다. 식민지 시대의 목포항은 쌀, 목화, 해산물을 모아서 일본으로 보내는 역할을 하고 있었다. 그만큼 일본에게 중요한 요지였고 돈이 드나드는 곳이었다.

 김대중은 강경호를 타고 목포에 도착하였다. 하의도와 목포는 약 3시간 정도 걸린다.

 "이런 세상이 있구나. 도시로구나."

 항구에 들어선 김대중은 거대한 배들과 수많은 사람들이 활기차게 움직이는 모습에 감탄하며 항구로 들어서고 있었다. 배마다 깃발이 펄럭이고 있었고 간간히 뱃고동이 울리고 있었다. 이러한 활기찬 항구의 모습에 어린 김대중은 신이 났다. 섬에서 소를 치며 뛰어놀던 소년에게는 별천지였을 것이다. 사람 하나하나 건물 하나하나, 신기하지 않은 것이 없었다.

 목포는 이순신 장군이 왜군을 물리친 역사적인 장소가 곳곳에 있었다.

 김대중의 집이 마침 충무공이 진을 쳤던 목포대 안에 있었던 것이다. 일본의 식민지가 된 국가에서 옛날 옛적 왜군과 맞서 싸워 적을 물리친 충무공 이순신은 그의 마음에도 영웅으로 새겨져 있었다.

 김대중은 6년제 목포공립 제일 보통학교 4학년에 편입을 하였다. 김대중의 부모는 섬에서 집과 밭을 판 돈으로 여관을 사서 운영하였다. 목포시 항동 목포대 1번지에 위치한 영신여관이 바로 김대중의 부친이 하던 여관이다. 바다를 끼고 있는 항구이기에 선원들도 있었고 여행객들도 있었다. 그만큼 다양한 분야의 사람들이 영신여관에 묵어갔으며, 세상에 대한 호기심이 많은 김대중에게 세상 이야기를 들려주곤 하였다. 여관은 높은 곳에 위치해 있었다. 그래서 계단을 오르내리는데 힘이 들었다. 그리고 우물 같은 것이 없어서 김대중이 물을 날라야 했었다. 수많은 계단을 오르내리며 물을 나르는 것이 여간 힘든 것이 아니었으나 소년 김대중은 집안일을 돕느라 열심히도 날랐다.

섬에서는 부유한 편에 속했으나 도시인 목포에서 그 재산으로 구입할 수 있는 것은 이런 여관뿐이었다. 섬에서 물고기를 잡고 농사를 지었으니 특별한 장사 수완이 있을 턱이 없었다. 그래도 부지런한 심성으로 청소를 하며 음식을 먹고 사는데, 뭐 큰 문제가 있겠는가, 이런 판단이었을 것이다.

높은 곳에 위치한 여관은 단점만 있는 것이 아니었다. 지대가 높았기 때문에 여관 창문으로 밖을 내다보면 목포 앞바다가 펼쳐져 있고 각양각색의 배들이 떠다니는 모습을 볼 수 있었다.

"언젠가는 저 배를 타고 다른 더 큰 세상으로 나가야겠다."

전학생은 언제나 관심의 대상이 된다. 그리고 자기들과 다르다면 놀림의 대상이 되기도 한다.

김대중은 또래 아이들보다 키가 컸다. 그래서 보통의 아이들이 쉽게 시비를 걸지는 못했다. 그러나 워낙 개구진 나이인지라 또래 몇 놈이 모이면 섬에서 온 촌놈이라고 놀려댔다. 간혹 덩치가 큰 놈은 시비를 걸어 몇 대씩 쥐어박기도 했다. 서당에서 훈장선생에게 칭찬을 받고 섬 아이들의 선망의 대상이었던 김대중으로서는 괴로운 순간이 여러 번 있었다.

섬의 아이들이 그립기도 했다. 텃세를 부리는 아이들과 섞이지 못하고 혼자서 공상에 잠기곤 했다.

'이 세상은 넓기도 하고 사람들은 많기도 하다. 어딘가에는 나와 함께 할 친구들이 있겠지.'

화장실 옆 공터는 김대중의 상상력을 키워주는 장소가 되었다. 쉬는 시간이면 공터로 나와서 쭈그리고 생각에 잠기곤 하는 김대중이었다.

그렇게 몇 주가 지나고 보니 공터에 김대중처럼 쭈그리고 앉아 있는 아이가 있었다.

"너는 누구냐? 나는 김대중이다."

"나는 정진태라고 한다. 순천에서 전학을 왔지."

"아 그렇구나? 나는 하의도에서 서당에 다니다가 왔다. 친하게 지내자."

"그래, 그러자."

또래의 아이들로부터 따돌림을 당하던 정진태와 김대중은 금방 친해졌다. 둘은 항상 함께 다니며 속에 있는 이야기를 서로 털어 놓곤 했었다. 쉬는 시간뿐만이 아니었다. 수업이 끝나고 난 후에도 항상 붙어 다녔다.

4학년 담임은 송치강 선생으로 김대중에게 각별한 애정을 보였다.

뛰어난 성적과 대답 하나하나에 영특함이 보였던 김대중은 송치강 선생에게 많은 칭찬을 들었고, 이러한 칭찬이 김대중에게 자신감을 불어 넣어 주었다.

전학 온 지 얼마 되지 않아서 신문사에서 주최한 글짓기 대회에서 김대중은 입상을 했다.

전교생의 앞에서 일본인 교장은 김대중에게 상장을 전달해 주었다.

"이 학생은 학교의 명예를 높였다. 교통질서를 주제로 한 글짓기에서 상을 탄 김대중 학생에게 박수를 보냅시다."

전교생에게 김대중의 이름이 알려지게 된 순간이었다. 동기들뿐만이 아니라 선배와 후배에게도 김대중은 주목을 받은 것이다.

여학생들은 키도 헌칠하고 글도 잘 쓰는 김대중에게 몰려들어 호감을 표시하곤 했다.

섬에서 온 촌놈 김대중이 한순간에 학교의 스타가 된 것이다.

그러나 김대중이 보통학교 6학년이 되던 해에 조선어 수업이 폐지되었다.

학교에서는 일본어만 사용해야 했다. 일본인 교사들이 칼을 차고 다니던 시절이었다.

어느 날 김대중의 부친이 학교에 온 적이 있었는데 일본어를 할 줄 모르는 부친과 학교 안에서 한국어를 말할 수 없는 김대중은 서로 말을 할 수 없었다.

"아버지, 가세요. 집에서 이야기 하세요."

조용히 속삭이는 김대중이었다. 조선 사람이 조선말을 할 수 없는 시절에 학교에 다닌 김대중은 힘이 없는 국가와 국민이 어떠한 비참한 일을 겪는지 온몸으로 느끼게 되었다.

그해 중일 전쟁이 터졌다. 거대한 중국에 대항하는 일본군인은 자신감으로 넘쳐 있었다.

"포악한 장개석을 대 일본제국의 군대가 무력으로 응징하여 항복을 받아 낼 것이다."

일본인 교장은 단상에 올라가 보통학교 학생들에게 열을 올리며 연설을 하기도 했다.

6학년 담임은 일본인으로 이오우에 선생이었다. 그는 특히나 김대중을 아끼고 사랑하였다. 그의 영특함에 언제나 감탄을 하며 칭찬을 하기도 하고 집으로 데려가서 그 당시에는 귀한 과자들을 주기도 하고 선생의 부인에게 김대중의 영특함을 칭찬하기도 했었다. 이때 김대중은 전교에서 1등을 하는 수재로 불리었다. 어머니의 열정과 김대중의 명석함이 하의도에 머물러 있었을 김대중을 목포보통학교에서 인정받는 우수한 학생으로 만들어 낸 것이다.

일본인 교장과 일본인 선생들이 있던 이 학교에서는 그때 당시만 하더라도 한국 학생이라고 차별하거나 함부로 대하지는 않았다고 한다. 그러나 일본인 교사는 한국인 교사보다 두 배나 많은 월급을 받는다는 소리를 우연히 들은 김대중은 일본인 교사에게 따져 묻기도 했다.

"일본인 선생님들이 월급을 두 배나 많이 받는다고 들었습니다. 어떻게 생각하십니까, 센세?"

"고향을 떠나 조선까지 와서 너희들을 가르치느라 고생하는데 그런 대우는 당연한 거 아닌가? 대우가 같으면 가족과 친구를 떠나서 타향에서 근무를 하겠는가? 안 그런가, 학생?"

듣고 보니 그럴 듯하기도 했다. 선생도 마음에 걸리는 게 있는지 다시는 물어볼 엄두가 나지 않도록 강하게 이야기 했다.

어린 시절 학교에 다니면 같은 학년에 좋아하는 이성친구가 한두 명씩은 있기 마련이다. 용기가 있던가, 운이 좋으면 친하게 말벗이라도 하겠지만 그렇지 못하고 학창시절을 그냥 흘려보내는 이들도 있을 것이다. 김대중의 첫사랑은 보통학교 6학년 때 찾아왔다.

그 학생은 한 학년 어린 5학년 학생으로 체구는 아담했지만 눈이 크고 빛나는 아이였다. 각종 행사에서 교장선생이 상장을 주거나 하면 옆에 서서 전달하는 역할을 하는 학생으로 성적이 우수하고 모범적인 학생들이 주로 하는 역할이었다. 그 여학생은 그중에서도 단연 돋보였다. 김대중은 그 소녀를 볼 때마다 가슴이 콩닥거리곤 하였다.

그러나 용기가 없었는지 운이 없었는지, 김대중은 소녀에게 좋아한다는 고백 한 번 못해 보고 졸업을 하게 되었다. 그녀 역시 김대중이 자신을 마음에 들어 하고 있었는지 전혀 눈치 채지 못하고 있었던 것이다.

김대중은 보통학교를 졸업한 후 목포의 북쪽에 있는 목포상업고등학교에 입학하였고 여학생은 1년이 지난 후에 남쪽에 있는 목포여고에 입학하였다. 여학생의 집은 북쪽이었고 김대중의 집은 남쪽이었다. 그래서 볼 기회가 없었으나 등굣길에서 간혹 마주칠 수 있었던 것이다.

그러나 여학생이 다니는 길로 가면 약간 돌아가는 길이라 학교에 가는데 시간이 더 걸리는 것이었다. 그럼에도 그 여학생을 보기 위해서 아침마다 돌아서 학교에 가곤 했었다.

김대중은 목포공립상업학교에 수석으로 입학하였다. 5년제 목포상업학교는 명문으로 알려져 있었다. 목포에 단 하나뿐인 상업학교여서 조선학생과 일본학생을 반반씩 뽑았다. 164명이 입학했는데 김대중은 취업반의 급장을 맡았다.

김대중이 목포상고 2학년에 재학할 때 창씨개명이 있었다. 조선총독부의 명령으로 이름과 성을 강제로 바꿨다. 황민화 정책에 의한 것으로 창씨개명을 통해서 본격적인 징병제를 실시하려는 계획이었을 것이다. 일본에서는 남자가 징병 연령이 되면 호주가 본적지 촌장에게 신고를 하게 되어있고 그러면 연령에 맞춰서 징병을 하게 되어 있었다. 창씨개명을 통해서 호적이 생기고 본격적으로 관리에 들어가게 되는 것이었다.

학창시절에 김대중은 공부도 잘했고 선생들과의 대화를 통해서 학식을 넓혀 나갔다.

그리고 아침마다 마음에 두었던 소녀의 얼굴을 보면서 등교를 하였고 급변하는 사회 속에서 자신의 꿈을 갈고 닦는 노력을 하였다.

김대중은 3학년 때 진학반으로 옮겼다. 취업반의 급장이었던 김대중은 대학에 가고 싶은 생각이 들었기 때문이었다. 일본인 선생의 추천으로 알게 된 건국대학교가 그것이었다. 그 당시에 건국대학교는 만주에 있는 학교였다. 등록금은 물론이고 숙식까지 무료로 제공하는, 우수한 인재들을 위한 학교였다. 그러나 고3이 된 그해 겨울 1941년 12월 일본은 미국이 점령하고 있는 진주만을 폭격하였다. 러시아나 중국과는 차원이 다른 싸움이 될 것이었다.

전쟁으로 인해 만주로 가는 것이 불투명해졌다. 그것만이 아니었다. 김대중은 일본인 학생들과 티격태격하는 일이 발생했기 때문이다.

수업이 끝나고 청소당번이었던 김대중은 동료학생 몇몇과 교실을 청소하고 있었다. 그런데 수업이 끝났는데도 교실에서 어슬렁거리며 큰소리로 떠드는 일본인 학생이 있었다. 그게 김대중의 눈에 거슬렸다.

"이봐, 나가이, 청소하는 사람이 안 보이냐? 왜 떠들고 난리냐? 어서 나가"

나가이라는 일본 학생은 김대중에게 달려들어 얼굴에 주먹을 꽂았다. 갑작스럽게 당한 김대중은 비틀거리면서 고함을 질렀다.

"왜 사람을 치냐, 이놈아"

그와 동시에 또 나가이의 주먹이 날라 왔다. 힘깨나 쓰던 김대중은 나가이의 주먹을 잡고 업어 메치기로 땅에 처박아 버렸다. 그러면서 신고 있던 군화로 나가이의 얼굴을 밟아주려고 했다. 그러나 순간 주변의 시선이 느껴졌다. 쓰러져 있던 나가이를 일으켜 세워 옷을 털어 보내주었다. 나가이는 분한 표정으로 돌아갔다. 그 일이 있고 나서 며칠 후에 일본인 선배들이 교실로 찾아왔다.

"김대중이가 누구냐? 김대중이 나와"

"내가 김대중이오만, 선배님들은 무슨 일로 나를 찾으시오?"

"이리 따라와."

학교 뒤쪽 으슥한 곳으로 김대중을 끌고 가더니 집단으로 주먹질을 해댔다.

차고 있던 허리띠를 풀어서 채찍처럼 휘두르는 놈들도 있었다.

"네가 감히 일본인을 쳐? 뵈는 게 없구나, 아주."

김대중은 감히 선배들에게 대항할 수 없어서 그 자리에서 가슴과 얼굴을 가리고 맞을 수밖에 없었다. 그날 김대중은 피 반죽이 되었다.

그러던 1943년 12월 김대중은 목포상고를 졸업했다. 전시 특별조치로 조기졸업을 실시한 것이었다. 전쟁이 막판으로 치닫고 있었으며 물자를 착취해 가는 정도가 갈수록 심해지고 있었다. 졸업을 한 후 얼마 되지 않아 김대중은 일본인 사장이 운영하는 전남기선주식회사에 취직을 하게 된다. 해운회사로 회계 서무 등의 업무를 김대중이 혼자서 맡아 했었다. 전쟁의 말기, 일본은 전세가 불리해 지자 한국의 젊은 이들도 군인으로 징병을 해 갔다. 김대중의 부친은 아들의 징집을 늦추기 위해 생년월일을 1925년 12월3일로 바꾸었다. 일본군은 사람을 가리지 않고 병사로 뽑아 갔다. 보통은 나이가 많은 것으로 호적을 바꿔서 징집을 피하려 했는데 김대중은 나이를 어리게 하여 징집시기를 늦춘 것이었다.

그러다가 학교 다닐 때 아침마다 보았던 그녀를 만나게 되었다. 그녀도 김대중이 자신에게 마음이 있다는 것을 이미 알고 있었던 것이다. 김대중은 용기를 내어 그녀에게 만나고 싶다고 말을 했다. 그리고 두 사람은 함께 극장으로 영화를 보러 갔었다. 보통학교에서부터 짝사랑을 하던, 그리고 상고시절 매일 아침마다 등굣길에서 그녀를 보기 위해 얼마나 많은 날들을 설레며 지났던가. 그러나 애틋한 첫사랑은 결국 손목 한 번 잡지 못하고 끝나버렸다.

그에게 새로운 여인이 생겼기 때문이다.

졸업을 하고 회사에 다니던 1944년 여름이었다. 회사 사무실 밖에서 물건의 개수를 헤아리고 있는데, 양산을 쓴 젊은 여인이 그의 앞으로 지나가는 것이었다. 피부는 하얗고 머리는 단정했고 하얀색 원피스를 입고 있었다. 덥고 습기가 찬, 그러면서도 눈부시게 밝은 햇살 아래 빛나는 그녀의 모습에 김대중은 넋을 잃을 정도였다. 첫눈에 반해버린 그녀는 여태까지 본적이 없는 세련된 아름다움을 지니고 있었다.

김대중은 애가 탔다. 저 여자는 누구인가? 주변에 그녀에 대해서 알 만한 사람이 보이면 보이는대로 물어 보았다. 그러나 그녀에 대해서 알고 있는 사람은 없었다. 그러다가 우연히 그녀에 대해서 알게 되었는데 그녀는 상고 동기인 차원식의 누이동생인 차용애였던 것이다.

 차용애는 일본 나고노 현에 있는 이나 여학교에 다녔다. 일본이 미국의 진주만에 폭격을 한 이후에 미국의 반격이 시작되었고 일본 본토에 대한 폭격이 심해진다는 이야기를 전해들은 차용해의 아버지가 그녀를 목포로 불러들인 것이다. 만약에 조금이라도 늦었다면 그녀는 그녀의 동기들처럼 전쟁에 동원되었을 것이다. 그녀의 동기들은 나고야 군수공장에서 포탄을 만들다가 미군의 폭격으로 대부분 사망했다고 알려졌다. 미국이 폭격을 했기에 그녀의 아버지가 그녀를 불렀고, 김대중은 나이를 늦추고 징집을 늦추었기 때문에 두 사람은 목포에서 만날 수 있었던 것이다. 게다가 그녀는 친구의 동생이 아닌가? 이 모든 것이 마치 운명인 것처럼 느껴지는 김대중이었다. 친구를 찾아가는 것처럼 그녀의 집에 들렀지만 친구는 안중에도 없었고 오직 그녀만이 김대중의 목표였다. 그녀에게는 동생이 몇 있었는데 그들에게 환심을 사기 위해서 귀한 과자를 뇌물로 주기도 했다. 그렇게 자주 들르다 보니 그녀와 조금씩 말문을 트기도 했고 가까워 졌다.

 "용애야 너 대중이에게 시집가라"

 친구가 은연중 부추겼고 그녀는 미소로 넘겼다. 조용히 차분하게 지내는 듯 보였지만 속으로는 둘 다 열정에 불타올랐다. 서로에게 특별한 사람임을 본능적으로 느낀 것이다. 김대중은 그녀에게 사랑을 고백했고 그녀도 그에게 마음이 있음을 밝혔다. 둘은 미래에 서로 함께 하자며 장래를 약속하기까지 했다.

그러나 문제가 있었다. 그녀의 어머니는 김대중을 좋아했지만 그의 아버지는 두 사람의 결혼을 반대하는 것이었다. 전쟁터에 언제 끌려갈지도 모르는 놈에게 귀한 딸을 줄 수 없다는 것이었다.

일본에서 불러올 때부터 미리 점찍어 놓은 남자가 있었단다. 차용애의 부친은 자신의 뜻을 밀고 나가려고 했다.

그러던 어느 날 차용애의 모친이 김대중을 불렀다. 그 자리에는 동기인 차원식이와 그의 부친이 함께 했다.

"용애야, 네가 당사자이니 네가 결정을 해라. 김 군과 결혼을 하겠니? 아니면 헤어지겠니?"

그녀의 한마디에 모든 것이 달려 있었다. 김대중은 심장이 뛰었고 혹시라도 그녀를 잃을지도 모른다는 생각에 가슴이 답답함을 느끼고 있었다.

언제나 다소곳하고 여성미가 있는 수줍은 모습의 그녀였는데 그날만은 얼굴에 비장미가 있었다.

"저는 대중씨에게 시집을 가지 못하면 죽어버리겠습니다. 아버지."

언제나 어리게만 보았던 딸이 저렇게까지 나오니 그녀의 아버지도 어쩔 수가 없었다.

그리고 김대중을 그간 보아 오면서 느낀 것이, 인물도 훤하고 똑똑하고 근면한 것이 그만한 사윗감이 없었던 것이다. 차용애가 그렇게 강력하게 결정하자마자, 딸을 끔찍이도 아끼던 아버지는 태도가 완전히 달라져서 김대중을 사위로 아끼고 사랑해주게 되었다.

　차용애의 아버지인 차보륜은 전라도에서 손꼽힐 정도로 큰 인쇄소를 운영하는 사람으로 재산은 물론이고 어느 정도의 학식과 식견이 있는 사람이었다. 그러니 딸을 일본으로 유학 보낼 생각을 했으리라.

　1945년 4월9일 김대중과 차용애는 결혼식을 올렸다. 해방이 되기 전에 꽃이 막 피기 시작한 봄날이었다. 그러나 전쟁 말기로 신혼여행을 가지도 못했으며 언제 소집영장이 날아들어 전쟁터로 끌려갈지 알 수 없는 날이 계속 이어졌다.

　목포항은 군수물자를 나르는 항구였기 때문에 공습의 위험이 있었다. 그래서 항구 근처의 집들은 전부 헐어버리곤 했는데 그 중에 김대중의 집도 있었던 것이다. 그래서 그들은 목포의 변두리로 이사를 하게 되었다.

　전쟁이 막바지로 흘러가고 있었음에도 불구하고 일본은 전쟁에서 이기는 것처럼 뉴스를 보내왔다. 태평양뿐만이 아니라 필리핀을 비롯한 동남아시아에서 승리하고 있다는 내용이었다. 그래서 사람들은 모두 일본의 승리를 믿어 의심치 않았다. 일본이 진다는 것을 상상하기가 어려웠을 만큼 그 당시의 일본은 강력한 국가였다. 아시아 전체를 지배할 것이라는 일본은 승전보를 보내 왔지만 그 승전보의 내용에서 점점 이상하게 전쟁터가 바뀌는 것이었다.

　"일본이 지고 있는 것 같소."
　"어머, 모두가 일본이 이기고 있다고 하던데요."

"남태평양이나 호주 근처의 솔로몬 군도에서 점점 일본 본토 쪽으로 전쟁터가 옮겨가는 걸 보면 이 전쟁이 그리 오래 가지는 않을 것이요."

독일이 항복했다는 소식을 얼핏 들었지만 일본은 죽을 때까지 항복을 하지는 않을 것이라고 생각하는 김대중이었다. 그들은 끈기가 있고 패배를 인정하지 않는다. 죽을 때까지 항복이라는 단어를 사용하지는 않을 것이다. 그러나 전쟁에서 밀리고 있으니 앞으로 어떻게 될지 도무지 감을 잡을 수가 없었다.

1945년 8월 15일 일본 천황의 중대발표가 있다는 소문이 들렸다. 그래서 라디오가 있는 처갓집으로 가서 중대 발표를 듣는 김대중이었다. 그때 당시에 일본인들 사이에서는 몇 가지 소문이 퍼져 있었는데, 전쟁에서 밀리고 있기 때문에 새롭게 결의를 다져 목숨 바쳐서 승리를 얻어내자는 그런 내용이 있을 거라는 소문이었다. 일제의 수탈은 극으로 치닫고 있었다. 그런데 방송에서는 전혀 뜻밖의 내용이 나왔다.

"짐은 깊이 세계의 대세와 제국의 현상에 감하여 비상조치로서 시국을 수습하고자 여기 충량한 그대들 신민에게 고하노라. 짐은 제국정부로 하여금 미, 영, 소, 중 4개국에 대하여 그 공동선언을 수락할 뜻을 통고케 하였다. 생각건대 제국신민의 강령을 도모하고 만방공영의 낙을 같이 함은 황조 항종의 유범으로서 짐의 권권복응하는 바, 전일에 미, 영 양국에 선전한 까닭도 또한 실로 제국의 자존과 동아의 안전을 서기함에 불과하고 타국의 주권을 배하고 영토를 범함은 물론 짐의 뜻이 아니었다. 그러나 교전이 이미 사세를 열하고 짐의 육, 해 장병의 용전, 짐의 백료유사의 정려, 짐의 1억 중서의 봉공이 각각 최선을 다 하였음에도 불구하고 전국은 필경에 호전되지 않으며 세계의 대세가 또한 우리에게 불리하다. 뿐만 아니라 적은 새로이 잔학한 폭탄을 사용하여 빈번히 무고한 백성을 살상하여 참해에 미치는바 참으로 측량할 수 없게 되었다. 이 이상 교전을 계속하게 된다면 종래에 우리 민족의 멸망을 초래할 뿐더러 결국에는 인류의 문명까지도 파각하게 될 것이다. 이와 같이 되면 짐은 무엇으로 억조의 적자를 보하며 황조황종의 신령에 사할 것인가. 이것이 짐이 제국정부로 하여금 공동선언에 응하게 한 까닭이다. 짐은 제국과 함께 종시 동아해방에 노력한 제 맹방에 대하여 유감의 뜻을 표하지 않을 수 없다. 제국 신민으로서 전진에 죽고 직역에 순하고 비상에 패한 자 및 그 유족에 생각이 미치면 오체가 찍어지는 듯하며 또 전상을 입고 재화를 만나 가업을 잃어버린 자의 후생에 관해서는 짐이 길이 진념하는 바이다. 생각하면 금후 제국의 받을 바 고난은 물론 심상치 않다. 그대들 신민의 충정은 짐이 선지하는 비이나 짐은 시운이 돌아가는바 심난함을 감하고 인고함을 인하여서 만세를 위해서 태평을 고하고자 한다. 짐은 여기에 국체의 호지함을 얻어 충량한 그대들 신민의 적성에 신의하여 항상 그대들 신민과 함께 있다. 만약 정에 격하여 사정을 난조하여 혹은 일명 배제하여 서로 시국을 어지럽게 하고 대도를 그르치게 하여 신의를 세계에 잃게

함은 짐이 가장 여기에 경계하는 바이다. 모름지기 거국일치 자손상전하여 굳게 신국의 불멸을 믿고 각자 책임이 중하고 갈 길이 먼 것을 생각하여 총력을 장래의 건설에 쏟을 것이며 도의를 두텁게 하고 지조를 튼튼케 하여 국체의 정화를 발양하고 세계의 진운에 뒤지지 않게 노력할지어다. 그대들 신민은 짐의 뜻을 받들어라."

이것은 신이라 불리던 일본의 천황이 처음으로 국민들에게 자신의 목소리를 들어낸 것으로 옥음방송이라고도 불린다. NHK를 통해 8월 15일 오전 12시 정오 일본 전국으로 방송되었고 단파를 통해서 조선과 만주, 그리고 타이완까지 방송되었다. 음질이 좋지 않아 정확한 뜻을 알 수는 없었으나 4개국의 공동선언을 수락한다는 내용이 항복의 의미를 가지고 있음을 알게 된 김대중과 그의 아내는 만세를 외쳤다. 일본어를 정확히 모르는 처갓집 식구들은 그 두 사람의 반응에 따라 함께 소리를 지르고 만세를 불렀다. 김대중은 밖으로 뛰어 나와 거리를 내달리며 소리를 질렀다.

"조선이 독립된다. 조선이 독립된다."

김대중은 장인의 인쇄소로 달려가서 종이를 가져다가 "일본 항복"이라고 써서 벽에 붙이고 다녔다.

그때 세무서에 다니던 친구가 자전거를 타고 오더니 김대중에게 인사를 건넨다.

"오랫동안 신세졌습니다. 오늘 입영합니다."

그는 거수경례로 인사를 했다.

"야 이양반아. 전쟁이 끝났어. 졌어요, 졌어."

"미국이 졌어요?"

"아이고, 일본이 졌다고, 우리는 해방이 된 거야."

"그게 무슨 말도 안 되는 말씀입니까?"

모든 정보도 통제된 사회에서 승승장구하는 줄만 알았던 일본이 전쟁에서 패했다는 말은 쉽게 믿을 수 없는 것이었으리라.

해방이 되었고 김대중은 군대에 안가고 사랑하는 아내와 함께 계속해서 살 수 있게 되었으니 이 어찌 기쁘지 않겠는가? 회사의 일본인 경영자와 사장은 모두 일본으로 돌아가게 되었다. 김대중이 있던 목포에서는 일본인과 큰 충돌이 없었지만. 해방이 됨과 동시에 조선은 무법천지가 된다. 일본인 하나 둘 때려죽이지 않은 이들이 없었다. 조선인들에게 살해당할 것이 두려운 일본인들은 서둘러 본국으로 빠져나갔다. 조선인들과 비교적 사이좋게 지냈던 이들은 회사를 그들에게 넘겨주고 조용히 본국으로 돌아갔다. 전쟁에 공포가 가시자 목포는 다시 활기를 띠기 시작했다. 일본인으로부터 회사를 넘겨받은 종업원들이 스무 명 가량이었는데 단체를 만들어 회사 운영위원회라는 것을 결성하였다. 그 위원회에서 김대중은 회사 사장이 되었다.

역사의 소용돌이 속에서 함께 흘러가던 김대중은 그 순간 자신에게 모든 기운이 몰려오는 듯한 기분이 들었다. 자신을 억누르기도 하고 도와주기도 했던 일본인이 떠나고 순간 진공처럼 모든 것이 사라져

버린 것이었다. 그곳을 채울 수 있는 것은 바로 교육을 받은 본인 같은 소수의 조선인이었다. 그는 사랑하는 부인에게서 떠나지 않는 것만으로도 좋았다. 해방이 되었다. 무엇이든 할 수 있을 것만 같았다. 그러나 해방이후의 혼돈이 그를 기다리고 있었다.

03

| 1950년대, 사업을 하다 |

해방과 동시에 일본인이 물러간 후 김대중은 경영자가 되어 회사를 운영하였다.

그 기간이 그리 길지는 않았다. 스무 명 남짓 되는 직원들의 생계가 걸려 있는 만큼 회사를 운영하기 위해 부단히도 노력하던 김대중이었다.

그러나 해방 이후에 일본인이 운영하던 기업을 노리는 이들이 있었고 그의 회사도 역시 표적이 되었다. 일본인이 물러가고 남한에서는 미국의 군정이 시작되었다. 실권을 쥐고 있는 미 군정청을 잘 아는 서울 사람이 회사의 운영권을 뺏어가는 일도 벌어졌었다.

운영권을 빼앗기니 당장의 직원과 가족의 생존이 위협받게 되었다. 그래서 김대중은 종업원들의 대표이며 운영위원회 위원장이기도 했기에 직접 나서서 문제를 해결하려고 했다.

그는 서울로 올라가서 운영권을 가진 이를 만나 담판을 지었다.

"목포에 있는 우리 회사는 직원들이 해방 전부터 갈고 닦아온 회사로서 우리의 생명과도 같은 귀한 것이요. 당신이 얼마나 대단한 사람이고 얼마나 많은 인맥을 두고 있는지 나는 잘 알지 못하오만, 이렇게 갑자기 뛰어들어 사람들의 터전을 빼앗아서야 되겠소? 댁은 서울에서도 바쁜 일이 많은 듯하니 목포의 회사는 목포에 있는 우리 직원들이 운영할 수 있게 해주시오. 댁의 사업에 필요한 부분이 있으면 내 적극 협조하리다."

처음에는 항의하듯이 조목조목 이치를 따지며 훈계조로 시작을 하다가 나중에는 섭섭지 않게 이익을 보장하겠다는 김대중 특유의 언변으로 서울의 유력인사도 한순간에 신뢰하게 만들었다. 그래서 김대중과 직원들에게 운영권이 돌아가도록 하겠다는 약속을 받아냈던 것이다.

서울로 담판을 짓겠다고 올라가는 김대중에게 직원들은 사실 큰 기대를 가지고 있지는 않았었다. 그가 언변이 뛰어나고 명석한 것은 전 직원이 인정하는 바였으나 작정을 하고 회사를 빼앗으려 하는 무리들에게 맨몸의 김대중이 무엇을 할 수 있을 것인가? 하는 의구심이 들었던 것도 사실이다. 그러나 김대중이 보란 듯이 운영권을 찾아와 목포로 돌아오니 직원들의 신망이 하늘을 찌를 듯하였다. 이러한 김대중의 활약이 목포 시내에 두루 퍼지게 되었고 소문을 듣고 회사를 경영해 주십사하고 찾아온 이들이 있었으니 그들은 바로 목포에서 가장 큰 조선소인 대양조선공업의 종업원이었다. 얼굴도 모르는 서울사람들에게 회사를 빼앗기느니 김대중에게 맡겨서 계속 운영할 수 있게 하는 것이 더 나으리라는 계산이 있었을 것이다.

그래서 김대중은 한동안 조선소를 운영하는 경험을 하게 된다.

어릴 적부터 배를 보고 자란 김대중에게 배를 만드는 조선소를 운영한다는 것은 참으로 즐겁고 기쁜 일이 아닐 수 없었다.

김대중은 사업뿐만이 아니라 정치에도 발을 들여놓게 되는데 건국준비위원회가 바로 그것이다. 목포지부에 가입한 김대중은 나라의 건국을 위해서 힘쓰기 위해 노력하는 청년이었다.

이 건국준비위원회는 이남규 목사를 중심으로 시작했으나 점점 공산주의 사상을 가진 젊은이들이 늘어났다. 물질이 부족했던 시대에 생산된 재화를 함께 나눠쓰자는 취지가 많은 이들의 공감을 얻었으리라.

건국준비위원회의 위원장은 여운형으로 1945년 9월 6일 전국 인민대표자회의를 개최하였고 새로운 나라의 이름을 조선인민공화국으로 선포하였다. 그리고 위원회를 대표하는 중앙인민위원은 거의 독립운동의 지도자들로 채워졌다. 9월 14일 조선인민공화국 조석으로 이승만 박사를 추내했고 부주석에 여운형이 추대되었다. 이 안에는 김구 선생과 조만식 선생도 포함되었다. 그러나 당사자의 의견이 반영된 사항은 아니었다. 아직 미군이 완전히 점령하지 않은 상태에서 새로운 국가를 만들려고 하던 세력의 계획이었으나 미국에 있는 이승만과 중국에 있는 김구 선생이 아직 한국에 발을 들이기도 전의 일이었다.

9월 8일 미군은 인천으로 입항하여 서울에 미군정 본부가 들어서게 되었다. 북한은 소련이 점령하게 되었다.

해방이 된 해 겨울 전승국은 한반도를 5년간 통치하는 것을 결의하였다. 전국적으로 반대 집회가 열리게 되었다. 이승만과 김구는 신탁에 반대하였고 두 개의 정부가 생기는 것에 반대하였다. 일제에게 수난을 겪고 마침내 해방이 되는가 싶었는데 이제는 같은 민족끼리 서로 이념으로 싸우는 상황이 발생한 것이다.

1946년 6월 이승만 박사는 남한의 단독 임시정부 수립을 할 수 있다는 가능성을 제시하였다. 김구 선생은 신탁통치에 반대하며 우리민족끼리 단합하여 독립국이 되기를 바라고 있었다.

좌익인 박헌영은 미군정에 반대하는 입장을 취했다.

이러한 혼란 속에서 김대중은 당에 가입하여 당원이 되었으니 그 당의 이름이 바로 신민당이다. 신민당은 중국에서 독립운동을 하다가 돌아온 독립동맹의 참가자들이 만든 정당으로 김두봉과 최창익이 대표로 활동하고 있었다. 이 독립동맹의 본부는 평양으로 주로 북에서 활동하였다.

그때 당시만 해도 좌익과 우익이 함께 힘을 합친다는 명분을 가지고 있었으나 당내 상당수는 공산주의를 추종하는 세력이었던 것이다. 갑작스러운 해방과 동시에 나라는 혼란스러워 졌고 저마다 자기의 목소리를 내며 자고 일어나면 정당이 하나씩 생기던 그런 시대였다.

김대중은 신민당에서 활동을 하였지만 그의 장인은 한국민주당 목포지부 부지부장을 맡고 있었다. 재산이 많은 장인은 공산주의자와는 맞지 않았고 공산당들을 싫어했다. 그래서 사위에게 공산당을 조심하라는 말을 자주 해오던 터였다. 그런 와중에 김대중이 신민당 모임에 참석했을 때 공산주의를 표방하는 세력이 자기들의 구호를 외치며 선전을 하자 조용히 자리에서 나왔다. 당이랑 인연을 끊은 것이었다.

1946년 9월 5일 신민당은 공산당 노선을 지지하여 조선인민당의 일부 인사들과 함께 공산당으로의 합당을 발표했다. 이북의 북조선신민당은 이미 그해 8월 공산당과 합당하여 북조선노동당을 만들었다. 당을 장악한 것은 김일성이었다.

그로부터 한 달이 지난 1946년 10월 1일 대구에서 10.1 사건이 터졌다. 서울에서 시작된 철도 노동조합, 출판노조, 전신노조의 파업이 대구로 번진 것이었다. 노동자의 처우개선을 내세웠지만 실질적인 이유는 미 군정청이 공산당 간부를 체포하려고 발표한 체포령을 해제하라는 것이었다. 이것을 시작으로 전라도 경기도 등에서 좌익세력들이 들고 일어났다. 미 군정청은 타협할 생각이 없이 강경책을 구사하고 있었다.

그때 당시에 김대중은 저가에 머물러 있었다.

방 밖에서 긴장한 표정으로 앉아 있는 남자는 김대중이었다. 산모의 비명소리가 문밖으로 들려 왔다. 그렇게 몇 시간이 흘렀는지 모른다. 그러다 갑자기 갓난아이 울음소리가 들렸다.

김대중은 문을 열까 말까 고민하고 있었다. 나이를 지긋이 먹은 산파가 문을 살며시 열더니 들어오라고 손짓을 했다. 장모는 옆에서 아이를 받아들고 있었다. 아이는 핏물을 뒤집어 쓴 듯하였고 불그스름한 살색을 띄고 있었다.

"딸이라네."

"여보 고생이 많았소."

김대중은 첫아이와 눈을 맞추었다. 마냥 신기할 뿐이었다. 눈코입이 자신을 빼 닮은 것 같았다. 산모는 기진맥진 하였지만 두 부녀의 모습을 지켜보고 살며시 미소를 지었다.

다음 날 아침이었다. 문 두드리는 소리가 크게 울리더니 소리를 지르기 시작했다.

"김대중이 여기 있는 거 다 알고 있다 문 열어."

집사가 김대중의 눈치를 보고 문을 열지 말지 고민하고 있는 모습이었다.

여차하면 빗자루로 싸우려는 듯이 손에 쥐고 있었다. 김대중은 집사를 진정시키고 문을 열라고 손짓했다. 문을 열자 남자들이 쏟아져 들어왔는데 눈에서 살기가 가득했다. 우익단체 사람들이었다.

"당신이 김대중이구만 같이 좀 가서야겠소."

"어제 딸이 태어나서 사람들이 많이 있는 것이 안 좋을 듯하니 내 뒤따라 가리다. 먼저들 나가 계시오."

누워있는 아내에게 인사를 할까 하다가 차비를 하고 바로 집을 나섰다. 문밖에선 사람들이 김대중을 낚아채듯이 양팔을 집았다. 그리고 끌고 가듯이 몰아갔다.

　일본식 목조 건물의 일층으로 김대중을 끌고 갔다. 나무 의자에 앉히더니 우두머리처럼 보이는 이가 김대중을 심문하기 시작했다.

　"파출소를 공격한 것이 자네인 것을 알고 있다. 누구와 왜 했는지 자백해라."

　김대중은 어안이 벙벙하였다. 진통을 하는 산모에게 신경 쓰느라 세상이 어떻게 돌아가고 있는지 전혀 모르고 있었기 때문이다.

　"무슨 말을 하는지 나는 전혀 모르겠소이다."

　"당신을 지목한 사람이 있는데 속이려들지 말고 공범들을 자백해라."

　"한 적이 없는 일을 자백하라니 내 정말 답답하여 미칠 지경이오. 누가 그런 밀고를 했는지 들어나 봅시다."

　우두머리는 주변을 돌아보더니 소리쳤다.

　"그냥 말로는 안 되겠다. 빨갱이 새끼들이 거짓부렁이가 심하니 몽둥이찜질이 약이다. 쳐라."

　네 명이 각목을 들고 오더니 김대중에게 휘두르기 시작했다. 얼굴을 팔로 막으면 허리와 다리로 각목이 들어왔다. 둔탁한 소리가 났다. 때로는 뼈에 맞아서 엄청난 고통을 느끼게 하였다.

　온몸이 멍자국이었다.

　"어제는 딸이 태어난 날이요. 나는 하루 종일 지켜보았소, 처가 식구들도 있었고 산파도 있었단 말이오. 그들에게 물어 보시오. 아이고,

나죽네."

사람들은 들은 척하지도 않고 계속해서 몽둥이를 휘둘렀다.

쉬었다가 때리고 쉬었다가 때리고 몽둥이질을 했다가 때로는 발길질을 했다.

사흘을 밤낮으로 맞다가 안 되겠는지 경찰서로 넘겨졌다.

사위가 어디로 끌려갔는지 알 수 없었던 장인은 사람을 풀어 여기저기 찾아보았으나 헛수고였다. 그러다 경찰서에 들어갔다는 소식을 전해 듣자마자 경찰서로 달려왔다.

철창 안에 구석에 쭈그리고 있는 사위는 원래 알던 훤칠하고 잘생긴 그 청년이 아니었다.

피투성이에 너덜너덜해 진 옷을 입고 쭈그리고 있는 모습을 보니 장인은 분통이 터졌다.

"내 집에서 내 눈앞에 앉아 있었는데 무슨 짓들을 한 것이야 이게. 어떻게 이럴 수 있소?"

경찰들은 동네 유지인 장인에게 뭐라고 크게 대꾸할 수 없었다.

"아니 내 사위가 경찰서에 그런 못된 짓을 했다면 내가 모를 리 없고 내가 하루 종일같이 있었는데도 사위가 그랬다면 나도 같이 경찰서에 불을 질렀다는 말일 텐데. 나도 잡아가시오. 내 사위를 내놓던지 나도 잡아넣던지."

장인이 소리를 지르며 말하니 경찰은 할 말이 없었다. 동네 유지이기도 하고 우익인 한국민주당 목포 부지부장까지 하고 있으니 너 이상 김대중을 붙잡아 둘 명분이 없었다.

"이봐 김대중이 앞으로 처신 잘해."

위로나 사과의 말 한마디 없이 훈계를 하며 풀어 주었다. 재판 없이 아무나 끌고 가서 죽이곤 하는 세상이었기에 살아서 나오는 것만으로도 감지덕지해야 할 판이었다.

나중에 알게 된 것이 김대중을 밀고한 자의 이름은 홍익선이었다.

그 후 김대중은 배를 한 척 구입하게 된다. 그리고 회사를 설립하였다. 그 회사의 이름은 목포해운공사였다.

목포와 부산, 군산, 인천 등 연안 항구의 화물을 운송하는 업체로 점점 사업이 번창해 나갔다.

1947년 7월 19일 여운형이 피살되었다는 뉴스가 호외로 뿌려졌다. 범인은 19세 청년으로 대낮에 길거리에서 총격을 받고 숨졌던 것이다. 큰 별이 하나 떨어진 것이다.

이제 독립운동가 중에서 크게 존경받는 인물은 이승만과 김구 두 명만 남았다.

이승만은 남쪽이라도 단독선거를 하여 정부를 만들어야 한다고 주장하였고 김구 선생은 통일된 정부를 만들어야 한다며 이승만에 반대하였다. 유엔은 이승만을 지지하고 있었다. 북한의 공산당 정부와는 연합이 안 될 것이라는 예상 때문이었을 것이다.

이에 김구 선생은 김규식 선생과 함께 남북 대표자 연석회의를 제안했다. 남북이 통일 할 수 있는 마지막 기회일지도 모른다는 생각으로 국민들은 이 상황을 지켜보았다.

김대중의 사업은 점점 번창하게 가기 시작했다.
작은 배 한 척으로 시작하여 큰 배 두 척을 추가로 보유하게 된다.
이때 집을 구입하게 된다. 2층집을 마련한 것이다. 그리고 김대중의 처는 둘째를 임신하게 되었다.
첫 딸 소희는 눈에 넣어도 아프지 않은 아이였다. 첫딸이어서 그런 것도 있고 힘들게 일을 끝내고 오면 꺄르르 웃는 모습에 김대중의 모든 고통을 씻어주는 것 같았다.
둘째이면서 장남인 홍일이가 태어났다. 김대중은 뛰는 듯이 기뻐했다. 자신을 꼭 닮은 아들이 세상에 태어난 것이다. 김대중이 태어날 때와 비슷하게 난산으로 태어났다. 머리부터 나와야 하는데 다리부터 나온 것이다. 아내는 첫째보다도 더욱더 힘들어 했고 산파도 김대중도 다 같이 힘든 날이었다. 그러나 다행히도 무사히 태어났다. 이렇게 기쁘게 아들을 보게 된 것이다.
그것이 1948년 초였다.
아들이 태어나고 얼마 되지 않아. 김대중과 그의 아내에게는 시련이 덮쳐왔다.
큰 딸 소희가 세상을 떠난 것이다. 아파도 아프다는 말도 못하고 시름시름 앓다가 세상을 떠났다. 그때 당시만 해도 병원이 별로 없을 때였다.

김대중은 죽어버린 아이를 끌어안고 울기 시작했다. 처음에는 통곡을 하다가 울음이 멈추었다가 다시 조금씩 눈물을 흘리고 몸이 부르르 떨리기까지 했다.

아이를 묻어 줘야 한다는 것을 알고 있었지만 어떻게 해야 할지 모르고 계속 품안에 안다가 이불 위에 눕혔다가를 반복했다.

그때 김문수가 지프를 몰고 김대중의 집으로 찾아왔다. 그는 미군 군복을 입고 미군 지프를 몰고 온 것이다. 아이가 들어갈 조그만 관을 가지고 와서 소희를 관에 넣었다.

아이의 어머니인 차용애는 갓 태어난 홍일이에게 젓을 먹이면서 울고 있었고 김대중은 딸을 차마 보낼 수 없어서 울면서 쳐다보고 있었다.

"대중이 자네는 집에 있게 내가 묻고 오겠네."

김대중은 아무 말도 못하고 천천히 따라 걸어갔다.

조그마한 관 안에는 식어버린 딸이 누워 있었다. 밝게 웃어주던 딸과는 아직 몇 마디 이야기도 못해봤었다. 이제 갓 3살이 될까 말까였기 때문이다.

"자네는 들어가 있게. 그만 방으로 들어가게. 내가 잘 묻고 오겠네."

김문수는 지프에 관을 올리고 시동을 걸고 떠났다. 비포장도로이기에 덜커덩거리며 관이 들썩였다. 김대중은 눈물을 흘리며 바라볼 수

밖에 없었다.

1948년 4월 3일 제주도에서 4.3 사건이 일어났다. 남한만의 단독 정부 수립에 반대하는 제주도 주민들이 봉기를 일으킨 사건으로 미 군정청이 경찰과 경비대를 동원하여 진압하였다. 제주도 전역에서 수만 명이 희생을 당했다.

그로부터 몇 달이 지난 1948년 4월 18일부터 30일까지 평양에서 남북 연석회의가 열렸다. 남측에서는 김구, 김규식이 대표로 참석하였고 북측에서는 김일성, 김두봉이 참석했다. 4월 26일에는 김구, 김규식, 김일성, 김두봉이 참석하는 4자회의가 개최되었다. 그러나 아무런 소득이 없었다. 김구가 돌아온 지 5일이 지나고 남측은 단독 총선거를 실시하였다.

1948년 5월 10일 남쪽에서 선거가 실시되었다. 해방 이후 미군정을 지나면서 국가의 권력기관이 전무했었다. 그래서 사회혼란이 가중되었던 것인지도 모른다. 이러한 상황에서 나라의 틀을 잡는 국회가 시작된 것이다. 왕이 집권하던 왕조에서 일본의 총독이 이끄는 식민지 그리고 미군의 장군이 지배하던 조선이 미국식의 대통령제를 채택하게 된 것이다. 선거가 끝나고 4일이 지난 1948년 5월 14일 북한은 남한에 공급했던 전력을 끊어버렸다.

그때 당시만 해도 공업이 발달한 북한은 발전시설을 많이 가지고 있어서 남측에 전력을 공급하고 있었던 것이다.

국회의원이 선발되고 초대국회는 이승만을 초대 대통령으로 선출하였다. 김구와 김구가 이끄는 한독당은 분단된 조국에서 그 무엇도 하지 않겠다며 선거판에서 빠져버렸기 때문이다. 선거가 끝나고 정부의 탄생을 발표하였다 그것이 1948년 8월 15일 대한민국이 탄생한 것이다. 그로부터 25일 뒤 9월 9일 조선민주주의 인민공화국이 세워졌다. 이로서 남과 북은 다른 국가 다른 체제로 분단의 벽을 쌓고 갈라서 버린 것이다.

4.3 사건에 동원된 여수의 14연대 병력 중에 상당수가 동족을 죽일 수 없다는 명분을 가지고 10월 20일에 반란을 일으켰다. 좌익세력이 주동이었다. 그 반란세력은 여수와 순천을 접수하였다. 이승만 정권은 이들을 진압하였다. 부역자를 색출하는 과정에서 양민들의 희생이 발생했다. 제주도와 전라남도는 이념으로 인하여 정부군이 민간인 혹은 좌익세력을 죽이는 일이 계속해서 벌어지게 된다. 그리고 남과 북의 경계인 38선 부근을 따라 무력충돌이 발생하였다.

1949년 6월 26일 김구 선생은 현역 소위인 안두희의 흉탄에 세상을 떠났다. 그때 당시 김구 선생의 나이는 74세였다. 소문에는 이승만 정권이 배후라는 소문이 공공연히 들렸다.

막판까지 김구 선생은 남북의 분단을 막으려 했었다. 그런 김구 선생이 세상을 떠나니 이제 남과 북의 대화 창구마저 사라진 것이다. 한반도에서 가장 존경받고 신뢰받던 인물이 사라졌다. 김구 선생의 장례식 날에는 수십만 명이 그의 죽음을 애도하였다.

김대중은 점점 사업을 확장하였다. 그와 동시에 우익진영에 참여하였다. 이제 세상은 좌냐 우냐 편을 정해야 하는 시대가 되었기 때문이다. 그가 운영하는 회사는 서울의 금융조합연합회의 양곡 수송을 전담하는 조선상선주식회사의 하청업체가 되어 목포일대의 양곡을 서울로 실어 날랐다. 김대중은 목포에서 성공한 사업가가 된 것이다.

목포에서 성공한 사업가가 되자 각계각층에서 손을 잡자는 연락이 오기 시작했다.

그 중에 하나는 국민보도연맹이었다. 국민보도연맹은 좌익으로 활동하다가 전향한 반공단체로 그 당시에 많은 기업인들이 후원에 참여하였고 재정적인 지원을 했다. 김대중도 기업인으로 참여를 했다.

그러나 제주도 4.3사건과 여수, 순천 사건으로 한반도는 긴장상태가 계속 되었다. 전쟁이 발발할 것이라는 소문이 들리기도 했다.

1950년 6월 15일 김대중은 서울에 업무 차 출장을 오게 되었다. 곡물 수송 관련하여 새로운 계약을 처리하기로 되어 있었기 때문이다. 그리고 겸사겸사 새로운 계약을 따려고 영업을 다니는 중이었다. 그러다 보니 예전에 학교에 같이 다니던 친구들 중에 서울에 상경한 친구들에게도 연락을 하고 간혹 군대에 복무하고 있는 친구들에게 연락을 하기도 하고 장인이 알고 지내는 정재계에 인맥들을 찾아서 식사를 하며 얼굴도장을 찍는 일로 바쁘게 보내고 있었다.

열흘이 지난 6월 25일 일요일 아침이었다. 광화문에 있는 임여관에 투숙을 하고 있었던 김대중은 일요일이기 편안하게 앉아서 창밖을 보며 쉬고 있었다. 그때 친구들을 통해 김대중이 서울에서 묵고 있는 것을 알게 된 해군장교 친구가 여관으로 찾아와서 함께 바람을 쏘일 겸 명동을 걸어 다녔다.

종로에서 점심을 거하게 먹고 친구와 함께 종로 거리를 거닐고 있을 때였다.

군용트럭이 확성기로 방송을 내보내고 있었다.

"군인들은 즉시 부대로 귀환하라. 다시 말한다. 군인들은 전원 원대 복귀하라"

트럭들이 거리를 질주했다.

"이보게, 무슨 일이 터졌는가?"

"나도 잘 모르겠네. 그래도 니는 가봐야겠다. 다음에 보세."

"그래 별 일 없으면 좋겠네. 잘 들어가게."

친구는 서둘러서 돌아가고 김대중은 혼자서 천천히 여관으로 돌아왔다. 여관 안에서 사람들이 짐을 싸고 하는 모습으로 어수선했다. 평상시에 차분하던 일요일 모습이 아닌 것이다.

무슨 일이 벌어지고 있는 것 같았으나 제대로 아는 사람은 없었다.

그때 멀지 않은 곳에 사업상으로 몇 번 안면이 있는 사장 집에 라디오가 있음이 생각나서 그의 집으로 달려갔다. 일요일 점심에 홍조된 얼굴로 달려온 김대중을 보고 사장은 놀란 눈치였다. 그는 아무것도 모르고 있었다.

"김 사장님 어쩐 일이시오?"

"뭔가 난리가 난 거 같은데 내 알 수 있는 방법이 없소. 사장님 댁에 라디오가 있었던 것 같은데? 혹시 아직 있소?"

"라디오야 있지요. 잠시 거기 앉아 기다리시오. 여보, 여기 사장님께 냉수 좀 떠 주시오."

라디오를 틀자마자 강력한 톤으로 방송이 나오고 있었다.

"북괴의 공산주의 무리가 전면적으로 전쟁을 일으켜 도발을 해 왔으니 전 장병은 속히 귀환하고 시민들은 방송에 귀를 기울이기 바랍니다."

김대중은 방송을 통해서 전쟁이 났음을 알게 되었다. 라디오를 같이 듣던 사장과 그의 부인도 놀란 눈치였다.

"라디오를 자주 듣다보면 북쪽이랑 남쪽이 자주 총을 쏘고 티격태격하는 뉴스를 종종 듣곤 합니다. 큰 문제야 있을까요? 이번에는 조금 심각한 거 같기는 한데."

"전쟁이 나면 우리 국군이 이기겠지요?"

"뭐 다들 그렇게 생각하고 있고 예전에도 많이 물리쳤고 그렇겠지요."

　크고 작은 전투에서 정부는 적을 사살하고 격퇴했다는 뉴스를 자주 들려 보내곤 하였다.

　그리고 국방부장관을 비롯해서 많은 각료들이 전쟁이 벌어지면 며칠 안에 완전히 북진하여 통일 시킬 수 있다는 자신감에 찬 말들을 쏟아 붓고는 했기에 큰 걱정을 하지 않았었다.

　그래서 대피를 하거나 할 생각을 하지 않았다.

　"큰일이 나긴 났군요. 사장님 덕분에 알았소. 일단 나는 여관으로 돌아갈 터이니 내일이나 모레쯤 또 만나서 이야기를 해 봅시다."

　"알았습니다. 사장님도 어서 돌아가시오."

　김대중은 여관으로 돌아갔다. 여관방은 어수선했지만 짐을 싸서 방을 나가는 몇 명을 빼놓고는 크게 동요하는 것 같지는 않았다. 그때 서울에는 김대중과 함께 목포에서 올라온 친구들이 있었고 처남이 있었다. 남쪽에서 있었기에 남북이 자주 전투를 벌였다는 것을 잘 모르는 그들은 불안에 떨고 있었다. 김대중은 가지고 있는 돈을 친구와 처남에게 나누어 주고 고향으로 내려가라고 말해주었다.

　"자 이거 내가 가지고 있는 현금의 전부일세, 자네랑 처남들이 나눠서 가지고 내려가고."

　"형님은 어쩌시려고요?"

　"나는 조선상선에서 받은 돈을 액수가 커서 조선상선회사 금고에 맡겨 두었네. 정 위급하면 내가 거기에서 빼서 쓰면 될 것이니 크게 걱정하시 말고 어서들 내려가게."

그들은 김대중의 돈을 노자로 해서 친구들은 목포로 내려갔다. 처남 중에 한 명이 남았고 고향 친구 조장원이 남았다.

다음날이 되니 신문에는 남쪽이 일방적으로 승리하고 있다고 계속해서 나오고 있었다.

전쟁이 발발했기에 거리에서는 뉴스를 틀어주었는데 국군이 계속 이기고 있다는 승전보가 대부분이었다.

"우리 용감한 국군은 괴뢰군의 침략에 맞서 반격을 개시하여 지금 북으로 북으로 진군하고 있습니다."

이런 내용의 멘트가 계속해서 흘러나오고 있었다.

" 우리 국회의원들은 반드시 서울을 사수하여 서울 시민들을 지키고 우리나라를 지키겠습니다." 국회의원들이 서울 사수를 결의했다는 소식이 들려왔다.

그래서 김대중은 전혀 위기를 느끼지 못했다. 긴장은 되고 긴박하였지만 전쟁은 남쪽의 승리로 끝날 것 같았기 때문에 별다른 대비를 할 이유를 전혀 느끼지 못하였다. 그러나 종로를 시작으로 가회동과 명동의 일부에서 사람들이 짐을 싸들고 내려가는 가족들이 보이기 시작했다.

전쟁이 시작된 지 사흘째 되는 날이었다. 여관의 주인이 여관사람들과 듣기 위해 어딘가에서 라디오를 구해왔던 것이다. 여관의 묵던 사람들은 라디오 소리에 이끌리듯이 나와 계단에 하나둘씩 쪼그리고 앉기 시작했다.

이승만 대통령의 육성이 나오기 시작했다. 김대중과 다른 손님들은 숨을 죽이며 들었다.

라디오의 소리가 크지 않았고 목소리에 잡음이 섞였기 때문에 집중해서 듣지 않으면 잘 알아들을 수 없었기 때문이다.

"서울은 무슨 일이 있어도 반드시 사수할 것입니다. 그러니 국민여러분 모두 안심하시기 바랍니다."

김대중과 여관에 묵은 사람들은 그것이 사실이라고 믿었다.

그날 밤에 엄청난 비가 쏟아져 내렸다.

다음날이 되었다. 아침이 되어 날이 밝자 김대중은 창문을 열어 보았다. 사람들이 줄지어 서 있는데 갈색의 군복을 입은 군인들이 행진을 하고 있는 것이었다.

인민군이 이미 서울을 접수한 것이다. 북쪽에서 내려온 피난민이 여관으로 계속 들어왔다.

얼마 지나지 않아 한강 철교가 끊겼다는 소리를 들었다. 북한군이 남하하지 못하도록 다리를 폭파했다고 한다. 아무에게도 알리지 않아서 강을 건너던 수십 대의 차량과 피난민과 퇴각중인 병사들이 희생을 당했다는 것은 나중에 알려진 일이다.

인민군은 진군을 멈추었지만 김대중 또한 서울에 갇혔다. 중앙청에는 태극기가 내려가고 인공기가 올라갔다. 사람들은 손에 인공기를 들고 펄럭이기 시작했다.

수중에 돈이 없던 김대중은 조선상선회사로 돈을 찾으러 갔었다. 그러나 이미 인민군이 점령하여 금고를 봉인해 버려서 꺼낼 수가 없었다. 김대중은 수중에 돈이 한 푼도 없게 되자 알거지가 되었다. 그래도 최근에 재산을 좀 모았고 사업상 출장을 왔기 때문에 그 당시에는 귀한 양복과 고급 시계를 차고 있었다. 명동으로 걸어가서 시계와 양복을 팔아서 현찰을 조금 갖게 되었다. 그것을 여관비와 식비를 내며 하루하루 버텨가게 되었다.

서울이 점령된 지 사흘쯤 지나서였을 것이다. 김대중은 주변에 아는 사람들에게 전황에 대해서 물어보려고 돌아다니다가 러시아 대사관 터를 지나가고 있었다. 그 옆에 운동장에 사람들이 잔뜩 모여 있었다. 김대중은 무엇을 하는지 궁금하여 몇 발자국 떨어진 곳에서 그들의 모습을 지켜보았다.

사람들은 둥그렇게 원을 만들어 모여 있었고 그 원의 중심에는 한 남자가 무릎을 꿇고 고개를 숙이고 있었다. 무리의 중심에는 완장을 찬 몇 명의 남자들이 있었는데 그중에 하나가 뭔가 말을 하고 있었다. 죄상을 열거하는 것이었다.

"동지들 잘 들으셨소? 이런 반동분자가 우리와 함께 있소. 이것을 어떻게 하면 좋겠소? 누가 말을 좀 해 보시오."

그러자 주변에서 한 명이 큰 소리를 쳤다.

"쳐 죽여야 하오"

그 말이 튀어나오자마자 사람들이 죽이시오를 외치기 시작했다.

그러더니 누군가는 돌을 던지기 시작했다.

"진정하시오 동지들. 여러분에 뜻에 따라 이 반동분자는 즉결처분하도록 하겠소. 이보 동무 끌고 가시오."

완장을 찬 두 사람이 무릎을 꿇고 앉아 있는 이를 끌고 갔다. 남자는 끌려가지 않으려고 발버둥을 쳤지만 이미 눈은 모든 것을 포기한 것 같았다.

'아… 저들이 무슨 짓을 하고 있는가?'

김대중은 너무나 두려웠다. 학교 건물 넘어 뒤에서는 총소리가 들리고 있었다. 아마도 다른 사람들을 총으로 처형하는 것 같았다.

'어서 여기를 떠나야 할 텐데 어떻게 해야 할까?'

여관으로 돌아온 김대중은 처남과 친구인 조장원을 불렀다. 조장원은 고향이 보령이다.

"이보게 처남 내가 오늘 인민재판이라는 것을 보았네. 도저히 여기에 있을 수 없다는 결론이 나왔네."

"형님 어떻게 하시려고요."

"어차피 한강 다리가 끊겨서 서울에서는 식량이 부족해질 걸세. 일반 시민들뿐만이 아니라 인민군들이 잔뜩 있기 때문에 그들을 우선적으로 먹이려 할 거야."

"여기 있다가는 굶어 죽겠군."

조장원도 고개를 끄덕이면서 맞장구를 쳤다. 그도 현재 식량이 부족하다는 것을 느끼고 있었던 것이다.

"어떻게 해서든 서울을 떠나야겠네. 어머니도 걱정이 되고 아내는 만삭인데 놀라지는 않았을지 걱정도 되고."

"형님 강을 건너다 잘못되면 총에 맞아 죽는 수가 있습니다."

"이렇게 죽나 저렇게 죽나 다를 게 없네. 어차피 이대로 계속 가다가는 아예 탈출할 기회마저 잃는 수가 있어."

"그럼 어떻게 하면 좋겠나. 대중이."

"우선 가지고 있는 돈을 좀 모아보세. 그리고 우리가 가진 것으로 부족할 수도 있으니 같이 배를 탈 사람을 찾아 보세나."

은밀히 주변에 사람들 중에서 함께 갈 사람을 찾아보게 되었다. 그리고 방법도 찾아보았다.

그러다 조선상선의 직원 한도원과 대화를 했을 때였다.

"김 사장님 사실 저도 강을 건널 생각을 하고 있었습니다. 내가 아는 사공 하나가 있습니다. 염창에서 마포나루로 소금을 나르는 사공인데 이 전쟁 통에도 소금을 나르고 있더라고요. 내가 한번 이야기를 해보겠습니다."

"도원씨 부탁합니다. 꼭 좀 내려갈 수 있게 해봅시다."

한도원과 아는 군산으로 내려갈 남자 한명과 김대중 그리고 보령이 고향인 조장원 그리고 처남 이렇게 5명이 배를 타고 강을 건너기로 했다.

사공은 염창에서 소금을 싣고 온 후 마포나루에 소금을 내리곤 했다. 인민군들이 마포나루를 지키고 있었기 때문에 그곳에서는 탈 수가 없었다.

한도원은 서류작업을 하는 듯이 사공에게 접근하였고 손에 몰래 돈을 쥐어주었다.

사공은 알았다는 듯이 고개를 끄덕였다. 한도원이 김대중에게 고개로 됐다는 암시를 했다.

"서강역 근처로 배를 가지고 오기로 했습니다."

5명은 마포나루의 모래사장을 지나 서강역으로 옮기기 시작했다. 배는 천천히 노를 저어 움직였다. 그리고 서강역에서 만나서 5명을 태우고 강을 건너기 시작했다.

배를 타고 강을 건너던지 5분이 됐을까 미군전투기가 날아와 한강나루에 있는 인민군 감시탑을 폭격한 것이다. 엄청난 굉음과 함께 불길이 치솟았다. 사공을 비롯한 다섯 사람은 숨을 죽이며 이 광경을 지켜보았다. 한강까지 붉게 물들고 있었다. 인민군은 총을 쏴대기 시작했고 비행기는 '쐐엑쐐엑' 소리를 내며 날아갔다. 배에 몸을 숨기고 서로의 얼굴을 쳐다보았다. 생사가 불투명했다. 여기에서 과연 살아 나갈 수 있을 것인가?

이런 생각을 하며 쿵덕이는 심장을 붙잡고 비어있는 소금가마니 옆에 쭈그리고 앉았다.

사공은 노를 계속 저었다. 툭 하고 부딪히는 둔탁한 소리가 들렸다.

"이보슈 내리시우"

사공의 말에 다섯 사람은 고개를 들고 배에서 뛰어 내렸다.

사공은 다시 천천히 노를 저어 강을 따라 흘러내려갔다.

서울에서 목포까지는 400키로가 넘는다. 기차나 차를 얻어 탈 수 있는 상황도 아니다. 그들은 무작정 걷기 시작했다. 가다가 밤이 되면 숲이고 어디고 잘 수 있었다. 한여름이라서 다행이었다. 모기들이 몰려들었지만 불을 켤 방법이 없어서 손으로 쫓아야 했다.

병점 근처를 지날 때였다. 아무것도 먹지 못하고 꼬박 하루를 걸었는데 마침 눈앞에 참외가 참스럽게 열린 밭이 있는 것이었다. 배가 고파서 5명은 참외를 따먹고 허기를 달래고 있었다.

그런데 마침 참외주인이 멀리에서 걸어오는 것이었다.

김대중이 고개를 숙이고 주머니에 손을 넣으면서 주인에게 말했다.

"우리가 여비를 좀 가진 것이 있으니 참외 값을 쳐 드리겠소. 주인장 너무 노여워하지 마시오."

김대중과 나머지 4명을 훑어보던 주인은 초라한 행색의 그들을 보고 말했다.

"됐소, 그냥 가시오."

수원을 지나 천안에 들어설 때 갓난아이를 업은 아이엄마가 먼지를 뒤집어쓰고 걷고 있었다. 어디서부터 걸어왔는지 알 수 없었으나 상당히 힘들게 멀리에서 아이를 업고 왔음이 짐작되었다. 아이엄마는 아주 자그마했고 너무나 힘들어 보였다. 전쟁 통이라도 사람의 정이라는 게 있었는지 5명은 교대로 번갈아가며 아이를 업고 걸었다. 아이 엄마도 부축하면서 말이다.

청주를 지날 때였다.

"대전은 큰 도시니까 어떻게 됐을지 아직 알 수가 없다. 그러니 대전은 피해가자."

김대중이 그렇게 이야기 하니 다들 수긍하고 그의 말을 따랐다.

당진과 조장원의 고향인 보령 쪽으로 가기로 결정했다. 당진에 도착했을 때에 제법 커 보이는 집 앞으로 가서 문을 두드렸다.

"여보시오 아무도 없소?"

주인으로 보이는 이가 문을 열고 우리를 내다보았다.

"우리가 지금 목포로 걸어서 내려가고 있는데 하룻밤 신세질 수 있겠습니까?"

김대중이 정중하게 물으니 주인은 흔쾌히 받아주었다. 그들의 몰골을 보고 상황이 짐작되었는지 고개를 끄덕이고는 저녁상을 차려주었다.

좋은 이불은 아니었지만 모처럼 따뜻하게 이불을 깔고 잠을 잤다.

아침에 일어나니 따뜻한 아침상이 준비가 되어 있었다.

김대중은 너무나 고마워서 호주머니에서 돈을 꺼내려 했다.

그랬더니 주인은 한사코 사양하는 것이었다.

"우 우우우우 우우"

주인은 말을 못하는 사람이었다. 그냥 가라는 뜻으로 말을 하는 것 같았다.

김대중은 계속해서 인사를 하며 감사의 말을 했다.

홍성은 산길이 가팔랐다. 물도 없고 산길은 너무나 힘이 들었다. 그렇게 힘들게 걷고 있었는데 길가에 집이 하나 보였다. 그 집 앞에 들어섰더니 주인이 김대중 일행을 보면서 손가락을 항아리를 가리켰다. 보리차가 가득 채워져 있었던 것이다.

"아주머니 어찌하여 보리차가 여기에 가득 채워져 있습니까?"

김대중이 물을 맛있게 먹고서 주인아주머니를 붙잡고 물었다.

"피난 가는 사람이 하도 많아서 내가 물을 주고 싶었으나 찬물을 그냥 먹으면 행여나 물갈이해 서 탈이라도 날까봐 미리 끓여 놓은 것이요."

김대중과 그의 일행이 맛있게 물을 먹는 모습을 집주인은 측은하게 바라보았다.

그리고 나서 친구인 조장원의 집이 있는 보령에 도착하게 되었다.

그곳에서는 이틀을 대접을 받으면서 푹 지냈다.

김대중과 그의 일행이 다니는 곳마다 피난민의 행렬이 넘쳐났다. 다들 제대로 먹지도 못하고 잠도 제대로 자지 못하여 남루하기가 그지없었다. 손에 잡히는 대로 가제도구를 쓸어 담았다. 소달구지가 아주 가끔씩 보일 뿐 대부분 걷고 있었다. 대부분 흰색 무명천을 입고 있었다. 새댁들은 아이를 업고 있었고 아이들은 울고 있었다. 사람들의 표정에는 지치고 힘든 삶의 모습이 그대로 녹아 있었다. 하루하루 걷기만 할 뿐이고 언제 어떻게 잘될 수 있을지 다시 예전의 삶으로 돌아갈 수 있을지 전혀 기약이 없는 삶이었다. 피난민들이 내려가는 긴 행렬에서 폭탄이 터지기도 하고 총탄이 쏟아지기도 했다. 거리에는 걷다가 지쳐 쓰러진 시체들이 널브러져 있었다. 폭탄이 떨어진 자국도 있었고 사람들은 시체에 눈길을 주지 않고 그저 묵묵히 걷기만 했다. 전쟁의 비극을 보며 김대중은 분노가 치밀어 올랐다.

그러나 그것을 표현할 수도 누구를 원망해야 하는지도 알 수 없었다.

그저 계속해서 고향을 향해 걸어갈 뿐이다.

04

| 생(生)과 사(死)의 기로(岐路)에서 |

김대중은 처남과 함께 목포로 내려가고 있는 중이었다. 피난민들과 함께 걷고 있었는데 그들은 아무런 말도 하지 않고 묵묵히 걷기만 했다. 간혹 아이들의 울음소리와 달구지가 돌부리에 걸려 튀어 오르는 둔탁한 소리를 제외하고 사람들의 대화 소리는 들리지 않았다. 다들 힘겹고 피곤하고 살기 위해 한발 한발을 내디딜 뿐이었다.

김제의 만경 들녘은 넓은 평야로 시야를 막고 있는 것들이 없었다. 하늘 저 멀리에서 조그마한 점 같은 것들이 보이기 시작했다. 김대중은 묵묵히 길을 건너려는 처남을 손으로 제지했다. 그리고 멀리서 다가오는 점을 가리켰다.

"형님, 저것은 전투기가 아닙니까? 어디를 공격하려는 걸까요?"

"일단 기다려 보세나."

다리 입구에 서 있으면서 전투기가 날아가는 것을 바라보는 김대중과 그의 처남이었다.

조그마한 점이 새처럼 보이는가 싶더니 커다란 전투기가 되어 김대중이 있는 다리 쪽으로 날아오기 시작했다. 김대중은 웅크리고서 폭탄이 자신에게 떨어지지 않기를 바랐다.

전투기는 쌔액쌔액, 소리를 내며 날아오더니 김대중이 서 있는 다리의 건너편 끝을 폭격하였다. 엄청난 진동이 울리고 다리 위에서 불길이 솟아올랐다.

전투기가 폭격을 하고 날아가는 순간에 김대중은 처남에게 손짓을 하며 다리 위를 달리기 시작했다. 다리 위에 있는 피난민들은 전투기가 쏟아낸 폭탄 소리에 놀라서 다리 위에 웅크리고 있었다. 김대중이 뛰어들기 시작하니 몇몇이 따라서 같이 뛰기 시작했다. 폭격을 하고 날아간 전투기가 선회를 하면서 다시 돌아오기 시작했다.

김대중은 온 힘을 다해서 다리 위를 달렸다. 햇볕을 가려주는, 얻어 쓴 밀짚모자가 바람에 날려가자 김대중은 다시 돌아 뛰어서 밀짚모자를 주워 쓰고 달렸다. 다리를 거의 건널 때쯤이었다.

전투기는 방금 전까지 김대중과 처남이 웅크리고 있던 그 장소에 폭탄을 떨어트렸다. 굉음과 함께 진동이 울리면서 흙먼지가 하늘로 올라왔다. 그리고 전투기는 임무를 완수했는지 멀리 하늘로 다시 날아갔다.

김대중은 처남을 돌아보면서 놀란 표정을 지었다. 처남도 어안이 벙벙해 있었다.

"방금 전까지 있었던 그 자리에 폭탄이 떨어지다니. 내가 저 자리에 있었으면 죽었을 텐데. 삶과 죽음이 불과 몇 걸음 차이로구나."

잠시 생각하는 듯 했지만 감상에 젖어 있을 여유가 없었다.

김대중은 계속해서 남쪽을 향해 걸어갔다. 어딜 가도 국군의 모습은 찾을 수 없었다. 서울에서 걸어온 사이에 목포도 이미 인민군이 장악한 것이었다.

"형님, 어떻게 하지요?"

"다시 서울로 올라갈 수도 없고, 목포에 도착해도 내가 안전할 거라는 보장은 없고, 그냥 운명에 한 번 맡겨 보세"

목포 근처의 이로면을 지날 때였다. 장터가 열려 사람들이 장으로 모여들었다. 먹을 것을 팔고 일용품들도 파는 장이 열린 것이다.

"저기 장이 열린 것 같습니다. 형님."

"그래, 국밥이라도 먹을 수 있는지, 한번 가 보세나."

멀리 있는 장터를 향해 걸어가는 김대중과 처남이었다. 장터는 전쟁 중임에도 사람들로 붐볐다.

그때였다. 멀리에서 쌔액쌔액하는 소리가 또 들리기 시작하더니 전투기가 날아왔다. 하얀 색의 미군전투기는 장터의 사람들을 향해 기관총을 갈겨대기 시작했다.

장터는 순식간에 아수라장이 되었다. 총에 맞고 쓰러지는 사람들과 총을 피하려는 사람들, 그리고 물건을 챙기려는 상인들로 난리가 났다. 몇몇 사람들은 전투기를 피하기 위해 눈에 보이는 야산으로 냅다 뛰기 시작했으나 전투기는 그 사람들을 따라 쫓아가며 총알을 뿌려대기 시작했다. 총알을 뿌리고 날아가더니 다시 돌아와서 갈겨대고 또 날아가는 가 했더니 돌아와서 갈겨대기를 여러 차례 거듭했다, 장터가 난장판이 된 후에야 전투기는 사라졌다. 총알을 피해 이리저리 뛰어다니던 김대중은 도망가면서 넘어지며 얻은 상처와 총을 맞은 사람들이 뿌려댄 핏물이 튀어 붉은 색을 띠었다. 그리고 쭈그리고 앉은 풀밭에서 묻은 초록색의 풀물이 묻어 있었다.

장터에 모인 사람들은 모두 흰색 무명옷을 입고 있었고 그 옷들은 대부분 피로 붉게 물들어 있었다. 모두가 영문을 모르고 있었다. 왜 죽어야 하며 왜 총을 맞아야 되는가.

처남은 장인 댁으로 갔고, 김대중은 자기 집을 향해 걸어갔다.

김대중이 목포에 도착한 것은 서울을 떠난 지 20일 만의 일이다.

주변을 두리번거리며 조심스럽게 집 근처에 다다르자 집 앞에서 조그마한 의자에 앉아 있는 어머니가 눈에 들어왔다. 그녀는 서울에 있는 아들이 걱정되어 이렇게 매일 문 앞에서 언제쯤 김대중이 돌아올까 하는 마음에 기다리고 있는 것이었다. 아들 걱정에 밥이 넘어가지 않았는지 부쩍 수척해진 모습이었다. 멀리에서 거지꼴을 하고 오는 아들이 보이자 어머니는 손을 뻗으며 걸어오기 시작했다. 얼굴에는 눈물이 흘렀다. 김대중은 가만히 다가가 어머니를 품에 안아 주었다.

"대중아, 네가 살아 있었구나."

"어머니, 돌아왔습니다."

김대중의 말에 어머니는 대성통곡을 하며, 아이처럼 소리를 내어 울었다.

"대중아 우리가 반동분자라며 집에 있는 가제도구를 싹 다 쓸어갔지 뭐니. 집에 들어갈 수도 없게 되었단다. 그리고 그리고."

"어머니 천천히 말씀해 보세요."

"니 동생 대의가 국군 군속이라고 잡혀 갔단다."

어머니는 김대중의 손을 이끌고 어딘가로 걸어갔다.

김대중은 따라 걸어가다 보니 배의 선장 박동련의 집으로 향하고 있음을 깨닫게 되었다.

박동련의 집에서 김대중의 아내가 아이를 안고 걸어 나왔다.

아내는 김대중이 씻고 오기를 기다리며 다듬이 방망이질을 시작했다. 하얀 천을 다듬잇돌 위에 올려놓고 방망이로 두들겨 옷감을 펴는 것이었다.

김대중이 몸을 씻고 방으로 돌아오니 정갈한 밥상이 차려져 있었다. 그리고 옆에서 아이는 다듬이 방망이질 소리를 감상이라도 하는 듯이 눈을 지그시 감고 천장을 바라보며 조용히 누워 있었다.

이 아이가 김대중의 차남 김홍업이었다.

아내는 김대중이 식사를 다 마치기를 기다리고 있었다. 그러나 김대중은 그동안 혼자서 겪어 왔을 아내의 고난이 어떠했는지 물어보지 않을 수 없었다.

아내는 다듬이 방망이를 옆에 가만히 내려놓고 이야기를 시작했다.

"집도 빼앗기고 병원에도 갈 수 없어서 일본군이 파 놓은 방공호에서 아이를 낳았어요."

김대중은 밥을 먹으면서 눈물을 흘렸다.

"박선장님이 찾아오셔서 저와 아이를 보살펴 주셨어요."

김대중은 선장에게 고마운 마음이 들었다. 아내와 아이의 은인이 아니던가. 김대중이 지금 따뜻한 밥을 먹고 있는 것도 선장의 덕으로, 정말 큰 신세를 지는 것 같았다.

밥을 먹고 김대중은 잠이 들었다. 정말로 오랜만에 푹 잠이 들었다.

그렇게 이틀이 지나고 나서 김대중은 세상이 어떻게 돌아가는지, 지금 목포는 어떤 식으로 돌아가는지 궁금해졌다. 그러나 누가 적이고 누가 동료인지 알 수 없는 세상이 되었다. 여태까지 동료라고 믿었던 직원들 중에서는 노동자의 세상이 왔다면서 간부들에게 복수를 하는 그런 일들이 주변에서 많이들 벌어지고 있었기 때문이었다. 김대중은 자기가 직원에게 잘못 대해준 적은 없다고 믿고 있었지만, 그래도 어떻게 될지 알 수 없는 노릇이었다. 그러나 너무나 궁금해서 방안에만 있을 수 없었다. 무엇을 해야 할지 누구를 만나야 할지 알 수 없었지만 나가기로 결심하고 바로 움직였다.

조심스럽게 두리번거리며 집밖을 나섰다. 그리고 걸어 다니는데 완장을 차고 소리를 질러대는 사람들의 무리가 있었다. 김대중은 얼굴을 가리고 피해서 다른 골목으로 옮겨 다녔다.

그렇게 걷다가 보니 갑자기 맞은편에서 오던 사람이 김대중을 보고 손짓을 하는 것이었다.

누군지 생각해 내려고 애를 썼으나 누군지 도무지 떠오르지 않았다.

"김 사장님 아니십니까? 같이 가실 데가 있으니 잠시만 시간을 좀 내주십시오."

김대중은 속수무책으로 끌려갔다.

그들을 따라 들어간 곳은 목포경찰서였다. 경찰서에는 붉은 천으로 된 현수막이 걸려 있었고 인공기가 펄럭이고 있었다. 인민군 정치보위부 장교라는 사람이 다가와서 김대중 앞에 섰다.

김대중은 의자에 앉아서 그를 올려다보았다.

그의 이름은 김성수로 빨치산 출신의 유명한 인민군이었다.

"우리 동지들을 몇 명이나 밀고했는가?"

"나는 그런 일이 없소."

갑자기 김성수가 뺨을 후렸다.

"우리는 네가 애국자들을 밀고할까봐 얼마나 신경을 쓴 줄 아는가? 바른말을 안 하는 거 보니 정신을 차리지 못했구먼."

김성수는 뒤편에 서 있는 부하에게 고개를 돌리고 소리를 질렀다.

"이봐 당장 가둬버려."

김대중은 포승줄에 묶여서 끌려 다녔다. 곧 이어 트럭이 도착했고 그 트럭 위로 한사람씩 올라가는데 약 십여 명이 함께 올라타게 되었다. 다들 먹고 살만한 집의 사람들로 보였다.

김대중이 트럭을 타고 도착한 곳은 목포형무소였다.

모진 고문과 폭행이 기다리고 있을 거라고 생각하며 겁에 떨었던 김대중이었으나 막상 형무소에 도착하니 심문도 고문도 하지 않았다. 그냥 철창 안에 가둬두고 방치해 두는 것이었다. 함께 끌려온 다른 사람들에게는 다가가서 말을 걸기도 했다.

"이봐 동지, 우리에게 협력할 생각이 있소? 재산이나 이런 걸 지원할 생각이 있느냐는 말이요."

이런 식으로 회유를 하거나, 의용군에 갈 생각이 있는지, 협박을 하는 것이었다. 그러나 김대중에게는 아무 것도 묻지 않았다. 회유나 협박이 필요 없는 악질 반동으로 여기는 분위기를 느낄 수 있었다.

형무소에서는 하루에 두 번 밥이 나왔다. 조그맣게 주먹밥처럼 보리로 된 밥 덩어리가 나왔고 해초를 넣고 끓인 국이 니왔다. 국을 다 마시고 나면 끝에 황토색의 건더기가 나왔다. 처음에는 된장의 가루인가 했는데 알고 보니 그냥 흙이었다. 해초 같은 걸 씻지도 않고 그냥 물에 끓여서 주는 듯했다. 김대중에게 굶주림은 가혹한 것이었다.

배가 고프니 가족도, 미래에 대한 것도, 아무것도 생각나지 않았다. 오로지 먹을 것에 대한 생각뿐이었다. 예전에 어시장에서 잡아온 큰 돔을 끓여다가 먹은 매운탕 생각도 나고 전복을 썰어서 먹은 것도 생각나고 낙지를 다져서 기름장에 찍어서 먹은 것도 생각이 났다. 무엇보다도 소고기를 먹었을 때 그 맛이 떠올랐다. 김대중의 눈에는 먹을 것들만이 둥둥 떠다녔다.

얼굴은 반쪽이 되었고 움직이기는커녕 가만히 앉아서 숨 쉬는 것조차 힘이 들었다.

체력 소모를 줄이기 위해서 숨도 가만히 조용조용하게 쉬었다.

1950년 9월 28일 오후가 되었다. 인민군들이 철창의 문을 열고 소리쳤다.

"모두 나와. 날래날래 나오라우."

형무소에 잡혀 있던 사람들은 개한테 몰리는 양들 마냥 이리저리 몰려 나왔다.

형무소에 있는 강당에 사람들을 모이도록 한 것이었다. 모두 다 씻지도 못하고 관리가 되어 있지 않아서 부스스한 몰골을 지나, 초췌하고 심한 악취까지 났다. 김대중은 속으로 생각했다. 잘하면 풀어줄지도 모르겠구나. 그러나 그런 생각이 들자마자 사람들에게 쇠고랑이 채워지기 시작했다. 2명이 한 조로 한쪽 팔에 쇠고랑을 채우고 쇠고랑이 모자라자 철사로 엮기 시작했다. 김대중은 자신의 파트너에게 이름을 물어보았다.

"나는 김대중이요 당신우 누구요."

"나는 한왈수요."

사람들이 강당에 계속해서 조금씩 몰려들기 시작했다. 처음에 끌려온 사람들은 문에서 가장 먼 안쪽으로 밀려들어갔고, 가장 늦게 끌려온 사람들은 입구 쪽에 앉혀졌다. 나중에 온 사람들은 죄수복이 아닌 평상복을 입었다.

"사복을 입은 걸 보니 형무소가 아니라 경찰서에서 바로 잡혀온 것인가 보오."

김대중은 한왈수에게 넌지시 이야기했다. 한왈수도 고개를 끄덕거렸다.

사람들이 웅성거리며 대기하고 있는데, 인민군들이 강당 안으로 들어오더니 입구에 앉아 있는 사람들을 밖으로 끌어내려고 하기 시작했다. 끌려가면 처형당할 것이라는 것을 강당 안에 있던 사람들은 모두 본능적으로 느끼는 듯 했다. 여기저기서 끌려 나가지 않으려고 울부짖으며 몸부림을 쳤다. 끌어내려던 인민군인 한 명이 소리를 질렀다.

"누가 니들을 죽인다고 하더냐?"

그 말이 마치 너희 모두를 죽이겠다, 라는 말로 들렸는지 사람들은 죽음의 공포로 얼굴색이 바뀌면서 살아나려고 아비규환이 되었다. 살려주시오, 살려주시오, 사람들은 소리를 지르기 시작했고 인민군들은 총부리를 가슴에 대거나 개머리판을 마구잡이로 휘두르기 시작했다.

"내가 뭔 죄가 있다고 나를 죽이려 드시오."

"나는 산사람 유가족인데 나를 왜 잡으려 하시오, 나는 죄가 없소이다."

사람들이 처절하게 울부짖으며 소리를 질러도 아무 소용이 없었다.

처음에 20명이 끌려 나갔다. 끌려가면서도 비명을 질러댔다. 몇몇 사람은 죽음을 감지하고 인정하는 듯 묵묵히 따랐다. 남아 있는 사람들에게 그 모습은 바로 잠시 후의 자신의 모습이었다.

김대중도 잠시 후에 끌려갈 생각에 정신이 아득해졌다.

그러나 밖이 조용해졌다. 사람을 더 이상 끌어내지도 않았다. 죽음을 기다리는 시간은 겪어보지 않은 사람은 알 수 없는 공포의 시간이었을 것이다. 강당에 남아 있는 모두는 말이 없었다. 음산한 기운이 감도는 동안 사람들은 공포로 인해 눈을 희번덕거렸고 숨죽여 가만히 앉아 있었다.

그렇게 공포의 시간을 보내던 중 저녁때가 될 무렵이었다. 실내가 웅성, 웅성거리는 소음으로 소란스러워지기 시작했던 것이다. 김대중이 주위를 둘러보니 자신들을 감시하고 지켜야할 인민군들이 하나도 보이지 않는 것을 깨달았다.

"인민군들이 철수한 것 같소."

인민군 부대가 철수하고 남아 있던 지방 공산당원들이 남아서 다시 형무소 안으로 사람들을 집어넣었다. 그때 강당에 살아남은 이가 80명 정도이고, 밖으로 끌려가서 처형당한 사람이 100명이었다. 사람의 목숨이 거기에서 또 나누어진 것이다. 생과 사. 이렇게 찰나의 순간에 운명이 정해진 것이다.

인민군들은 강당에 있던 반동분자들을 모두 죽이고 퇴각하려 하였으나 유엔군의 인천상륙작전이 9월 15일에 성공하여 인민군들은 일제히 주둔지에서 철수하고 있었기 때문이다. 처형장은 목포형무소에서 트럭을 타고 이동해야 하는데 땅을 파서 총을 쏘고 묻어버리기 위한 그런 장소였을 것이다. 그런데 사람들을 실어 나르려던 트럭 한 대가 고장이 나서 모두를 처형하려하던 계획에 차질이 난 것이었다. 누군가는 트럭기사가 일부로 트럭을 고장 낸 것이라는 말을 하기도 했다. 인민군들은 급변하는 전세 속에서 바로 퇴각할 수밖에 없었고, 강당에 남아있는 이들을 감방에 넣고 불을 질러 죽이라는 명령을 남기고 떠났다. 그러나 남겨져 있던 공산당원들은 그동안 알고 지내던 고향사람들에게 차마 그 같은 짓을 할 수가 없었다. 그리고 공산당원 중의 일부는 자신의 가족이나 친척들이 강당에 잡혀 있었던 사람들도 있었던 것이다. 그래서 남아 있던 사람들은 큰 화를 면하게 된 것이다.

그러나 바로 풀려나지는 않았다. 감방으로 돌려보내졌고 몇 사람씩 방안에 들어갔다. 죽음이 코앞에 왔을 때는 몰랐었지만 감방에 들어와서 살만하니까 배가 고파왔다. 감방 안에 갇힌 사람들은 밥을 내놓으라고 소리를 질렀다. 공산당원들이 밥을 넣어 주기 시작했다. 그런데 그 양이 이전에 주던 것보다 훨씬 많았던 것이다. 김대중이 생각해 보니 처형된 사람의 몫이 살아 있는 사람들에게 나누어지는 것이었다. 김대중은 스스로 감방 장을 하면서 사람들에게 밥을 나눠 주었다. 걸신이 들린 듯 정신없이 밥을 먹었다. 방금 전까지 죽음의 문턱에 있던 사람들은 살아나서 앞으로도 살아가기 위해서 뭔가를 먹고 있었다. 죽은 사람은 죽은 사람, 산사람은 산사람. 살아 있는 사람은 먹고 살아남아야 했다.

김대중은 밖에서 돌아가는 상황이 너무나 궁금했다. 분위기가 이상함을 감지한 김대중이었다. 밥을 넣어주는 구멍으로 밖을 내다보다가 지나가던 간수의 바짓가랑이를 잡아 움켜쥐었다. 간수가 쓰러졌다. 얼굴을 확인하니 지방 공산 당원이었다.

"여보시오. 도대체 우리는 사는 거요, 죽는 거요?"
"남쪽 사람이 어떻게 남쪽 사람을 죽입니까?"
"그럼 북에서 온 군대는 철수한 거요?"
"아니. 그런 것은 아니지만."
뭔가 상황이 변한 것이 분명했다. 복도에서 지나가는 사람이 소리를 질렀다.
"임출이, 임출이,"
임출이면 목포상고의 선배가 아닌가? 임출이를 찾는 걸 보니 여기에 같이 잡혀온 것을 알 수 있었다.

김대중은 밖을 향해 소리를 질렀다.

"여보게, 어이, 나 여기 있네."

김대중이 소리치자 밖에서 임출이를 외치던 사람이 감방 문 앞으로 다가왔다.

"여기에 임출이 선배가 앓아누워 있으니 어서 문을 여시오. 빨리 좀 빨리 좀 여시오."

잠시 후 밖에서 자물통을 부수는 소리가 났다.

감방 안에 있던 사람들이 김대중과 함께 안쪽에서 철문을 발로 찼다. 그리고 철문을 열고 밖으로 나온 것이다. 자유가 됐다.

김대중은 감방을 빠져나와서 밖으로 도망친 것이 아니라 다른 감방 앞을 돌아다니면서 소리를 질렀다.

"인민군이 도망쳤으니 감방 문을 부수고 나오시오. 나는 밖에서 쇠통을 깨겠소. 모두 용기를 냅시다."

김대중이 소리를 지르자. 감방마다 밖에서는 쇠뭉치로 자물통을 부수고 안에서는 감방 문을 발로 찼다. 얼마 되지 않아 모두가 감방 문을 열고 나왔고 형무소를 빠져나오게 되었다. 밤이 되었는데 형무소의 마당은 환하게 밝았다. 보름달이 뜬 것이었다. 추석이 지난 지 이틀째인, 음력 8월 17일 밤이있다. 자유를 찾아 나온 김대중의 눈에는 달빛이 아름답게 보였다. 마치 달빛이 김대중을 비추는 것처럼 보였다.

죄수복을 입고 있었기 때문에 이대로 시내로 돌아가면 인민군에게 다시 잡힐 수 있을 것이라는 생각이 들었다. 그것은 김대중뿐만이 아니라 다른 사람들도 마찬가지였다.

형무소에 벗어놓은 옷가지를 보관하는 곳으로 사람들이 몰려 들어갔다. 자기 옷을 찾기보다는 대충 맞으면 입고 나가는 것이었다. 그런데 옆에서 투정비슷한 말소리가 들렸다.

"이 옷은 내 것이 아닌데. 이게 아닌데. 어디 있지?"

김대중이 목소리와 말투를 들어보니 먼저 끌려갔다는 동생 김대의라는 것이 느껴졌다. 아니다 다를까 김대의가 옷을 고르고 있었다.

"이놈, 지금이 어느 때인데 네 옷을 찾고 있느냐. 아무거나 주워 입어라."

대의는 김대중의 목소리를 듣고 깜짝 놀라 돌아보았다. 서울에서 전쟁을 맞아 생사를 알 수 없는 형이 배가 불룩 튀어 나와 있는 형상으로 자기 뒤에 멀쩡히 살아 있는 것이었다. 그러나 형제의 정을 나눌 시간도 없었다. 언제 어떻게 바뀔지 알 수 없는 일이기 때문이다.

05

| 출마와 거듭되는 낙선, 그리고 아내 차용애의 죽음 |

처형장으로 가는 트럭에는 김대중의 장인이 타고 있었다. 다른 사람들과 마찬가지로 겁에 질린 표정이었으나 그는 반드시 살아 돌아갈 것이라고 홀로 다짐했다.

처형장에 다다르자 총소리가 들려 왔다. 그리고 고깃덩이에 쇳덩어리가 박히는 소리들이 들려왔다.

"날래 내리라우."

북한 말씨를 쓰는 이가 하나 있었고, 그 외에는 고향사람들이었다. 얼굴이 익은 머슴 놈도 있었고, 시상봉에서 인사를 하던 일꾼들도 몇이 눈에 들어왔다. 그런 그들은 모두 시선을 피했다.

트럭에서 끌려 내려온 이들은 이리저리 몰려 건물 앞쪽에 꿇어 앉혔다.

열댓 명씩 눈을 헝겊으로 가리고 포승줄에 묶힌 채로 끌려갔다. 반항할 힘도 겨를도 없었다. 다들 그렇게 기운이 빠진 채로 끌려갔다가 총에 맞아 쓰러졌다.

누군가 하나 자리를 이탈하려고 하자 인민군 장교가 권총을 꺼내서 등에다 대고 몇 방 쏴댔다. 도망가려는 자가 쓰러지자 옆에서 두 놈이 헐레벌떡 달려가더니 시체의 양쪽 팔을 들고 건물 뒤편으로 질질 끌고 갔다.

장인이 있는 줄의 차례가 되었다. 마지막 차례였다. 죽은 사람들이 쓰던 거적을 얼굴에 씌우더니 포승줄에 엮어서 끌고 갔다. 일정한 장소에 다다르자 손을 뒤로 묶었다. 숨이 가빠짐에 따라 얼굴을 덮고 있던 헝겊쪼가리도 같이 움직였다.

"조준. 발사."

총소리가 나자 사람들이 쓰러졌다. 김대중의 장인도 같이 쓰러졌다. 그러나 그는 총을 맞은 것이 아니라 총소리에 놀라서 기절했던 것이었다.

총에 맞은 것이 아니라는 것을 알아차린 인민군이 몇 발자국 앞으로 다가가 쓰러져있던 장인의 얼굴에 총을 두발 더 쐈는데 귓가를 스쳐 땅으로 박혔다.

"자 전원 철수하라."

시체들을 그냥 둔 채로 인민군은 철수를 하기 시작했다. 살아있는 사람들이 모두 자리를 떠난 다음이 되어서야 김대중의 장인은 눈을 떴다. 땅바닥에다 얼굴을 비벼대어 겨우 얼굴에 씌운 헝겊을 벗을 수 있었다. 그러나 뒤로 묶인 줄은 풀 수가 없었다. 손이 뒤로 묶인 상태로 가만히 누워 있었다. 밤이 지나 새벽이 되었을 때쯤에야 비로소 움직이기 시작했다. 주변에는 아는 이웃들과 친구들이 총에 맞아 널브러져 있었다. 죄 없는 사람들이 희생당했음을 안타까워하는 마음과 자신은 살아남았음에 안도하는 두 가지 마음이 겹치는 묘한 표정이 지어졌다. 김대중의 장인은 뒤뚱거리며 손이 뒤로 묶인 채로 처형장이 있던 산골짜기를 걸어서 내려왔다. 100명이 조금 넘는 숫자 중에서 유일하게 살아남은 것이었다.

김대중은 목포 형무소 앞에 있는 집들 사이에 숨어 있다가 새벽이 되어 사람들의 인적이 끊길 때쯤에 주위를 두리번거리며 거리로 나섰다. 한참을 걷다가 대성동 네거리쯤에 거리를 헤매고 있는 여인이 눈에 들어 왔다. 그 여인은 울고 있었고 등에는 갓난아이가 새근새근 잠들어 있었다. 김대중은 그 여인의 곁으로 다가갔다.

"여보…"

여인은 새벽녘 골목에서 나지막이 들려오는 목소리를 향해 몸을 돌렸다.

"여보… 사람들이 모두 죽었을 거라고 했어요. 형무소에 붙잡혀 간 사람들은 다 죽었다고 사람들이."

"내가 여기 살아 있지 않소 여보. 어서 들어갑시다."

두 사람은 눈물이 났지만 누군가 듣지 않을까 하는 마음에 소리를 낮추었다. 그리고 마주보며 살아있음을 기뻐하는 눈물을 흘렸다.

좌익 게릴라들은 탈출한 사람들을 쫓고 있었다. 우익인사들을 추적하여 하나둘씩 찾아 죽였다. 김대중과 그의 형제들도 그들의 표적이었기 때문에 한동안 숨어서 지낼 수밖에 없었다.

김대중과 함께 형무소를 탈출한 사람들은 약 80명 정도였는데 끝까지 살아남은 사람은 서른 명 정도였다. 나머지 사람들은 좌익게릴라들의 사냥에 희생당한 것이다.

"형님 이제 어디로 가면 될까요? 어디든 안전하지 않은 것 같습니다."

김대중은 잠시 생각에 잠겼다. 어디든 좌익 게릴라들이 있었고 함부로 숨을 수 없었다.

"부두 쪽으로 가자. 미군들이 폭격을 자주 해대니까 인민군은 부두 쪽엔 별로 없을 거야."

김대중의 생각은 들어맞았다. 김대중의 아는 사장이 있었는데 그의 누나집이 부두 쪽에 있었다. 그 사장은 그의 누나 집에 김대중과 그의 동생을 숨겨주었다. 그렇다고 방에 넣어 줄 수도 없었다. 언제 게릴라들이 찾아올지 몰랐기 때문이다. 그래서 천장을 조금 넓히고 그 안에 요강을 집어넣었다. 김대중과 그의 동생은 그렇게 죽은 듯이 대소변을 받아내며 숨죽이며 5일의 시간을 보냈다. 5일이 되던 날이었다. 밖이 어수선 했다. 누군가 김대중이 누워있는 천장을 두들겨 대기 시작했다. 두 사람은 서로 마주보며 두려운 마음이 들었다. 그러자 밖에서 큰 목소리가 들려왔다.

"김사장 어서 나오시게, 해병대가 들어왔어. 국군 해병대가 들어왔어. 이제 밖으로 나오시게."

김대중은 그 말을 듣고서야 동생의 손을 잡고 천정에서 내려오게 되었다. 그는 이렇게 또 살아난 것이다.

국군이 들어오자 목포는 다시 활기를 띠기 시작했다. 전쟁 중이긴 했지만 사람들은 북적거렸고 배들은 계속해서 물건과 사람을 실어 날랐다.

김대중이 가지고 있던 배 세 척 중에 남은 것은 단 한 척이었다. 한 척은 국가에서 징발 해갔고 다른 한척은 어딘가로 떠내려갔던 것이다. 그래도 한 척이 남아 있기에 김대중은 다시 시작해 볼 결심을 하게 된다.

김대중은 해상방위대 전남지역본부를 결성하였고 오재균이 대장. 김대중이 부대장이 되었다. 전쟁에 필요한 군수품이나 식품을 선박으로 날라주는 일을 주로 했으며 직접적인 전투가 아닌 게릴라 소탕 같은 국지전을 돕는 업무를 수로 했다. 방위군을 결성하사 젊은이들이 지원하기 시작했다. 그러면서 해군 목포경비소의 장교들과 친분을 맺게 되었다.

그러던 어느 날 몇 명의 사람들이 김대중을 찾아 회사로 왔다.

목포일보의 기자들과 인쇄를 하는 직원들이었다. 주변의 사람들에게서 이야기를 듣고 김대중을 찾아온 것이다. 전쟁으로 인하여 신문사에 경영에 타격을 입었고 인수할 사람을 찾던 중에 젊은 사장인 김대중을 찾게 된 것이다.

    김대중은 50년 10월 목포일보사를 인수하여 사장이 되었다. 언론에 관심이 많았던 김대중은 망설이지 않고 인수하였다. 2년 정도 운영하던 목포신문사의 경영권은 다시 종업원들에게 넘기게 되었는데 그것은 김대중의 사업이 부산으로 거점을 옮겨갔기 때문이다. 그 후 목포신문사의 경영을 맡아서 운영한 사람은 김문옥이었다.

    김대중이 부산으로 거점을 옮기게 된 이유는 1.4후퇴 때문이었다. 서울이 다시 공산군에게 점령당했고 정부는 다시 부산으로 수도를 옮겼다. 부산에는 모든 기관이 모여 있었다.

    김대중은 홍국해운주식회사를 설립하였고 현재 농협중앙회인 금융조합연합회와 계약을 맺었다. 비료와 가마니 등을 실어 날랐다. 그때 김대중이 보유한 배가 5척. 실제로 운용하는 배는 열 척이 넘었다.

    김대중은 부산에 있으면서 많은 사람들을 만났다. 면우회라는 모임에서 사람들을 만나곤 했는데 그 모임의 정식 회원은 아니었지만 자주 드나들어 여러 인맥을 넓히고 있었던 것이다.

    그러던 어느 날이었다. 김정례가 김대중에게 말을 했다.

    "여성청년단 회식이 있는데 같이 가시지 않겠어요?"

    "네, 그러죠."

    여성청년단이라는 이름답게 젊은 여성들이 가득한 모임이었다. 몇

몇의 남자들이 눈에 들어오기도 했으나 대부분 여성이었다. 그 당시에 교육을 받은 여성은 흔치 않았다. 그런 여성들이 모여 있는 자리가 김대중은 신기할 뿐이었다. 김대중은 인물이 괜찮은 편이고 입담이 좋아서 많은 여성들이 호감을 가졌다.

김정례가 김대중에게 손짓을 하면서 불렀다.

"김사장님. 이리 잠시만 오시겠어요?"

군복을 검은 색으로 염색한 옷을 입고 있는 여성과 함께 있던 김정례는 김대중에게 이 여인을 소개시켜줬다.

"여기는 해운업을 하시는 김대중 사장님이시구요."

김대중은 그녀를 보고 고개를 숙이며 인사를 했다. 그녀는 살짝 미소를 지어 보였다.

"여기는 앞으로 여성청년단을 이끌어갈 분이세요. 이희호씨."

김대중은 그녀에게 호감을 가지게 되었다. 그녀는 여러 가지로 말이 통했다. 이승만에 대해서 함께 분노하는 것도 통했다. 그녀는 자기의 생각을 조리 있고 분명하게 말했고 생각이 깊었다.

"저는 나라의 사정이 좋아지면 외국으로 유학을 가겠어요."

해외에 나간다는 걸 상상하기도 힘든 시절에 이희호의 그런 낭찬 말이 김대중의 뇌리에 박혔다.

김대중이 부산에 있던 그 시기에는 전쟁으로 인하여 여러 가지 일이 발생했다. 낮에는 국군이 점령하고 있었지만 밤이 되면 게릴라들이

산에서 내려와 마을들을 습격하곤 했다. 1.4후퇴가 시작되면서 산에서 잠복하고 있던 빨치산들이 들고 일어났다. 사람들은 공포에 빠졌고 아무도 믿을 수 없는 나날이 계속 되었다. 그러던 어느 날 1951년 2월 거창에서 양민학살 사건이 일어났다. 양민들이 빨치산과 내통한다며 학살한 것이다. 그리고 국민방위군 사건이 벌어졌다. 중공군이 전쟁에 개입하여 밀려들어오자 정부는 40세 이하의 남자들을 모아 국민방위군으로 편성했다. 그러나 사령관과 높은 자리에 있던 이들이 국고와 군수물자를 부정처분하여 사리사욕을 채웠다. 그러자 병사들은 의복이나 식량이 지급되지 않아 죽어갔다. 이 사건으로 국방장관이 물러났고 국민방위군이 해체되었다. 그 이듬해인 1952년 5월 26일에는 부산 정치파동이 일어났다. 대통령을 국회에서 뽑던 것을 국민이 직접 대통령을 선출하려는 제도로 바꾸려 한 것이다. 이 와중에 경찰과 폭력배가 의사당을 겹겹이 싸고 대통령 직선제를 통과 시켰다. 이런 와중에 김대중은 정치 현실에 분노를 하게 되고 결국 직접 정치에 참여할 생각을 하게 되었다.

    1954년 목포에서 제3대 민의원 선거에 출마하게 된 김대중은 무소속으로 선거운동을 시작했다. 야당도 싫었고 여당은 더 싫었다. 그리고 무소속으로 나가게 된 것은 믿는 구석이 있었기 때문이다. 바로 목포 지구 노동조합이 김대중을 지지한다고 약속했기 때문이다. 그러나 생각처럼 흘러가지 않았다. 경찰이 노조 간부를 하나씩 붙잡아서 자유당 후보를 지지하라는 각서를 쓰게 했기 때문이었다. 그리고 자유당 후보 지지연설에 동원되었다. 김대중으로서는 어떻게 할 수가 없는 일이었다.

결국 선거에서 패했다. 10명 중에 5등을 한 것이다. 정당 없이 선거를 치루는 것이 얼마나 힘든 일인가를 알게 되었다.

선거가 끝난 다음 해인 1955년 김대중은 목포를 떠났다. 서울로 이사를 한 것이다. 사업도 접었다. 그러면서 노동문제에 관심을 가지고 글을 쓰기 시작했다. 김대중의 처는 남영동에다 미장원을 차렸다. 김대중은 삼각지에 있는 한국노동문제연구소에 출근을 했다. 김대중은 이 기간 동안에 동아일보와 사상계, 그리고 신세계라는 잡지에 글을 게제하기 시작했다.

그러면서 동양웅변전문학원이라는 웅변학원을 운영하기 시작했다. 50명 정도의 학원생을 가르쳤다. 이곳에서 김상현, 김장곤 등을 만났다. 웅변은 정치인의 무기였으며 야망을 담는 연습을 했다.

1956년 김대중은 장면 부통령을 대부로 하며 천주교 신자가 되었다. 1956년 6월 명동성당에서 토마스 모어라는 세례명을 받게 되었다.

그리고 9월 25일 민주당에 입당하게 되었다.

민주당은 구파와 신파로 나누어 졌는데 구파는 윤보선이 이끌고 있었고 김대중은 장면이 주도하는 신파에 속하게 되었다.

김대중이 입당하고 며칠이 지나지 않아 장면부통령은 권총 저격을 당했는데 다행히 왼손에만 부상을 입었다. 9월 28일의 일이었다.

그리고 김대중은 조봉암을 만났다. 부산에서 이미 한 번 본적이 있던 조봉암은 정치적 거물이었다. 얼마 되지 않아 조봉암 선생은 간첩 혐의로 사형을 당했다.

1958년 국회의원 선거철이 되자. 김대중은 출마를 결심했다. 그러나 목포에는 이미 정중섭 의원이 자리를 잡고 있어서 출마할 수가 없었다. 그래서 고심 끝에 휴전선 근처의 강원도 인제에서 출마하기로 결정했다. 아는 사람은 하나도 없었지만 군인과 그 가족이 유권자의 80%가 넘는 지역이었다. 당시에 군은 야당을 지지했다. 우여곡절 끝에 후보로 지원을 하였으나 결국 떨어지고 말았다. 출마로 인하여 재산을 탕진한 김대중은 집에 먹을 식량조차 남아 있지 않았다. 만나고 싶은 사람도 만날 수 없었고 집에 있기도 민망했다. 그렇게 하루하루를 흘려보냈다. 그러던 어느 날 한 사람이 찾아왔다.

"김선생, 생활이 힘드시다는 이야기를 들었습니다. 김선생같이 능력 있는 분이 왜 이렇게 능력을 썩히고 계십니까? 우리와 함께 재능을 사용해 보시죠. 생활에 조금 보탬이 되도록 해보겠습니다."

"말씀은 감사합니다만. 저는 자유당 입당할 의사가 전혀 없습니다. 감사합니다만 돌아가 주십시오."

삶이 어려워지자 정치를 떠나서 다시 사업을 하려고 했으나. 사기를 당하고 말았다.

그와 동시에 김대중의 아내인 차용애가 세상을 떠났다. 가슴이 아프다고 해서 약을 먹었는데 혼수상태가 된 것이다. 김대중은 의사를 부르러 뛰쳐나갔다. 그리고 의사와 함께 돌아왔는데 아내는 이미 숨져 있었던 것이다. 두 아들 홍일과 홍업이를 남겨놓고 세상을 떠난 것이다.

미용실을 하며 생계를 도왔던 그녀, 김대중이 아니면 죽겠다던 그녀, 전쟁 중에 방공호에서 아이를 낳았던 그녀, 가족이 어려울 때마다 대장부의 길을 가라고 용기를 주었던 그녀가 세상을 떠난 것이다.

장례식이 끝나고 김대중은 홍일과 홍업 두 아들의 손을 잡고 남산에 올라갔다. 팔각정에 올라 서울 시내를 함께 내려다보았다.

"애들아, 어머니가 세상에 없다고 좌절해서는 안 된다. 잘 커야 한다. 그것이 어머니가 바라는 것이다. 어머니는 정말 좋은 분이셨단다. 너희도 이미 알 것이다. 그런 어머니를 잊어서는 안 된다. 어머니는 세상에서 너희들을 지켜보고 계신다."

아이들은 아무 말도 없이 김대중의 이야기를 듣고 있었다. 김대중은 눈물을 흘렸다.

06

| 5.16쿠데타와 이희호와의 결혼 |

1960년 3월 15일 대통령 선거가 있던 날이었다. 나라 곳곳은 무법천지였다. 반공청년단이라는 것이 생겨나서 투표소를 포위했다. 사전투표에서 자유당 표가 유권자 표보다 더 많이 나오는 지역이 속출하기 시작했다. 야당 참관인들은 매수가 되었던지, 아니면 매를 맞고 투표소에서 쫓겨났다. 마산 시민들이 들고 일어나기 시작했다. 사람들이 민주당 당사 앞에 모이기 시작했다. 공정선거 실시하라. 부정선거 다시 하라. 이런 외침들이 곳곳에서 나오기 시작했다. 경찰이 출동했고 소방차는 물을 뿌려대기 시작했다. 학생들이 돌멩이를 던지기 시작했다. 갑자기 어딘가에서 총성이 들려왔다. 사람들의 비명이 들려왔다. 경찰은 시위대를 추격하기 시작했고 총격을 가했다. 자정이 되어서야 잠잠해졌다.

마산상고에 입학한 17세 김주열 학생의 얼굴에 최루탄이 터지지 않고 박혔다. 그 주검이 너무나 참혹하여 시체에 돌을 매달아 바다 속에 던져버렸다. 그러나 실종된 지 27일 만에 시체가 떠올랐다.

민주당 의원들은 4월6일에 부정선거 규탄 가두시위를 시작했다.

김대중은 확성기를 목에 걸고 앞장서기 시작했다. 아내는 죽고 없었고, 정권을 잡기 위해 눈에 독기가 서러있는 독재 권력 앞에서 시위를 한다는 것은 자살행위나 마찬가지였다. 그러나 김대중은 할 수밖에 없었다. 아들 둘이 잘 다녀오시라며 큰 절을 했다.

서울시청 앞에 사람들이 모였다. 수백이었던 사람들이 수천 명이 되었다. 수만 명의 시민들은 길에서 시위대를 지켜보고 있었다.

"부정선거 다시 하라."

김대중은 선동을 시작했다. 사람들은 환호성을 질렀다. 시위대는 만 명을 넘어 섰다. 을지로를 행진하면서 김대중은 목이 터져라 소리치기 시작했다.

"이승만 정권 물러가라."

사람들은 김대중의 말을 따라 하기 시작했다.

고등학생들의 시위가 벌어졌다. 그러다 4월 18일 고려대생들이 교문을 나와서 국회의사당 앞에 천여 명이 집결했다. 연좌농성을 하기 시작했고, 고등학생과 시민들이 그 뒤를 따랐다. 저녁이 되자 무장괴한들이 무기를 들고 시위대를 덮쳤다. 깡패들이 시위대를 공격한 것이다.

4월 19일 아침이 되자. 신문들은 일제히 고려대생 피습기사를 찍어냈다. 시민들은 불안감과 분노가 교차되는 심사가 됐다. 오전이 되자 서울대생들이 거리로 뛰쳐나왔다. 전국의 학생들이 캠퍼스에서 나와 거리로 몰려들었다. 학생들은 경찰 저지선을 무너뜨리며 시가지를 장악했다. 신촌과 서울역 등이 인파로 가득 찼다. 일부 학생들이 소방차를 뺏어 타고 대통령 관저로 향했다. 시위대가 접근하자 경찰이 발포하기 시작했다. 총구가 불을 뿜었다. 선두에 있던 학생들이 쓰러졌다. 총소리에 놀라서 사람들이 흩어졌다. 그러다 학생들이 흘리는 피를 보고 시위대는 다시 몰려들었다. 경찰과 대치하던 학생들이 대통령이 있는 경무대로 옮겨가자 총알이 사정없이 쏟아졌다. 시민들의 구호가 바뀌었다.

"이승만은 물러가라"

서울에는 비상 계엄령이 내렸다. 서울신문 사옥이 불타올랐다. 그 당시 서울신문은 여당의 기관지였다. 또 반공회관이 불탔다.

시위는 부산, 대구, 인천, 광주, 전주 등, 전국으로 번졌다. 정부는 오후 5시에 전국 비상계엄령을 선포했다.

4월 25일 전국의 대학교수들이 플래카드를 앞세우고 시위를 했다. 3.15 부정선거와 4.19 사건의 책임을 지고 대통령과 국회의원, 또 대법관이 사임을 해야 한다는 성명을 발표했다.

시위대는 깡패 임화수, 이정재의 집을 부쉈다.

26일 오전이 되자 시민들이 세종로로 모였다. 오전 10시가 지나자 시위대는 10만 명이 넘게 모였다. 이기붕의 집은 파괴되었고 도심은 혼돈으로 가득 찼다. 시위대는 늘어났고, 군인들은 긴장했다. 시위대들이 대통령에게 가려고 했다. 계엄사령관 송요찬 중장은 시민대표 14명을 대리고 대통령과 면담을 시도했다.

학생들은 민심을 대통령에게 직접 전했다. 그리고 대통령에게 사임을 권했다.

이승만은 이렇게 말했다고 한다.

"젊은이들이 부정을 보고 궐기하지 않으면 나라가 망합니다. 정말로 부정선거가 있었다면 학생들이 일어선 것은 참으로 옳은 일입니다. 또 그런 부정 선거가 있었다면 나는 물러나야 마땅합니다."

오전 10시 20분 확성기에서 이승만 대통령의 하야 소식이 흘러나왔다.

거리는 만세를 부르는 군중들로 뒤덮였다.

이승만의 하야 성명이 라디오에서 흘러나왔다.

"나는 행방 후 본국에 돌아와 우리 여러 애국 애족하는 동포들과 더불어 잘 지내 왔으니 이제는 세상을 떠나도 여한이 없습니다. 나는 무엇이든지 국민이 원하는 것이 있다면 민의를 따라서 하고자 할 것이며 또 그렇게 하기를 원했던 것입니다. 국민이 원한다면 대통령직을 사임하겠습니다."

4월 28일 이승만은 경무대를 떠나 사저인 이화장으로 거처를 옮겼다.

4.19혁명이 끝난 이후 내각 책임제를 실시하게 되었다. 김대중은 민주당 후보로 인제에서 출마하였으나 패하고 말았다. 그러나 민주당은 선거에서 대승을 거두게 되었다. 윤보선이 제4대 대통령으로 선출되었고 장면이 총리가 되었다. 장면은 김대중을 아껴서 총리가 되자마자 그를 따로 불렀다.

"대중씨가 대변인을 해줬으면 하는데 어떤가?"

"저는 의원도 아니고 원외의 저에게 대변인을 맡기셔도 괜찮겠습니까?"

"조재천의원이 법무부 장관으로 올라가면서 대중 군을 추천했네. 현석호 의원이랑 몇몇 의원들도 대중 군이 대변인을 하는 게 좋다는 의견인데 어떤가?"

김대중은 쟁쟁한 의원들이 자신을 지지한다는데 감격하여 가슴이 벅차오름을 느꼈다.

"정 그러시다면, 제가 최선을 다해 노력하겠습니다."

수락할 수밖에 없는 일이었다. 이로서 김대중은 집권여당의 간부가 되었다. 일부 의원들이 반대하는 목소리를 냈지만 장면 총리가 모두 막아주었다. 그만큼 김대중은 장면의 신임을 받은 것이었다.

그때 당시의 민주당은 구파와 신파로 나뉘어 내부 싸움이 벌였다. 윤보선이 이끄는 구파와 장면을 앞세운 신파의 싸움이었다. 구파는 86명의 의원으로 민주당 구파동지회란 이름의 원내 교섭단체를 만들기 시작하더니 결국 집단 탈당하여 1961년 2월 20일 신민당을 만들었다.

신민당은 야당이 되었고 민주당으로부터 정권을 빼앗아 올 궁리만 하고 있었다. 이것을 윤보선 대통령이 지원하고 있었다.

4.19혁명이 끝나고 나라는 여러 가지 자유가 판을 쳤다. 언론은 정부를 공격했고 연일 여러 가지의 시위를 벌였다. 나라는 온통 어수선한 혼돈이었다.

혁신세력으로 불리는 세력은 남북통일의 문제들을 가지고 과격한 주장과 시위를 했고, 밤에는 횃불을 쳐들고 거리를 누볐다. 이러한 혁신계는 통일사회당, 사회대중당 등이 되어 나라를 혼돈의 구렁으로 몰아넣었다.

김대중은 대변인으로 활동하면서 여러 가지 사회문제에도 관심을 가지게 되었다.

그러던 어느 날, 김대중을 누르고 당선이 된 인제의 의원은 3.15 부정선거에 관련된 것이 밝혀져서 의원직을 박탈당했다. 1961년 5월 13일에 보궐 선거를 치르고 김대중은 민주당 후보로 당선이 되었다. 5월 14일 당선이 확정되어 당선증을 받아든 김대중은 세상을 떠난 아내를 생각하며 눈물을 흘렸다.

14일과 15일에는 당선 사례를 했고 일일이 손을 잡으며 주민들에게 인사를 했다. 어렵게 몇 번의 고배를 마시며 도전했던 의원에 당선이 된 김대중은 만감이 교차했다.

나라를 위해 자신을 당선시킨 주민들의 삶을 위해 노력을 하고 바른 정치를 이루겠다는 다짐을 하던 김대중은 그렇게 5월16일 새벽을 맞았다.

  1961년 5월 16일 새벽 3시, 해병대 제2중대가 한강다리를 건너서 서울 시내로 오면서 쿠데타가 시작되었다. 군인들은 중앙청, 육군본부, 방송국, 발전소등 주요 시설을 접수했다.
  박정희 소장을 중심으로 구성된 쿠데타 세력은 성명을 발표하였다.
  "부패하고 무능한 현 정권과 기성 정치인들에게 더 이상 국가와 민족의 운명을 맡겨 둘 수 없다"
  "반공을 국시의 제일의로 삼아, 여태껏 형식적이며 구호에 그친 반공 체제를 재정비 강화한다"는 혁명 6공약도 발표했다.

  당선이 되자마자 쿠데타가 일어나니 김대중은 놀랄 수밖에 없었다. 동생 대의가 와서 김대중에게 알려주었다.
  "형님, 서울에서 쿠데타가 일어났다고 합니다. 어떻게 되는 겁니까, 이제?"
  "그리 심각한 일은 아닐 거다. 어찌 되었든 서울에 가봐야겠다."
  지프차를 타고 내려가는 길에 라디오에서는 미군과 유엔군의 공동 성명문이 흘러나왔다.
  '장면 총리의 대한민국 정부를 지지한다. 한국군들은 통치권을 정

부 당국에 반환하고 질서를 회복하라.'

뉴스를 듣던 김대중은 안도의 한숨을 내쉬었다.

"대의야, 이제 미국이 나섰으니 사태는 금방 호전이 될 것이다."

그러나 서울 시내에 들어온 김대중은 자신의 판단이 틀렸음을 본능적으로 느끼게 되었다.

서울시는 정적이 흐르고 삼엄한 분위기를 띠고 있었다. 그래도 의원 등록은 해야 했다.

"대의야, 의원등록을 가서 대신 해라."

동생 김대의가 의원 등록을 하고 난 직후. 그러니까 김대중이 국회의원으로 등록을 한 직후 군사혁명위원회는 국회를 해산시켰다.

그 당시 장면 총리는 시청 광장 근처의 반도호텔을 집무실로 사용하고 있었다.

쿠데타가 발발하자 장면 박사는 몸을 피했다. 미국 대사관은 이른 새벽이라 닫혀 있었고 총리는 혜화동 성당 뒤에 있는 카멜수녀원에 숨게 되었다. 이틀의 시간을 수녀원에 숨어버린 것이다.

그때 당시에 유엔군 사령관은 장면 총리를 찾고 있었고 찾지 못하자 군 통수권을 지닌 윤보선 대통령에게 쿠데타 진압을 위해 전군 동원명령을 내릴 것을 요청하였다.

미군은 쿠데타를 진압할 뜻을 밝히고 미군 1개 대대와 한국군 제1야전군 병력의 출동 승인을 요청했다. 그러나 윤보선 대통령은 단호했다.

"귀국의 행동은 내정간섭이요."

윤보선은 미국의 요구를 거부하고 쿠데타세력을 지지하였다. 박정희가 윤보선을 찾아갔다.

"우리는 각하를 위해 쿠데타를 일으켰습니다."

윤보선은 5.16 이후에도 10개월간 대통령을 하게 된다.

대통령이 쿠데타를 인정했고 총리는 찾을 길이 없으니 미국은 어찌할 방법이 없었다.

쿠데타가 일어난 지 사흘이 지난 5월 18일 장면 총리가 나타났고 오후 12시 30분 각료회의를 열었다. 계엄령을 추인했다. 회의가 열리는 그날,

박창암 대령이 이끄는 육군사관학교 생도들이 혁명을 지지하는 행진을 서울대로에서 하고 있었다. 그 뒤로 혁명군 부대가 뒤를 따랐다. 제2공화국은 이렇게 짧게 끝이 난 것이다.

쿠데타 혁명세력은 일사천리로 업무를 추진했다. 국무총리 이하의 장차관, 요직의 인사들을 붙잡아 조사하고 고문했다.

김대중은 혁명이 일어난 다음 해인 1962년 5월 10일 이희호와 결혼식을 올렸다.

이희호는 유복한 환경에서 자랐고 미래가 보장된 여성 지도자였다. 그러나 김대중은 의원직에서 쫓겨난 아무것도 아닌 사람이었다.

이희호의 아버지인 이용기는 세브란스 의전을 졸업한 의사였고 6

남2녀 중 장녀였다.

이희호의 외삼촌인 이원순의 자택에서 결혼식을 올렸고 100여 명이 결혼식에 참석했다.

결혼식을 올린 지 열흘이 지난 5월 20일 김대중은 중앙정보부에 끌려가게 된다. 죄목은 반혁명 죄였다.

한 달을 갇혀 있다가 풀려났다. 교도소를 나와서는 할 일 없이 빈둥거리며 지냈다.

그러던 어느 날 누이동생이 위독하다는 소식을 전해 들었다. 병명은 심장판막증이었다. 숨을 몰아쉬면서도 웃으려 하는 누이를 보면서 김대중은 눈물을 흘렸다. 정치에 참여하여 집권여당의 대변인까지 했던 김대중은 혁명 이후 가난한 삶을 살아가고 있었다. 그러던 어느 날, 63년 2월, 중앙정보부의 국장이 반도호텔로 김대중을 불렀다.

"선생님, 저희가 공화당을 창당하려고 합니다. 선생께서 민주당 초기에 활동하셨던 것처럼 공화당 창당에 도움을 주셨으면 합니다."

김종필이 중아정보부 부장을 그만두고 창당 작업에 뛰어든 시점이있다.

"선생이 실력 있고 유능하다는 점을 주변의 이야기를 통해서 진해 들었습니다. 아니 이미 검증된 사실이지요. 국회의원뿐만이 아니라, 그 이상의 재목이라고 생각합니다. 여러 가지로 편의를 봐드릴 테니 우리와 함께 합시다. 사람에게는 저마다의 때가 있습니다. 이제는 그 재능을 펼쳐 보일 때가 왔다고 봅니다. 만약에 우리의 제안을 거부하면 앞으로 8년간은 정치를 할 생각을 하지 마십시오."

달콤하게 유혹하면서도 끝에는 협박성 내용을 담고 있었다.

"저는 쿠데타로 쓰러진 민주당의 대변인을 지냈소. 나는 장면 정권이 가장 좋은 정권이니까 지지해 달라고 국민들에게 말하고 다녔는데 이제 와서 반대로 쿠데타 세력이 가장 좋은 사람들이라고 말하면 국민들이 나를 뭐로 보겠소. 당신들 편에 서서 당신들을 홍보하고 다니면 나를 변절자로 볼 것 아니오. 변절자를 영입해서 당신들이 득볼게 없소. 아니, 오히려 손해만 끼칠 것이니 그만 하시오. 나는 이제 가보겠소."

"개 같은 자식이. 주둥이만 살아서 놀고 있네."

김대중은 아무런 대꾸를 하지 않고 밖으로 나왔다.

1963년 2월 27일에 정치활동금지에서 해제되었다. 김대중은 민주당을 재건하였다.

1963년 4월 마포구 동교동으로 이사했다. 비만 오면 질척거리는 호박넝쿨 투성이의 주변 환경이었지만 김대중은 너무나 좋았다.

1964년 7월 18일 박순천 여사를 당수로 하여 서울에서 창당 대회를 열었다.

10월 15일 대통령 선거를 앞두고 야권이 후보 단일화를 모색하는 중이었다. 박정희에게 맞설 사람은 윤보선 뿐이었다. 투표는 박정희의 15만 6000표 차이의 승리였다.

11월 12일 마흔두 살이 된 아내가 막내인 홍걸을 낳았다. 그때 당시에 김대중은 선거를 위해 목포로 내려와 있었다.

대선이 끝나고 제6대 국회의원 선거가 전국 131개 선거구에서 11월 26일에 실시되었다. 김대중은 목포에서 민주당 후보로 나섰다.

"저는 목포의 아들인데도 객지에서 떠돌아 다녔습니다. 목포에서 가장 먼 곳. 강원도 인제에서 출마했습니다. 그리고 천신만고 끝에 국회의원이 되었습니다. 집권당 대변인으로 활동했었습니다. 강원도도 저를 알아주고 서울에서도 인정해 주는데 고향에 돌아온 저를 목포 시민들이 외면해서야 되겠습니까? 고향에서 패하면 돌아갈 곳이 없습니다. 저를 키워 주십시오. 큰 인물이 되어 보답하겠습니다."

선거는 혼탁해졌고 공화당은 권력을 이용하여 선거를 방해했다. 그러나 목포 경찰서 정보반장 나승원 경사가 부정선거 비밀지령을 폭로하였고 이 결과로 판세가 기울어 김대중은 압도적인 표차로 당선되었다. 권노갑과 엄창록이 김대중의 선거를 위해 열심히 뛰었다.

목포는 김대중이 승리하였지만 170개 의석 중에 110개를 공화당이 차지했다. 민주당은 겨우 13석의 승리였다. 선거가 끝나자 김대중은 서울로 올라가서 막내아들을 안아보았다.

제3공화국이 출범하자 첫 과제로 한 것은 한일 국교 정상화였다. 국내 경제 상황은 좋지 않았고 흉작이 되어 쌀값이 폭등했다.

1964년 4월 21일 공화당은 김준연 의원 구속 동의안을 상정했다. 김종필이 일본의 오히라와 접촉하면서 정치자금 1억 3000만 달러를 받았다고 폭로했다. 허위사실유포 혐의로 구속될 위기였다. 한건수 총무가 김대중에게 다가왔다.

"김의원, 지금 김준연 선생에 대한 구속 동의안 상정을 여당이 밀어붙이고 있소. 당신이 나서줘야겠소. 안건을 처리하지 못하도록 자정까지 시간을 좀 끌어 주시오."

"아니, 제가 그걸 무슨 수로 막을 수 있겠습니까?"

"의사 진행 발언을 하면서 시간을 끌어 주시오."

"일반 안건을 가지고도 한 시간을 끌기 어려운데 어떻게 의사 진행 발언을 하면서 몇 시간을 끈단 말이오."

"그러니 김 의원이 나서 달라는 것 아니오. 당신이면 할 수 있다고 중진 의원들과도 합의를 봤으니 발언대에 오르시오."

"알았습니다. 한번 해보지요."

단상에 올라간 김대중은 의원들을 한 번 바라봤다. 그러면서 말을 시작했다.

"의원 체포동의 안은 충분히 검토되지 않았습니다. 사실을 정확히 인지하지 못하고 있는데도 불구하고 서둘러 이를 처리하려는 것은 정치적인 의도가 있는 것입니다.

김준연 의원의 폭로는 나라와 민족을 위한 선의에서 나왔음을 알려드립니다. 그는 항일투쟁으로 8년을 감옥에서 지냈고, 9년 동안 연금생활을 해야 했습니다. 여기에 김의원이 쓴 독립노선이라는 책이 있습니다. 제가 몇 자 읽어 보겠습니다."

김대중은 책을 읽기도 하며 발언을 계속 이어나갔다.

"이렇게 나라와 민족을 위해 모든 것을 바친 애국자를 동료 의원들이 범죄자로 만드는데 동조할 수 없는 노릇 아닙니까? 그리고 의장, 볼일이 급한데 화장실에 다녀와서 계속해도 되겠습니까?"

동아방송에서 생중계 중이었고 라디오를 통해서 사람들에게 전달되고 있었다.

김대중의 발언은 5시간 19분이었다. 그러나 다음날 김준연 의원은 구속되었다.

1964년 6월 3일 정오에 학생과 시민 5만 명이 광화문에서 시위를 벌였다. 세종로 중앙청과 청와대로 통하는 길에 학생들이 농성을 벌였다. 경찰은 최루탄을 쏘았고, 경찰서와 소방서가 공격당했다. 경찰은 차량을 빼앗기기도 했다.

정부는 비상계엄령을 선포했다. 학생운동지도자와 언론인등 400여명을 내란 선동 혐의로 체포하라는 검거령을 내렸다.

시위대는 군대의 힘에 의해 진압되었고, 언론의 비난 강도도 조금씩 약해졌다.

1965년 2월 20일 서울 중앙청에서 한일기본조약이 가조인 되었다.

1965년 2월 22일 도쿄의 수상 관저에서 기본 조약. 청구권, 어업 문제 등에 관한 모든 협정이 정식 조인되었다.

1965년 8월 14일 한일 기본조약과 모든 협정이 국회를 통과했다.

야당 의원들은 모두 불참했다. 그동안 이승만 정권이 요구한 액수는 20억 달러 정도였는데 박정희 정부는 3억 달러만 요구한 것이다. 35년간 수탈을 당했는데 3억 달러만 보상받는다는 건 김대중의 생각으로는 너무 적다고 느꼈다. 그래서 그는 국회에서 이렇게 발언했다.

"차라리 일본으로부터 단 한 푼도 받지 맙시다. 우리는 부유하지는 않지만 그런대로 살아가고 있습니다. 이럴 바에는 청구권 따위는 일축해 버리는 것이 낫습니다. 대신 일본으로부터 진정한 사과를 받는다면, 그것이 더 중요합니다. 그리고 과거를 청산한 후에 새롭게 출발합시다. 국민도 그러한 명예로운 태도를 더 바라고 있습니다."

박정희 정권은 한일협정이 체결된 후 급속히 일본과 가까워졌고, 미국과도 가까워지기 시작했다. 미국은 1965년 전투병 파견을 공식적으로 요청했다. 정부는 우방에 의리를 지키는 파병, 평화를 지키는 대한 건아. 등으로 의미를 부여했지만 용병일 뿐이었다.

김대중은 66년 2월 21일 미국 국무부의 초청으로 최여근, 박영록과 함께 미국으로 갔다. 거기에서 워싱턴, 뉴욕, 덴버, 뉴올리언스 등을 둘러보았다. 그리고 다시 유럽으로 건너가 프랑스, 영국, 독일, 이탈리아, 인도 등을 둘러보았다.

1966년 6월 4일 장면 박사가 사망했다. 사인은 간암이었다.

1966년 10월 존슨 대통령이 한국을 방한하였다. 온 국민이 열렬이 환영하였다. 1967년 대통령선거가 있었고, 야당은 윤보선을 다시 지명했다.

07

| 대통령후보에 피선. 그러나 피랍으로 곤욕을 치르다 |

제7대 국회의원 선거에 출마한 김대중을 보기 위해 목포시민들은 가는 곳곳마다 인산인해를 이루었다. 김대중은 청중들에게 이렇게 외쳤다.

"나를 위해 애쓰다가 테러를 당하고, 나를 위해 애쓰다가 직장에서 목이 달아나고, 나 같은 사람을 위해서 자기 돈을 써가면서 수고를 하시고, 나 같은 사람을 위해서 교회에서, 절간에서, 집에서 기도해 주신 수많은 애국 시민에게 뭐라고 감사의 말씀을 드려야 좋을지 모르겠습니다. 이 악독하고 디러운, 역시에 유레가 없는 목포의 부정 선거를 극복하고 기어이 당선해서 7대 국회에 나가는 것만이 나를 위해 애쓴 여러분들에게 보답하는 길이라고 굳게 다짐하고 있다는 것을 여러분에게 말씀드립니다. 여러분! 나는 민주주의를 지키기 위해서 내 목숨을 걸겠습니다. 내가 싸우다 죽으면, 여러분은 내 시체에 꽃을 바치기 전에 먼저 내 시체를 밟고 전진해서 4.19 부정 선거의 원흉인 제2의 최인규를 타도해 주시기 바랍니다. 이 나라에서 부정 선거의 뿌리를 뽑아내는 억센 투쟁을 전개해 주시기 바랍니다. 그렇지 않고서는 나는 결코 눈을 감고 죽을 수가 없습니다."

김대중이 가는 곳이면 어디서나 사람들이 몰려들었다. 아이, 어른, 남녀 할 것 없이 김대중의 얼굴을 한번 보기 위해, 손을 잡기 위해 모여들었다.

우여곡절 끝에 김대중은 국회의원에 당선되었다. 6000표 차이였다.

트럭에 올라서 시내를 돌며 당선 인사를 하는 김대중을 향해 목포 시민들은 환호하였다.

1969년 7월 25일 박정희 대통령은 3선 개헌을 선언했다. 국민투표에 부친 후에 부결될 경우에는 대통령과 내각에 대한 불신임으로 보고 사임하겠다고 했다.

1969년 9월 14일 개헌안이 상정되고 의원투표가 이루어졌다. 공화당과 무소속의 122명이 모였다. 새벽 2시에 시작된 표결은 2시53분이 되어 끝이 났다.

그리고 국민 투표에 부쳐졌다. 압도적으로 통과하게 되었다.

김대중은 이번에야말로 반드시 대통령 선거에 이겨서 박정희의 3선을 막아야 한다고 결심했다. 신민당의 유력한 후보는 유진오였다. 그러나 김대중이 볼 때에는 유진오는 정치적인 안목과 지도력에 문제가 있다고 생각했다. 그때 김대중을 따르던 이용희가 김대중의 곁에 와서 속삭이듯이 말했다.

"유진오 총재는 믿을 수 없습니다. 저 양반으로는 도저히 안 됩니다. 형님이 대통령 후보로 나가십시오."

김대중의 뇌리를 스치는 많은 생각들이 있었지만 결코 입 밖으로 내보내지 않았다.

일단 선거에 최선을 다하는 모습이었다. 그러던 어느 날 갑자기 유진오가 쓰러졌다. 뇌동맥경련증이었다. 11월에 치료차 일본으로 건너갔고 결국 총재직을 사퇴했다.

그를 이어 1970년 1월 유진산이 총재로 선출되었다. 유진산은 총재였지만 대중적인 지지가 낮았다. 그래서 대통령 후보가 되기에는 무리가 있었다. 그때 40대 기수론을 주창하던 김영삼이 세대교체 여론을 주도하고 있었다.

김영삼이 대통령 후보지명을 낙관하고 있었다. 그러나 김대중도 그리 만만한 상대는 아니었다. 대의원들을 찾아다니면서 인사를 다녔다. 김대중의 부인 이희호는 케이크를 사들고 대의원과 부인들을 찾아다녔다. 이렇게 한 표씩 표를 얻고 있었다.

1970년 9월 29일 대통령 후보 지명 전당대회가 열렸다. 김대중의 지지자들은 애드벌룬을 하늘 높이 올렸다. 그들은 목이 터져라 김대중을 외쳤다.

이철승은 사퇴 선언을 하고 퇴장했다. 개표결과 김영삼 421표 김

대중 382표 무효 82표

김영삼의 압승을 예상했던 대의원과 언론사들은 예상 밖의 결과에 저마다 놀라워했다.

이철승을 지지하는 대의원들이 백지 투표를 한 것이었다.

김대중은 손을 흔들며 사람들 앞으로 나가서 소리를 쳤다.

"이제 대통령 후보는 접니다."

김대중은 이미 사전에 손을 써 놓은 것이었다. 김대중은 이철승 지지 세력에게 이번에 선출을 해 주면 다음에 이철승을 지지해 주겠다는 내용의 각서를 써준 것이었다.

2차 투표 결과가 발표되자 사람들은 환호성을 질렀다.

재석 884명중 김대중 458표, 김영삼 410표, 무효 16표.

김대중은 과반 이상을 얻어 대통령 후보가 되었다. 김대중은 앞으로 나가 수락연설을 시작했다.

"바로 이 순간부터 새로운 시대가 도래하였습니다. 나는 이 같은 새로운 시대의 선두에 서서 국민의 자유와 행복을 위해 싸워 반드시 박정희 정권의 장기 집권을 막아내는 동시에 국민이 건국 이래 염원해 온 민주적인 정권 교체를 실현시키겠습니다."

김대중은 1970년 10월 16일 가자회견을 했다.

향토예비군의 폐지. 대중 경제 노선의 추진. 미, 중, 소, 일 4대국의 한반도 전쟁 억제 보장. 남북한의 화해와 교류 및 평화 통일론. 공산권

국가들과의 관계 개선과 교역추진. 초·중등학교의 육성비 징수 폐지. 사치세 신설. 학벌주의 타파. 이중 곡가제 실시를 제시했다.

김대중은 1971년 1월 말 이희호와 함께 미국을 방문했다. 대통령 선거일로부터 3개월 전의 일이다. 김대중은 국무장관을 비롯하여 차관보 등 국무부 고위간부들을 만났다. 의회에서도 지도자들을 만났으며 그중에는 에드워드 케네디 상원의원도 있었다. 그는 김대중에게 각별한 관심을 보이기도 했다. 풀브라이트는 김대중을 위원장실로 불러서 앉혀놓고 물었다.

"한국 같은 군사 독재 국가에서 정권교체가 가능할 것 같아서 후보가 되었습니까?"

"당신네 조상은 200년 전에 독립과 자유를 위해 영국과 싸웠는데 그때에 미국인들은 그 싸움에서 반드시 독립이 되리라는 보장을 받고 전쟁을 하지는 않았습니다. 오직 자유를 얻겠다는 일념으로 싸웠던 것이 아니겠습니까? 토머스 제퍼슨은 민주주의는 인민의 피를 먹고 자란다고 말했습니다. 내가 성공할지는 모르겠지만 내가 하지 않으면 안 되는 일이라고 생각합니다. 피와 눈물을 흘리며 싸워 나가라는 제퍼슨의 말대로 반드시 자유와 민주주의를 획득할 수 있을 것으로 확신하며 계속해서 싸울 것입니다."

"잘 알아들었습니다. 부디 성공하십시오."

풀브라이트 위원은 다른 미국의원에게 김대중을 소개할 때마다 한국에서 민주주의를 위해 싸우는 젊은 투사라고 소개했다.

김대중은 야당 대통령 후보이기 때문에 닉슨을 만나지 못했다. 그러나 이희호는 닉슨의 부인 패트 여사를 직접 만났다. 김대중의 미국 방문에 대해서 워싱턴 포스트는 김대중의 기사를 다루기도 했다.

미국방문 이후에 김대중은 일본에 들러서 자민당과 민사당 공명당 등의 중진들을 만났다.

김대중이 미국과 일본 등 해외에 정치가들을 만나고 있을 때 국내에서는 여러 가지 협박과 회유가 펼쳐지고 있었다. 작은 폭탄이 김대중의 집 마당에서 폭발하기도 했고, 비서를 회유하기도 했다. 운전기사를 매수하려고도 했다. 몇몇은 폭행을 당하기도 했다. 김대중의 동생인 김대의의 아들인 김홍준에게 혐의를 뒤집어씌우기도 했다. 가정부도 끌려가 증언을 조작 당했다.

선거 내내 김대중을 괴롭히는 일들이 계속 일어났다. 그럼에도 김대중은 굴하지 않고 선거 유세를 계속 했다.

경상도와 전라도를 가리지 않고 청중들이 구름같이 몰려들었다. 수십만 명에서 수만 명까지 구름처럼 사람들이 몰려들었다.

1971년 4월 18일 장충단공원에는 100만 명의 청중이 모였다. 김대중은 온몸을 불태우듯 연설을 시작했다.

"존경하고 사랑하는 서울 시민 여러분! 나는 먼저 내 연설을 시작함에 있어 나의 경쟁 상대인 공화당 박정희 후보의 건투를 여러분 앞에서 비는 바입니다. 서울 시민 여러분. 나는 그동안 전국 방방곡곡을 돌아다녔습니다. 지금 전국에서는 모든 국민들이 이번에야말로 기어이 정권교체를 이룩하자고 경상도에서, 전라도에서, 충청도에서, 강원도에서 궐기했습니다. 나는 전국유세 결과 필승의 신념을 가졌습니다만 오늘 여기 장충단 공원의 백만이 넘는, 대한민국에서 뿐만이 아니라 세계에 그 유례가 없을 이 대군중이 모인 것을 보고, 서울 시민의 함성을 보고 이제야말로 정권 교체는, 우리의 승리는 결정이 났다는 것을 나는 여러분 앞에 말씀드릴 수 있습니다. 여러분! 이번에 정권 교체를 하지 못하면 이 나라는 박정희 씨의 영구 집권의 총통 시대가 오는 것입니다. 공화당은 지난 개헌 때 이미 박정희 씨를 남북통일이 될 때까지 대통령을 시키려고 했으나, 그 당시는 아직 자기 공화당 내부나 야당이나 국민이나 거기까지는 할 수 없어서 못했던 것입니다. 나는 공화당이 그런 계획을 했다는 사실과 이번에 박정희 씨가 승리하면 앞으로는 선거도 없는 영구 집권의 총통 시대가 온다는 데 대한 확고한 증거를 가지고 있습니다."

김대중은 중앙정보부 폐지. 지방 자치제 폐지. 향토 예비군과 교련 폐지. 육성회비 폐지. 부정부패 일소. 등을 약속했고 청중들은 환호했다.

"4.19는 학생의 혁명이었습니다. 5.16은 군대가 저질렀습니다. 이제 오는 4월 27일은 학생도 아니고, 군대도 아니고, 전 국민이 협력해서 이 나라 5천년 역사상 처음으로 국민의 손에 의해서 평화적으로 정권을 교체하는 위대한 민주주의 혁명을 이룩하자는 것을 여러분에게 호소하면서, 나와 뜻을 같이하는 여러분이 총궐기하는 의미에서 박수갈채를 보내 주시기를 부탁합니다. 여러분 감사합니다. 나는 이번 선거에서 기어이 승리할 것입니다. 여러분은 이번 선거에서 나와 더불어 승리할 것입니다. 여러분 7월 1일은 청와대에서 새로운 대통령 취임식을 올리는 날입니다. 550만 서울 시민 여러분! 7월 1일에 청와대에서 만납시다."

사람들은 환호를 질렀고 김대중은 오픈카를 타고 손을 흔들었다.

선거는 점점 무르익어갔고 경상도와 전라도의 지역 싸움으로 번져 나갔다.

선거가 끝나 개표한 결과는 박정희 634만2828표, 김대중 539만5900표로 약 백만 표의 차이로 아깝게 졌다.

김대중은 선거에 졌고, 박정희는 김대중의 예상대로 영구집권을 꿈꾸게 되고 유신시대라는 것을 열게 되었다.

대통령선거를 치른 지 한 달이 되지 않아 5월 25일 국회의원 선거를 하게 되었다.

전국구 2번에 지명 받은 김대중은 전국을 돌며 민주당의 지원 유세를 하였다. 전라도뿐만이 아니라 경상도에서도 김대중을 지지하는 민심의 소리를 들을 수 있었다.

투표 전날 목포에서 비행기를 타고 서울로 가서 유세를 하려던 계획을 가지고 있었던 김대중은 목포비행장에 왔다.

"선생님 비가 와서 비행기가 뜰 수 없답니다."

"이 정도 비로 비행기가 뜨지 못하다니… 그래서 어떻게 하면 좋겠소."

"목포보다 관제시설이 잘 되어 있는 광주 비행장에서는 비행기가 뜰 것이니 그리로 가는 게 어떻겠습니까?"

"그럼 그렇게 합시다."

빗발이 휘날리는 도로를 달리는 김대중의 차와 그를 경호하는 차가 달리고 있었다. 맞은편에 갑자기 대형 트럭이 보였다. 이 트럭이 갑자기 방향을 바꾸더니 김대중의 차를 향해 돌진했다. 트럭에 부딪친 차는 오른쪽 길 아래로 튕겨져 나갔고, 굴러 떨어진 곳은 논이었다. 트럭은 김대중의 차 바로 뒤에 오던 택시를 정면으로 받았다. 택시 운전사와 승객 한명이 사망하였고 승객 3명이 크게 다치는 큰 사고가 났다. 김대중은 팔의 동맥이 두 군데 잘리고 다리에 찰과상을 입었다. 앞에 타고 있던 권노갑과 경호원인 이명우도 크게 다쳤다. 경호차에서 김대중의 동생 대의가 김대중을 구출해 병원으로 옮겼다.

김대중은 이 사건으로 후유증을 앓게 되었다. 시간이 지날수록 걷기가 불편해졌다.

그러나 선거에서는 크게 성공하여 204석 중에 89석을 차지하는 쾌거를 얻었다. 공화당과 신민당이 거의 박빙이 된 것이었다.

1971년 7월 총재 경선에 참여하였던 김대중은 총재 선거에서 패배하였다. 그러자 김대중의 지지자들과 당원들은 대회장에서 폭력사태를 벌이고야 말았다.

　김대중은 선거와 교통사고로 인한 후유증 등으로 인하여 몸져누웠다.

　중앙정보부는 언제나 김대중을 감시했고 언론매체에서는 김대중이라는 이름의 기사를 볼 수 없었다.

　1971년 10월 15일 대학생들이 교련반대 시위를 벌이기 시작하자, 위수령을 발동했다. 대학 안에 무장한 군인들이 돌아다녔다. 장갑차들도 보였다. 학생들 수천 명이 검거되었다.

　김대중은 교통사고 후유증을 치료하기 위해 일본으로 갔다.

　12월 6일 박정희는 비상사태를 선포했다. 북한의 침략이 곧 발생한다는 내용이었다.

　"공산당의 침략으로부터 국가를 지키기 위해, 당분간 국민의 자유를 제한한다. 언론의 자유. 집회의 자유를 제한하고 또 예산 일부를 필요에 따라서 대통령의 특권으로 자유롭게 쓸 수 있도록 한다."

　박정희는 비상사태를 선언했다.

　1972년 5월 10일 김대중의 어머니가 동교동에서 숨졌다. 김대중을 끔찍이 아끼고 큰 인물이 될 것이라고 믿어주었던 어머니가 세상을 떠난 것이다. 김대중의 어머니는 가족을 설득해서 목포로 이사를 왔다. 만약 그렇지 않았으면 김대중은 계속해서 섬에 살았을 것이다. 그의 모친은 가톨릭으로 입교하여 테레사라는 이름으로 세례를 받았다. 김대중의 마음에 가장 큰 힘이 된 모친이 사망한 것이다.

1972년 7월 4일에 정부는 남북 7.4 공동 성명을 발표했다. 남과 북이 자주 평화 통일이라는 대원칙에 합의하여 나라는 금방이라도 통일이 되는 듯한 분위기를 쏟아내고 있었다.

1972년 10월 11일 박정희는 티비에서 중대발표를 했다.

"친애하는 국민 여러분. 나는 우리 조국의 평화와 통일. 그리고 번영을 희구하는 국민 모두의 절실한 염원을 받들어 우리 민족사의 진운을 영예롭게 개척해 나가기 위한 나의 중대한 결심을 국민 여러분 앞에 밝히는 바입니다."

박정희는 국회를 해산하고. 전국에 비상 계엄령을 선포했다.

유신헌법은 대통령을 통일주체국민회의에서 간접선거로 선출하고 국회의원의 3분의 1을 대통령이 추천하며. 대통령이 헌법의 효력까지 정지시킬 수 있도록 긴급조치권을 부여했다. 대통령이 6년 임기를 연임하여 종신 집권이 가능하도록 했다.

일본에서 티비로 이 방송을 보던 김대중에게는 여러 가지 생각이 들게 되었다. 일본에 와 있던 야당의원들에게 연락을 했다.

"김영삼 의원. 박정희가 마구 날뛰고 있구려. 민주화라는 것은 이제 대한민국에 남아 있지 않은 것 같소. 우리 함께 일본에 남아서 반정부 투쟁을 벌입시다."

"김의원의 뜻은 잘 알겠소만 조국을 버리고 일본에서 그런 일을 할 수는 없소."

이철승, 송원영, 양일동의 반응도 같았다. 김대중은 혼자서 나설 수밖에 없었다.

김대중은 혼자서 성명을 발표했다.

"계엄령에 대하여 박정희 대통령의 이번 조치는 통일을 말하면서 자신의 독재적인 영구 집권을 목표로 하는 놀랄 만한 반민주적 조치이다. 이는 완전한 헌법 위반 행위인 동시에 한국 내에서 민주 역량의 성장을 통해 북한과 대결하는 입장에서 하루 속히 조국 통일을 성취시키려는 국민의 염원을 무참하게 짓밟은 것과 다름없다. 나는 박 대통령의 행위가 세계의 여론으로부터 준엄한 비판을 받는 동시에 민주적 자유를 열망하면서 이승만 독재 정권을 타도한 위대한 한국민의 손에 의해 반드시 실패하리라는 것을 확인하는 바이다."

같은 시각 김대중의 집과 김대중의 측근들에게 군수사관들이 덮쳤다. 그리고 그들을 군부대로 끌고 가서 고문을 하며 김대중과의 관계를 따져 물었다.

박정희가 헌법 개정안을 발표하면 김대중은 바로 반대 성명을 발표했다.

김대중은 일본에서 반대 성명을 낸 후에 다시 미국으로 옮겨 갔다.

김대중은 유력 인사들을 만났고 대학 강단에서 민주화 운동을 전개했다. 1972년 12월 14일 뉴욕 컬럼비아 대학에서 첫 연설을 했고 청중은 500명이나 몰렸다. 미국 각지를 돌면서 강연을 했다.

한국에서는 12월 23일 유신헌법에 따라 통일주체 국민회의가 열렸고 박정희는 제8대 대통령에 선출되었다. 유신헌법 선포 후 70일 만에 대통령 취임을 한 것이다. 박정희에 헌법 개정에 맞춰서 북한도 헌법을 고쳤다.

김대중은 73년 7월 10일 미국에서 일본으로 재입국 했다.

"한국계 야쿠자의 움직임이 수상합니다. 뭔가 음모가 있는 거 같습니다. 조심하십시오."

김대중은 호텔에서 다카다노바바 지하철역 옆에 하라다 맨션으로 근거지를 옮겼다. 11층 7호실을 사용하였다. 경호원들은 맨션에만 머물지 말고 호텔 등 숙소를 옮기라고 알려주었다. 경호원 김종충은 누군가가 김대중 일행을 감시하는 것을 눈치 챘다.

1973년 8월 8일 도쿄 힐튼 호텔에서 일어나 양일동 민주통일당 총재를 만나기 위해 밖으로 나왔다. 경호원 김근부와 함께였다. 11시 조금 넘어 그랜드 팔레스 호텔에 도착했다. 엘리베이터를 타고 22층으로 올라갔다.

"김 군, 여기는 있을 곳이 마땅치 않으니 1층 로비에서 기다리게."

김대중은 2211호실의 문을 두드렸다.

"아이고 김 의원님 오셨습니까? 어서 들어오시지요."

"잘 계셨습니까, 양총재님."

"요즘 시국이 어렵게 돌아갑니다. 그런데 이제 한국에 돌아오시는 게 어떻겠습니까?"

"저도 들어가고 싶습니다. 하지만 국내에서 모두 여당의 편에서 야당질을 하는데 내가 들어가서 무엇을 할 수 있겠습니까?"

"그래도…"

"총재님, 그렇지 않아도 형편이 어려워서 그런데 망명 자금이나 조금 대주시오."

"……"

노크 소리가 들리고 김경인 의원이 들어왔다. 김대중과는 친척이다.

셋이서 점심을 먹고 김대중은 다음 약속을 위해서 방을 나왔다.

김경인 의원이 김대중을 따라 나왔다. 그때 건장한 사내 여섯이 달려 나왔고 두 사람이 김대중의 멱살을 잡았다.

김대중과 김경인은 소리를 질렀다.

"이놈들 무슨 짓이냐. 누구냐 네놈들은?"

한 사내가 김대중의 입을 틀어막았다. 그러면서 옆방으로 끌고 들어갔다. 김대중을 침대 위에 팽개치고 손수건을 그의 코에 가져다 대었다. 김대중은 잠시 정신을 잃었다.

"조용히 해. 그러지 않으면 죽여 버리겠다."

김대중은 순간 죽음의 위기를 느꼈다.

방문을 열고 김대중의 양팔을 끼고 복도로 걸어갔다.

엘리베이터가 18층에서 멈추자 젊은 남자 두 사람이 들어왔다. 김대중은 일본말로 고함을 질렀다.

"살인자다. 구해 달라. 살인자다. 구해 달라"

7층에서 갑자기 내리더니 김대중을 주먹으로 때리고 발로 찼다.

지하로 내려와서 대기하고 있는 승용차에 김대중을 밀어 넣었다.

차는 시내를 돌아 고속도로를 탔다. 그리고 다시 시내로 돌아왔다. 빌딩 주차장에서 차를 세웠다. 그리고 김대중을 끌어 내렸다. 엘리베이터를 타고 올라간 방에는 다다미가 있었다. 김대중의 옷을 벗기고 허름한 옷으로 갈아입힌 후에 끈으로 몸을 묶었다. 선착장에서 모터보트에 김대중을 태웠다. 그리고 김대중의 얼굴에 보자기를 씌웠다. 배가 한 시간쯤 달린 후에 커다란 배로 옮겨 탔다. 배 위에서 김대중을 마구 때리기 시작했다. 김대중은 자기를 때리는 사람에게 소리쳤다.

"그만하시오. 때리지 마시오. 나는 어차피 죽을 사람인데 죽을 사람을 때려서 무엇 하겠소."

그러자 사람들이 매질을 그만두었다. 얼굴을 가렸지만 배의 진동과 움직임으로 큰 배임을 알 수 있었다. 김대중은 젊을 때부터 해운업을 했던 사람이다. 배에 대해서는 잘 알고 있었다.

김대중의 손과 발을 묶고 입에 나무 조각을 물게 했다. 그리고 손목에는 30키로의 납덩이리를 매달았다.

"이 정도면 바다에 던져도 풀리지 않겠지."

"이불로 싸서 던지면 떠오르지 않는다는구먼. 솜이 물을 먹어서."

바닷속으로 던져지기 일보 직전이었다. 갑자기 배가 달리기 시작했다. 40분쯤 지나자 배가 속도를 줄이고 조용해졌다.

"김대중 선생님 아니십니까?"

경상도 사투리가 흘러나오는 방향을 향해 김대중은 고개를 끄덕였다.

"선생은 이제 살았소."

김대중의 입에 담배를 물려주었다. 김대중은 벌벌 떨며 담배를 받아 피웠다.

밤이 되자. 김대중을 배에서 끌어 내렸다. 조그마한 차에는 판때기가 깔려 있었다. 그 차에 누워서 한참을 달렸다. 그리고 구급차로 옮겨 탔다.

어느 안가 건물로 끌려 들어갔다.

끌려온 지 6일째 되는 날이었다. 한 남자가 다가와 김대중에게 말을 걸었다.

"김대중 선생. 우리 얘기 좀 합시다. 왜 선생은 해외에서 국가에 반대하는 투쟁을 벌이는 겁니까?"

"내가 박정희 정권을 반대하는 것은 사실이지만. 민주주의와 반공을 반대한 일은 없소. 나는 대한민국에 대해 반대한 적이 단 한 번도 없소. 내가 반대하는 것은 독재이지 국가가 아니요."

"국가가 정권이고 정권이 국가이지 뭐가 다르다는 말이요."

"……"

"선생 협상을 합시다."

"말해보시오."

"지금부터 선생을 댁 근처에 풀어드릴 생각입니다. 상부의 명령이요. 집에 돌아가도 괜찮지만 차에서 내리면 거기에서 소변을 봐주십시오. 그 사이에 붕대를 풀어도 안 되고, 소리를 내도 안 됩니다. 소변을 다 본 뒤에는 집으로 가도 좋습니다. 어떻습니까?"

김대중은 고개를 끄덕였다.

그들은 김대중을 차에 실었다. 그들은 자신이 구국동맹행동대라고 말했다.

한참을 지나 차가 멎었다. 사람들은 김대중을 차에서 내리게 했다. 김대중은 약속대로 자리에서 소변을 보았다. 그리고 붕대를 풀었다. 그곳은 김대중의 동교동 집 근처에 있는 주유소였다. 김대중은 천천히 달빛을 맞으며 집으로 걸어갔다. 명패를 한참 보다가 초인종을 눌렀다. 10개월 만에 집으로 돌아온 것이다.

08

| 박정희 사망, 그리고 신군부 등장 |

김대중이 동교동 집으로 돌아온 지 얼마 되지 않아 50여 명이 넘는 기자들이 집으로 찾아왔다. 기자회견은 새벽 2시 반이 넘어서야 끝이 났다. 김대중은 설명을 하다가 감정이 복받쳐 눈물을 흘렸다.

김대중이 살아난 것은 미국의 도움 때문이었다. 미국 CIA가 정보를 알아내고 곧 주한 미 대사 하비브에게 알렸다. 하비브는 김대중을 살리기 위해 사방으로 뛰어다녔던 것이다.

김대중 납치사건의 배후에는 이후락의 중앙정보부가 있었다. 어찌 됐든 김대중은 또 한 번 살아난 것이다.

김대중이 돌아온 다음날, 정치권의 박순천 여사, 이태영 여사, 정일형 의원 등이 찾아 왔고 또 마포경찰서장이 찾아왔다.

마포경찰서장이 찾아온 이후로 바리케이드가 처지고 기자들의 출입이 금지되었다. 김대중의 가택연금이 시작된 것이었다. 경찰은 김대중의 집에 상주하기 시작했다. 그날 이후로 언론에서는 김대중 납치사건의 기사가 나오지 않게 되었다. 박정희 정부가 관련된 것 같다는 기사로 인하여 일본 요미우리신문의 한국 지국이 폐쇄되었다.

그 후 김대중 납치사건으로 인하여 한일 간의 각료회의가 연기되었다. 한국과 일본 사이의 화해 기류가 사라진 것이다. 박정희 대통령이 일본 측에 편지를 보내고 나서야 어느 정도 화해가 되었다.

박정희는 납치 책임을 물어 이후락 중앙정보부장을 경질했다. 12월 24일 윤보선과 야당의원 30명은 헌법개정청원운동본부를 결정하여 100만 명 서명운동에 돌입했다. 박정희는 1974년 1월 8일 대통령 긴급조치 1,2호를 선포했다.

장준하, 백기완을 비롯한 청원 운동의 주역들이 구속되었다. 그들은 징역 15년 형을 받았다.

74년 2월 하의도에 계신 김대중의 부친이 사망하였다. 김대중은 연금 중이라 장례식에도 참석하지 못했다.

4월이 되자. 민청학련이라 불리는 전국민주청년 학생총연맹이 4월 3일 궐기하자는 계획을 세웠으나 중간에 탄로가 났다. 서울대 교정에는 사복 경찰들로 가득했다. 학생들은 구호를 외치다 전원 연행되었다.

박정희는 그날 밤에 긴급조치 4호를 선포한다.

민청학련관련 활동 금지와 위반할 경우 영장 없이 체포 및 구속을 할 수 있고 군법회의에서 재판을 받도록 한 것이다. 형량도 높았고 긴급조치를 위반한 학생이 소속된 학교는 폐교가 가능한 법이었다.

1974년 4월 신민당 총재인 유진산이 암으로 사망했다. 김대중은 유진산이 죽기 전에 만나 서로 화해했다.

5월 27일 비상 군법회의 검찰부는 민청학련 사건을 국가 반란 기도 등이 국내 반정부 세력과 결탁하여 유혈 폭력 혁명을 통해 정부를 전복 시키고 공산 정권을 수립하려는 계획을 세웠다는 것이 그 내용이었다. 관련자들은 전부 고문을 당했다. 1024명을 용의자로 지목하고 253명을 군법회의에 송치. 인혁당 관계자 8명에게 사형 선고를 내렸다. 민청학련 주모자 6명에게도 사형을 내렸다. 김지하는 무기징역. 김동길 교수, 지학순 주교, 박형규 목사도 중형을 선고받았다. 그들의 변호를 맡은 것은 강신옥이었다.

김대중은 윤보선 후보 유세중의 선거법을 위반했다는 혐의로 출국 정지를 당한다.

그리고 김대중의 큰아들 김홍일이 필동에 있는 큰처남 집의 정원에서 결혼식을 올렸다. 주례는 정일형 박사가 하였고 양가 직계 가족만 참석한 가운데 엄숙하게 치렀다. 김구 주석의 경호 대장을 지낸 윤경빈 선생의 딸이었다. 김홍일은 공군 중위로 복무 중이었다. 그날 장충체육관에서는 육영수 여사가 문세광의 총에 맞아 숨지는 사태가 벌어졌다. 재일 교포였던 문세광의 저격으로 정부는 일본 정부에 사죄를 요구하였다. 이 사건으로 인하여 김대중 납치사건은 현안에서 밀려나게 되었다.

박정희 대통령은 유신 헌법의 찬반 투표를 제안했다. 1975년 2월 12일 국민투표를 시행하였다. 김대중은 국민투표 거부의 날로 선포하고 명동성당에서 금식기도를 했다. 성명을 발표한 후 세계 유수 언론사들과 인터뷰를 했다. 19.8%의 투표율에 73.1 퍼센트가 찬성했다는 공식 발표를 하였고 긴급조치로 구속된 사람들을 석방했다.

4월에 사망한 유진산 총재의 후임으로 새로운 총재를 뽑는 전당대회가 8월 23일에 열렸다. 김대중은 연금 중이라 나설 수 없었으니 김영삼 의원을 총재로 뽑을 것을 건의하였다.

당시 김영삼은 상도동계, 김대중은 동교동계로 신민당 내부의 커다란 양대 산맥과 같은 계파를 가지고 있었다. 결국 김영삼은 당 총재로 선출되었다. 그리고 유신 헌법의 개정과 정치범 석방, 그리고 김대중의 출국 보장을 목표로 활동을 시작하였다.

4월 7일 고려대에서는 유신헌법 철폐를 요구하는 시위가 열렸고 박정희는 긴급조치 7호를 선포하여 고려대에 휴교령을 내렸다.

1975년 4월 30일 베트남 전쟁이 막을 내렸다. 박정희 정권에게는 큰 충격이었을 것이다.

1975년 5월 13일 박정희 대통령은 긴급조치 9호를 선포했다. 유신헌법의 폐기를 주장하거나 선동하는 행위를 일체 금지했다. 학생들의 집회와 시위 정치 투쟁이 금지되었다. 국회의원의 면책특권도 박탈하였다. 언론의 자유가 사라진 것이었다.

8월 17일에는 장준하 선생이 의문의 죽음을 당했다. 포천 약사봉

계곡에서 사체로 발견된 것이었다.

   독재는 국민들 사이로 파고들었다. 경찰들은 장발 단속을 했고 스커트 길이가 짧으면 잡아갔다. 노랫말을 검열하여 금지가요를 선정하였다.

   1976년 3월 1일 김대중은 명동성당에서 미사를 마치고 재야인사들을 모아 구국선언을 발표한다. 이우정 교수가 민주 구국 선언서를 낭독한다.

   "민주주의 만세"

   미사가 끝나고 명동성당에서 촛불시위를 벌였다. 구국 선언에 참여하였던 이들이 기소되었다. 김대중은 3월 8일 새벽에 끌려갔다. 그리고 서대문 구치소에 수감되었다.

   첫 공판은 5월 4일에 열렸다. 가족들의 방청은 허용되지 않았다. 공판 날이면 가족들이 모여 항의 시위를 했고 정부당국은 차에 실어 서울 외곽지역으로 실어 날랐다.

   김대중은 1심에서 징역 8년, 항소심에서 징역 5년을 선고 받았다. 1977년 3월 22일 대법원이 상고를 기각하여 징역 5년이 확정되었고 나머지 18명의 상고가 모두 기각되었다.

   1977년 4월 14일 그는 진주교도소로 이감되었다. 김대중은 특별 격리되어 독방에 갇혔다. 교도관들이 필요 이상으로 간섭을 하기에 김대중은 항의의 표시로 단식을 시작했다. 단식은 6일 만에 끝이 났다. 김대중은 교도소 안에서 독서를 하며 지냈다. 아내 이희호는 한 달에

한 번 면회를 올 수 있었는데 손수 털옷과 털장갑을 짜서 넣어 주었다.

1977년 12월 19일 서울대 병원으로 이감되었다. 다른 구속된 사람들은 모두 석방되었다. 김대중 혼자만 병원에 갇힌 것이다. 김대중이 갇힌 특별 감옥은 201호실이었다.

햇빛도 볼 수 없고 병실에는 24시간 불을 켜놓았다. 면회도 자유롭지 못했고 운동은커녕 편지도 쓰지 못하게 되어 있었다. 김대중은 법무장관에게 교도소로 보내달라고 탄원서를 우편으로 보낸 이후에 단식에 돌입했다. 제발 교도소로 보내달라고 말이다.

김대중이 단식을 시작했다는 소식이 전해지자 사람들이 연일 집회가 열렸다. 9월 7일부터 시작한 단식은 9월 22일 중단했다.

1978년 12월 27일 박정희가 9대 대통령에 취임이 되자 특별사면으로 형 집행 정지를 내렸다. 2년 10개월 만에 집에 돌아온 것이다. 박정희 대통령 취임 특별 사면 1호 로 석방되었다.

1979년 3월 1일 민주주의와 민족통일을 위한 국민연합이 결성되었다. 윤보선, 함석헌, 문익환 목사 등이 참여하였고 김대중은 공동의장으로 추대되었다.

신민당 전당대회가 1979년 5월 30일에 열렸다. 김대중은 박영록 김재광 조윤형 등을 불러 김영삼을 지지하도록 당부했다.

당시 대결은 신민당의 당수인 이철승 그리고 김영삼과 이기택이었다. 김영삼과 김대중은 라이벌 관계였으나 이번 전당대회만큼은 김영삼을 전폭적으로 지지하고 있었다.

1차 투표는 세 명 모두 과반을 넘기지 못했다. 이철승이 총재가 될 것을 두려워 한 김대중은 이기택에게 사퇴를 하고 김영삼 지지를 선언하라는 메모를 전달한다. 이기택은 김대중의 뜻대로 김영삼을 지지하고 사퇴하였다. 그럼에도 김영삼은 이철승과 초접전의 양상을 벌였다. 결국 11표의 차이로 승리하였다.

국가는 여러 사건으로 흔들리고 있었다. 가발을 만들던 YH 사건과 부마항쟁이 그것이었다.

1979년 10월 16일 부산에서 대규모 대학생 시위가 일어났다. 17일에는 시민들도 합세했다. 박정희는 18일에 비상계엄령을 선포하고 공수부대를 투입했다. 그러자 마산에서도 항의 시위가 발생했다. 노동자와 고등학생이 쏟아져 나왔다. 시위대는 파출소와 방송사를 부쉈다. 박정희는 마산과 창원 일대의 위수령을 선포했다. 이것이 부마항쟁이었다.

전국은 대규모 시위가 벌어지기 일보 직전이었다.

1979년 10월 26일 밤, 독재자 박정희는 심복의 총에 맞아 생을 마감했다. 18년의 장기 독재의 끝이었다.

박정희의 국가적인 장례가 끝이 나고 최규하가 대통령 권한 대행으로 업무를 시작했다. 11월 10일 유신 헌법에 따라 통일주체 국민회의에서 대통령을 선출하고 그 이후 여론을 수렴해서 개헌을 하겠다는 발표를 한다.

김대중의 처우 문제에 관해서 계엄사령관인 정승화가 확실한 답을 하지 못하고 있을 때 글라이스틴 주한 미국 대사가 나서서 김대중의 편을 들어 주었다. 그럼에도 불구하고 연금은 풀리지 않았다. 최규하는 유신헌법에 의해 12월 6일 제 10대 대통령에 취임하였다. 국무회의 의결을 거쳐 다음날인 12월 8일 긴급조치 9호를 해제했다. 그제서야 김대중의 연금이 풀러났다.

김대중은 풀려나면서 성명을 발표하고 최규하에게 몇 가지 제안을 제시하였다.

첫째로 모든 정치범의 석방과 복권, 둘째로 개헌 및 선거 실시. 셋째 거국 중립내각 구성, 넷째, 계엄령 조속해제. 다섯째 과도정부의 민의 수렴 합의체 구성이었다.

1979년 12월 12일 정승화 계엄사령관이 체포되었다. 서울시내에서는 총격전이 벌어졌다. 전두환 합동수사본부장이 헌병대를 보내 육군 참모총장 공관에서 정승화를 강제 연행하였다.

전두환을 중심으로 한 하나회 출신이 움직였다. 하나회는 육사 11기가 중심이 되어 있는 비밀 조직이었다.

1980년 1월 말 전두환이 만나고 싶다는 연락을 해 와서 김대중은 서울 안국동 뒷골목에 있는 합동 수사본부로 찾아갔다. 그러나 전두환은 나오지 않았고 권정달과 이학봉이 있었다. 이학봉은 종이를 한 장 주면서,

"앞으로 해외에 나가지 않겠다. 정치적으로 자중하겠다. 그리고 정부에 협조하겠다. 이런 약속을 하시면 정치적으로 복권 시켜 드리겠

소."

김대중은 종이를 밀쳐내며 단호하게 말했다.

"그런 일이라면 복권시켜 주지 않아도 됩니다. 당신들이 지금도 내 공민권을 제약하고 있는 것 자체가 부당한 일인데, 그 부당한 일을 위해서 각서를 쓸 필요는 없다고 봅니다. 그런 각서를 쓸 정도라면 복권되지 않아도 좋습니다."

김대중은 복권되기 어렵다는 것을 느꼈다. 김대중은 노태우 수도경비사령관을 만나려고 했었다. 그러나 노태우는 만나주지 않았.

2월 29일이 되자 김대중을 비롯한 재야인사 678명에 대한 사면, 복권 조치가 내려졌다.

이것이 서울의 봄이었다. 김영삼과 김대중은 3월 6일, 4월 4일에 단독으로 만났다. 김영삼은 김대중이 당으로 돌아와서 일해주기를 원했다. 그러나 4월 7일 김대중은 신민당 입당을 포기하는 성명을 발표했다.

4월 14일 전두환 합동수사본부장겸 보안사령관은 중앙정보부장 서리를 추가로 겸직했다.

김대중은 4월 11일 가톨릭 농민회 주최 강연, 한신대 강연 등 강연을 하러 다녔다.

김대중의 강연을 필두로 학생들이 거리로 뛰쳐나왔다. 5월 7일 수천 명이 나와서 전두환 퇴진을 외쳤다. 그러나 군인들은 시위를 방관했다. 학생들의 시위는 반정부 투쟁으로 흘러갔다. 5월 14일 서울, 대구, 광주 등 전국 주요 도시에서 가두시위가 벌어졌다. 학생 시위대는 경찰과 충돌하여 600여 명이 연행되었고 문익환 목사는 성명서를 들고 와 김대중에게 서명을 요구했다. 윤보선은 이미 서명을 한 뒤였다. 성명의 내용은 모든 군인들은 무기를 놓고 병영을 나와라. 모든 노동자들은 해머를 놓고 공장을 떠나라. 모든 상인들은 문을 닫고 철시하라. 모든 국민들의 가슴에 검은 리본을 달고 장충단공원으로 모여라. 이런 내용이었다.

김대중은 내용을 읽고 나서 놀라서 한동안 말을 하지 못했다. 그러면서 강하게 반대했다.

15일에는 서울역 앞에서 대규모 시위가 벌어졌다. 10만 명이 넘었다. 16일부터 총학생회 대표들은 학교로 돌아가기로 결정했다.

시위가 거세지기를 기다렸던 신군부는 5월 17일 쿠데타를 일으켰다. 국무총리 신현확, 계엄사령관 이희성, 국방장관 주영복, 내무장관 김종환이 참석했다. 전두환은 전군 지휘관 회의를 거쳐 국방장관이 제출한 비상계엄 확대안을 밤 9시 50분에 통과시켰다.

토요일 저녁 8시 응접실에 앉아 있던 김대중에게 비서인 김옥두가 달려왔다.

"천지가 개벽되었으니 피하라는 제보가 들어왔습니다. 선생님."

10분쯤 지나서 조세형 의원에게 전화가 왔다.

"신변을 조심하십시오. 선생님. 큰일이 난 것 같습니다."

김대중은 속으로 올 것이 왔다고 생각했다.

밤 10시가 되자 초인종이 울렸고 김대중의 경호원인 정승희가 문을 열었다. M16 소총을 들이 밀고 경호원의 머리를 후려쳤다.

"이 새끼들 까불면 다 죽여 버리겠어!"

40명의 군인이 응접실 쪽으로 몰려왔다.

"합수부에서 나왔습니다. 잠깐 가셔야겠습니다."

"어디요?"

"계엄사 말입니다."

군인들이 김대중의 양팔을 잡아끌자, 뿌리쳤다.

"내가 알아서 걸어갈 테니 가만히 있게."

김대중은 탁자 위의 담배를 집어 호주머니에 넣었다. 그리고 검은 승용차에 올라탔다.

한화갑, 김옥두, 박성철, 함윤식, 이세운, 동생인 대현과 큰아들 김홍일이 끌려갔다. 계엄사령부는 김대중 체포를 공식 발표했다.

김대중은 남산에 있는 중앙정보부 지하실에 갇혔다.

지하에서는 비명소리가 계속해서 들려왔다.

"광주에서 큰 사건이 난 것을 아시오."

"모릅니다."

"전남대 복학생 정돈년을 아시오?"

"모릅니다."

"500만 원을 주고 반정부 운동을 시켰잖아요?"

"그런 일이 없소."

5월 18일부터 27일까지 열흘 동안 광주에서는 살육이 벌어졌다. 공수부대원이 철심이 박힌 곤봉이나 개머리판으로 남녀노소를 가리지 않고 무차별 폭행했다.

합동수사본부는 김대중 내란 음모 사건에 관해서 수사 결과를 발표 했다.

"10.26 사태의 발생을 정권 획득의 호기로 인식한 김대중은, 정상적인 정당 활동과 합법적인 계기를 통해서는 정권 획득이 생각대로 되지 않는다고 판단하고, 정부에 대한 국민의 불신 풍조를 심화시켜, 선동을 통해 변칙적인 혁명 사태를 일으켰다. 한 번에 정권을 손안에 넣을 수 있는 계기를 조성하는 것에 목표를 두고, 추종 세력과 사조직을 이 목표 달성에 총 투입하는 전술에 몰두한 것이다. 대중 선동 정부 전복의 구체적인 실천을 위해서 복직 교수와 복학생을 사조직에 편입시키고, 학원 소요 사건을 민중 봉기로 유도 발전시키도록 기도했다."

시민들은 김대중 석방과 전두환의 퇴진을 외쳤다.

실탄을 전달받은 공수부대원들은 도청 앞에서 무차별 발포를 했다.

광주 시민들은 예비군 무기 창고에서 소총을 가지고 와 무장했다. 광주 도청 앞에서 시민군들과 특수 훈련을 받은 공수 부대원들 사이에 총격전이 벌어졌다. 시민군은 밀리지 않았다. 결국 계엄군은 기관총을 난사하며 퇴각했다. 그러자 계엄군은 탱크와 장갑차로 광주 시내 진입로를 모두 봉쇄했다. 계엄군은 광주시와 전남 일원의 모든 전화를 끊었다. 그리고 새벽 4시 특공대원들이 도청으로 난입하여 무차별 총격을 가했다. 5시 22분 도청 잠복 폭도 소개 완료. 계엄군은 이렇게 기록했다.

정부는 광주 민주 항쟁으로 민간인 148명, 군경 26명이 사망했다고 발표했다.

김대중은 1980년 7월 15일, 성남시 육군 교도소로 이송되었다. 육군 교도소 소장은 김대중의 편의를 봐주며 책과 커피, 담배를 넣어 주었다.

8월 8일, 이희호가 처음으로 면회를 왔다. 서로 마주보며 말을 하지 못했다.

"홍업이가 수배중입니다."

8월 14일 김대중 내란 음모사건에 대한 첫 번째 계엄보통 군법회의가 열렸다. 김대중에게 내란음모, 내란 선동, 계엄법 위반, 계엄법 위반 교사, 국가보안법 위반, 반공법 위반, 외국환관리법 위반 등의 혐의로 기소되었다.

"김대중은 전남대 복학생 정동년이 4월 12일, 자신을 방문했을 때 광주 지역 대학생들의 시위 상황에 대해서 의논하고, 민주 회복을 위해 계속 투쟁하라고 격려하면서 방문 기념 볼펜을 주고 돌려보냈다. 그 후 5월 5일 정동년이 다시 김상현과 함께 김대중 자택을 방문했을 때 광주 지역 학생 자금으로 500만 원 지원을 요청하자 우선 300만 원을 주고, 5월 8일에 두 번째로 200만 원을 주는 등 시위 자금을 지원했다. 김대중은 정동년에게 500만 원을 주면서 김대중 납치 사건 범행자 명단을 비롯하여 자신의 저서와 선전 책자, 선동 문안 등을 전남대와 조선대에 배포하도록 했다. 계엄령의 해제와 이원집정부제 개헌의 반대, 정치 일정 단축 등을 쟁점으로 대정부 투쟁할 것을 교사하고 선동했다. 정동년은 김대중 지시에 따라 광주로 내려와 5월 6일 전남대 총학생회장인 박관현에게 270만 원을, 5월 10일 조선대 시위 책임자 윤한봉에게 170만 원을 시위 자금으로 주었다. 5월 18일 광주사태의 발단이 된 전남대 가두시위를 배후 조종하고, 이어서 조선대 학생들도 전남대 가두시위에 합류시켜 광주 사건의 도화선이 되게 했다."

기소장에는 국가보안법 1조 1항, 반국가 단체 수괴 혐의였다. 한국민주회복통일촉진국민회의를 반국가 단체로 규정하고 김대중이 한민통 의장에 취임했다고 조작했다.

8월 16일 최규하 대통령이 갑자기 사임했다. 광주사태 등 일련의 사회 혼란을 수습하지 못한 책임을 진다고 했다. 그러면서 전두환 국가보위비상대책위 상임위원장의 대통령 취임을 지지한다고 했다. 8월 27일 통일 주체 국민회의는 전두환 후보를 제11대 대통령으로 뽑았다.

9월 8일 아들 김홍일, 동생인 대현 등 10명에게 계엄보통 군법회의는 징역 3년에서 4년의 판결을 내렸다.

9월 11일 내란음모 혐의로 수감된 24명에 대해서는 내란음모죄 등으로 사형을 구형했다.

김대중은 9월 17일 사형선고를 받았다.

김대중이 사형선고를 받자. 전 세계 언론에 전달되었고 세계의 정치 지도자들이 우려를 표명했다. 미 국무장관인 에드먼드 머스키는 성명을 발표하였고 독일의 겐서 외무장관은 한국정부에 항의 할 것을 다른 유럽 공동체 가맹국에게 제안했다.

김대중과 다른 공동 피고들은 항소를 신청했다. 항소심 선고 공판은 11월 3일에 열렸고 재판부는 1심대로 사형을 선고했다.

김대중은 철학책을 읽기 시작했다. 그리고 스스로 얻은 질문과 스스로의 답을 아내에게 편지로 써서 보냈다. 이것이 옥중 서신이다. 11월 21일이 첫 번째 옥중서신을 작성한 날이다.

1981년 1월 18일 김대중은 대통령에게 감형을 탄원하는 글을 썼다.

"나는 앞으로 되도록 언동을 신중히 하고 정치에 절대로 참여하지 않을 것을 약속한다. 그리고 우리 조국의 민주주의 발전과 국가의 안전 보장을 위해 적극적으로 협력할 각오이다."

대법원 상고심이 열린 1월 23일 오후 김대중은 무기징역으로 감형되었다. 세계 각국의 지도자들과 언론들의 청원에 눌려 신군부는 자신의 뜻을 굽힐 수밖에 없었다.

전두환은 민주정의당을 창당하였고 1981년 3월 3일 제12대 대통령으로 취임하여 5공화국이 출범했다.

09

| 정계은퇴 성명 |

　무기징역으로 감형되고 1981년 1월 31일 청주교도소로 이감되었다. 구치소의 사형수는 머리를 깎지 않지만 기결수는 머리를 깎는다. 머리를 깎은 김대중은 살았다는 기쁨으로 눈물을 흘렸다.
　김대중의 방은 다른 죄수들의 방과 완전히 차단되어 있었다. 복도는 콘크리트 벽으로 막혀 있고 감방의 주변에는 담장을 새로 쌓았다. 김대중을 전담하는 교도관은 5명이었다.
　김대중은 교도소에서 책을 읽으면서 시간을 보냈다. 그 안에서 읽은 책은 러시아 문학책들도 있고 중국의 논어, 맹자, 사기 등 고전과 조선 말기의 실학 책과 율곡과 원효대사의 저서 등이 있었다. 그리고 그 중에는 앨빈 토플러의 제3의 물결도 끼어 있었다. 미래는 정보와 지식, 그리고 창의력이 핵심이라는 내용이었다.
　한 달에 10분씩 가족들과 면회를 할 수 있었다. 후에 한 달에 20분으로 시간이 늘어났다.

이희호는 하루도 빠짐없이 편지를 보냈고 그 편지의 수는 649통이었다.

김대중은 감옥 안에서 화단을 가꾸기도 했다. 봄과 가을에 화단을 가꾸며 정성을 보냈다.

1981년 12월 16일 청주교도소에서 석방되어 서울대병원으로 옮겼다.

1982년 2월 이희호는 김대중을 면회 왔다.

"전두환 대통령을 만났어요."

"뭐 특별한 이야기라도 했어요?"

"아니요 특별한 건 없었어요."

1982년 3월 1일 특별사면으로 징역 20년으로 감형되었다.

1982년 12월 10일 안기부에서 사람이 나왔다.

"선생님 몸도 불편하신데 미국에서 치료를 받으시지 않겠습니까?"

"정 뜻이 그러하다면 나를 풀어 주고 국내에서 치료받게 해주시오."

이희호는 후에 안기부장과 만나서 면담을 했다.

"여기 있으면 아무 것도 못하잖아요. 해외에서 국제 여론을 환기할 분은 당신뿐이라고 모두들 얘기한답니다. 그리고 더욱 중요한 문제는 우리가 미국으로 떠나야 구속되었던 분들도 나올 수 있답니다."

12월 16일 서울대 병원으로 이송되었다. 귀빈용 특별 병실에 입원했다. 경찰 수백 명이 병원 주변을 에워쌌다. 출국일은 23일이라고 알려왔다.

문화공보부 장관이 긴급 기자회견을 열었다.

"김대중은 가족의 요청에 의해 인도적인 배려로 병원으로 옮겼으며 곧 가족과 함께 도미할 것이다. 정부가 김대중 본인과 가족의 희망을 참작해 미국에서의 신병 치료를 포함, 관대한 조치를 취하는 것은 구시대의 잔재를 청산하고 국민 화합을 이룩하려는 제5공화국의 의지와 전두환 대통령의 각별한 인도적 배려로 결정된 것이다."

전두환 정권은 이철희 장영자 어음사건 같은 대형 악재를 덮어버리고자 이미지 반전을 시도한 것이다.

23일 오후 4시 이희호와 홍일, 홍업, 홍걸이 병실로 찾아왔다. 6시가 넘어 가족들이 병실 문을 나섰다. 김대중은 커튼이 드리워진 구급차에 실렸다. 김포공항의 가로등은 모두 꺼져 있었다. 구급차에서 내리자 눈앞에 바로 비행기가 보였다. 트랩 앞이었다. 비행기는 미국의 노스웨스트 항공이었다. 비행기에 타려고 하니 청주교도소 부소장이 주머니에서 종이 한 장을 꺼내어 읽었다.

"헝 집행 정지로 석방한다."

여권과 비행기 표를 받았다. 이렇게 김대중과 이희호는 한국을 떠났다.

미국에 도착한 시간은 12월 23일 밤 10시 45분이었다. 워싱턴 내셔널 공항에 도착했다. 재미교포와 에드워드 케네디 의원의 수석보좌관을 포함한 300여 명이 김대중을 맞이했다.

　김대중은 사람들과 기자들 앞에서 연설을 시작했다.

　"제 생명을 구해 주신 하느님께 감사드립니다. 레이건 대통령, 케네디 상원의원, 솔라즈 의원 등에게도 감사드립니다. 각국의 여러분들이 자유 회복을 위해 지지해 준 것에 감사드립니다. 치료가 끝나는 대로 조국인 한국으로 돌아가 다시 싸울 생각입니다."

　김대중은 2년이 조금 넘는 시간동안 미국에 체류하여 신병치료를 하고 언론에 인터뷰를 하고 대학에서 강연을 했다. 그러나 고국으로 돌아가고 싶은 생각은 계속해서 그의 머리를 맴돌았다. 결국 김대중은 1985년 2월 6일 워싱턴 내셔널 공항에서 한국으로 가는 비행기에 몸을 실었다. 처음에 도착한 곳은 일본의 나리타공항이었다. 공항 근처의 홀리데이인 호텔에 김대중이 도착하자 기자들이 몰려 있었다. 그곳에서 김대중은 기자회견을 했다.

　"민주주의만이 구국의 길입니다. 내일 나의 운명이 어떻게 되든 나의 귀국은 필요합니다. 커다란 의미가 있습니다. 나는 특별한 사건을 일으킬 생각도 없지만 그렇다고 비겁한 짓도 하지 않을 것입니다.

　1985년 2월 8일 오전 11시 40분 김대중은 고국 땅을 밟았다.

　"필리핀의 아키노는 비행기에서 내릴 때 정부 기관 요원의 안내를 받고 따라가다 살해당했습니다. 나는 절대 특별 안내는 받지 않겠습니다. 일반인들과 함께 출입 심사 창구로 가겠습니다. 내가 다른 곳으로 끌려가지 않게 도와주십시오."

　공항은 아수라장이 되었다. 사복 경찰들이 김대중과 이희호를 둘러쌌다. 그들은 강제로 엘리베이터에 태웠다. 공항 1층에는 버스가 기다리고 있었다. 김대중의 호주머니에는 귀국 성명서가 들어 있었지만 발표할 기회는 없었다. 성난 군중들은 시위를 벌였다. 김대중은 동교동의 자택에 도착했다. 그곳은 새로운 감옥이었다. 경찰들은 주변을 지켰고 마치 요새처럼 몇 겹씩 둘러싸고 있었다. 전화는 도청 당했고 우편물은 검열 당했다. 선거 사흘 전이었다. 2월 12일 총선이 끝나자 결과는 신민당의 승리였다. 지역구 50석 전국구 17석을 얻어 67석을 얻었다. 정부의 편이었던 야당 민한당은 35석을 차지하는데 그쳤다. 총선이 끝난 지 두 달이 되지 않아 민한당 당선자 35명중 29명이 신민당에 입당했다. 신민당은 103석의 거대 야당이 되었다.

　3월 6일 전두환 대통령 취임 4주년을 맞아 정치 활동 규제가 풀렸고 김대중을 포함하여 16명의 규제가 풀렸다.

　3월 15일, 김상현 민주화 추진협의회 공동의장 권한대행의 자택에서 김영삼 공동의장과 공식 회담을 가졌다. 김 의장은 김대중에게 민추협 공동의상에 취임해 줄 것을 요청했다. 김대중은 바로 수락했다. 4년 10개월 만에 정치 전면에 나서게 되었다. 정치 규제는 풀렸지만 김대중의 가택연금은 계속되었다.

　정부는 서울올림픽을 유치하였고 남북 스포츠 회담을 열었다. 9월 20일부터 4일간 50명의 이산가족이 상봉을 위해 판문점을 넘어 고향을 방문했다.

1996년 1월 16일 전두환 대통령은 대통령 직선제 개헌에 반대하는 국정연설을 했다.

"대통령 선거 방법의 변경에 관한 문제는 평화적 정권 교체의 선례와 서울올림픽 개최라는 긴급한 국가적 과제를 성취하고 난 1989년에 가서 논의하는 것이 순서다."

김대중의 신민당은 2월 12일부터 대통령 직선제 개헌 1000만 명 서명운동에 돌입했다.

정부에서는 김대중에 관한 탄압을 시도하였으나 개헌 서명운동은 전국으로 퍼져나갔다.

그러나 시위로 번지더니 점점 격해졌다. 그 후 반미 반핵구호로 바뀌었다. 전두환 대통령은 5.3일 인천 시위를 좌경 용공 세력의 반정부 폭력 행위로 규정했다.

1986년 10월 28일 건국대 민주 광장에서 전국 26개 대학교 학생 2000명이 모여 전국 반외세, 반독재 애국학생투쟁연합 발족식을 열었다. 경찰은 학교로 난입하였고 학생들은 화염병으로 맞섰다. 경찰들은 최루탄으로 학생들을 몰아냈고 학생들은 건물 안에 갇혔다. 그리고 건물 안에서 농성을 시작했다. 동원된 병력은 3000명이었고 1525명을 연행하여 1274명을 구속했다. 그 와중에 금강산 댐 사건이 터졌다. 북한이 금강산댐을 건설해서 수공으로 서울을 쓸어버릴 것이라는 것이었다. 정부는 평화의 댐 건설 계획을 발표했다. 그러면서 전국적으로 모금운동을 벌였다. 어른 아이 할 것 없이 성금을 거뒀고 방송은 이를 생중계 했다.

김대중은 이를 보며 결단을 내렸다. 그리고 성명서를 발표했다.

"최근 광란의 권력이 휘몰아친 한파는 온 국민을 극도의 긴장과 불안 속에 떨게 하고 있다. 이것이 민주화로 가는 마지막 시련이라 할지라도 내가 처해 있는 여러모로 제한된 상황 아래서 난국 타개를 위한 뚜렷한 역할을 할 수 없는 나는 안타깝고 초조한 심정으로 요즘 정국을 바라보고 있다. 특히 최근에 일어난 건국대학교에서의 사태에서 오늘의 현실을 가져오는 데 아무 책임도 잘못도 없는 우리 젊은 자식들이 무더기로 희생되는 것을 볼 때, 그리고 또 앞으로 이러한 사태가 다시 일어날 수도 있는 현실을 감안할 때, 나의 마음은 천 갈래 만 갈래 찢어지는 심정이다. 현 난국을 수습하는 길은 국민의 절대 다수가 원하는 대통령 중심 직선제로의 개헌에 의한 조속한 민주화의 실현밖에 없다. 그러나 전두환 정권은 이러한 국민적 열망에 귀를 기울일 생각이 없는 것이다.

이제 나는 여기서 대통령 중심제 개헌을 전두환 정권이 수락한다면 비록 사면, 복권이 되더라도 대통령 선거에 출마하지 않겠다는 나의 결심을 천명한다."

서독에 있던 김영삼도 기자회견을 통해서 직선제와 사면 복권 등 민주화가 되면 김대중의 출마도 생각해 볼 수 있다고 성명을 발표했다.

그러나 전두환 정권은 대통령 직선제 개헌을 일축해버렸다. 결국 정부의 감시와 연금은 더욱 심해졌다.

학생들은 김대중의 동교동 자택 근처로 와서 기습시위를 벌였다.

"김대중 선생 연금 해제하라. 김대중을 복권하라."

서울대생 박종철이 치안본부 대공 분실에서 고문으로 사망하는 사건이 발생했다. 경찰은 쇼크사라고 검찰에 보고했으나 부검을 한 오연상 박사는 물고문에 의한 것이라는 소견을 냈다.

6월 9일 연세대 교문에서 학생들과 백골단의 공방이 있었는데 이때 날아온 최루탄에 이한열 군이 쓰러졌다. 곧 병원으로 이송했으나 사망했다.

잠실 실내체육관에서는 민정당 전당 대회 및 대통령 후보 지명 대회가 열렸다. 대통령 후보로 노태우가 선출 되었다. 간선제 선거로 대통령을 뽑겠다는 의도였다. 같은 시각 성공회 대강당에서는 호헌철폐 범국민대회가 열리고 있었다. 민통령, 민추협, 민교협의 단체와 종교계가 합쳐져 국민운동본부를 결성하였고 김대중, 함석헌, 김영삼, 문익환, 김지길, 윤공희, 홍남순이 고문으로 추대된 조직이었다. 국민운동본부는 독재를 타도하자는 옥외 방송을 시작했다. 6월 10일 오후 6시가 되자 차량들이 일제히 경적을 울렸다. 도심으로 시위대가 밀려왔다. 사무직 넥타이부대가 합세했다. 군중은 계속해서 늘어났다.

"호헌 철폐! 독재 타도!"

전국 22개 도시 514곳에서 30만 명이 참가했다. 경찰은 최루탄을 난사했다. 전국에서 3831명을 연행했다. 신부들도 성명을 발표했다. 김수환 추기경은 가장 앞장서서 신부들을 방어했다.

시위는 갈수록 거세졌다. 6월 25일 김대중의 연금이 풀렸다. 김대중은 4.13 호헌 조치 철회, 직선제 또는 선택적 국민 투표 실시, 거국 중립 내각 구성을 요구하는 성명을 발표했다.

6월 26일 민주헌법쟁취 국민평화대행진이 열렸고 전국에서 180만 명이 넘게 참여했다. 경찰은 최루탄을 쏘기에 바빴다.

노태우 민정당 대표위원이 기자회견을 열었다. 직선제 개헌과 함께 김대중을 사면 복권한다고 선언했다. 시국사범 석방, 대통령선거법 개정, 국민기본법 신장, 언론 자유 창달, 지방 자치제 실시 등 8개 조항을 제시했다. 민정당은 의원 총회를 열고 이를 당의 공식 입장으로 추인했다. 전두환 대통령은 6.29 선언을 그대로 수용하겠다는 특별 담화를 발표했다.

1987년 7월 9일 김대중의 대한 사면, 복권 조치가 내려졌다.

헌법개정안은 대통령 임기를 5년으로 하고 재선은 금지하는데 합의했다. 대통령의 비상조치권과 국회해산권도 없앴다. 노동자의 단결권과 단체교섭권을 인정했다. 10월 27일 국민투표에서 새 헌법은 93.1퍼센트의 지지율로 확정되었다.

김대중은 9월 초 광주를 방문했다. 5.18묘지에서 유족들과 함께 눈물을 흘렸다. 목포로 갔을 때 환영 인파가 끝없이 밀려왔다. 그리고 고향인 하의도로 갔다. 선산에서 인사를 드리고 이틀이 지나 대전을 방문했다. 대전역 광장에는 5만 명이 모였고, 연설을 하며 카퍼레이드를 벌였다. 야당 후보 단일화를 위해 김영삼과 교감을 하려 하였으나 김영삼은 대통령 후보와 당 총재를 다 맡겠다는 답변을 보내왔다.

9월 29일 김영삼과 두 시간 동안 담판을 지었다. 그러나 끝내 합의는 이루어지지 않았다. 재야 운동의 산실인 민주통일민중운동연합이 김대중을 지지하는 선언을 했다. 전국 대학의 총학생회에서는 신문사가 실시한 여론 조사에서도 김대중의 지지가 높았다. 천주교사제단, 개신교 목사들, 조계종 승려들, 350여 명의 대학 교수들, 200명의 문인들 김대중을 지지하는 선언을 했다. 그러나 단일화는 이루어지지지 않았다.

김대중은 10월 30일 신당 창당과 제13대 대통령 선거 출마를 공식 선언했다. 그리고 신민당을 탈당하여 평화민주당을 창당했다. 11월 12일 서울 세종문화회관 별관에서 중앙당 창당 및 대통령 후보 추대 전당 대회를 열었다. 제13대 대통령 선거 후보로 추대된 김대중은 대의원 및 초청인사 3300여 명이 보는 가운데 후보수락 연설을 했다.

"나는 비록 야당의 단일 후보는 아니지만 이 나라 재야 민주 세력이 지지하는 유일한 후보입니다. 이번 12월 선거의 의의는 완전한 군정 종식과 진정한 민간 정부의 회복에 있으며 이 기회에 일부 정치군인의 정치 개입이라는 악습을 영원히 단절시켜 천 년 이상 유지해 온 문민정치의 전통을 재확립토록 하겠습니다."

전당대회를 마치고 시청 앞에서 신촌 로터리까지 카퍼레이드를 펼쳤다.

제13대 대통령 후보는 민정당의 노태우, 민주당의 김영삼, 평민당의 김대중, 공화당의 김종필, 그리고 백기완이 출마했다. 김대중은 한복을 입고 전국 유세를 다녔다. 평민당의 상징은 노란색이었다.

11월 1일, 부산 유세를 마치고 국제 호텔에 묵을 때 300명이 넘는 폭력배들이 호텔로 난입했고 김영삼을 청와대로, 라는 구호를 외쳤다.

11월 15일 대구 두류공원 유세에서도 폭력 사태가 발생했다.

선거를 얼마 남겨두지 않고 11월 29일 대한항공 858편이 미얀마 근해 해역에서 공중 폭발했다. 100여명이 참변을 당했고 희생자들은 거의 바그다드에서 탑승하고 귀국하던 노동자들이었다. 사건 발생 후 마유미라 불리는 북한 공작원 김현희가 붙잡혔다.

나라는 안보 무드에 젖어 들었고 노태우에게 유리하게 흘러들어갔다.

투표 사흘 전인 12월 13일 보라매공원에서의 연설회는 엄청난 인파가 몰렸다. 연설회가 끝나고 난 후 10만 명은 시청까지 15킬로를 행진했다. 그러나 결국 김대중은 선거에서 졌다. 12월 16일에 치른 대통령 선거의 투표결과는 노태우 36.6퍼센트 828만 표, 김영삼은 28.0퍼센트 633만 표 김대중 27.1 퍼센트 611만 표의 지지를 얻었다. 야당은 단일화에 실패하였고 정권교체도 실패했다.

야당 통합요구가 곳곳에서 나오기 시작했다. 김영삼은 평민당의 흡수 통일을 노리고 있었다.

17년 만에 소선거구제 총선이 열렸다. 4.26일에 열린 총선에서 평민당은 70석을 얻었다. 민정당은 125석, 민주당은 59석, 공화당은 35석을 차지했다. 처음으로 여당이 과반 의석 확보에 실패하며 여소 야대 국회가 출현했다. 이로서 김대중의 평민당은 제1야당으로 발돋움했다.

김대중은 1972년 10월 유신 이래 국회에서 쫓겨난 지 16년 만에 다시 국회의원 배지를 달았다.

9월 17일 서울올림픽이 열렸다. 사상 최대 규모인 160개국이 참가했고 동서 진영이 모두 참가한 역대 최대 규모였다. 시민들은 차량 2부제 등을 적극 참여하면서 서울올림픽은 성공적으로 막을 내렸다.

광주특위와 5공 특위가 열렸다. 국민들의 관심이 몰려서 시청률이 60퍼센트에 육박할 정도였다. 전두환과 그의 친척 친지들과 주변인들의 부정 축재의 실태가 드러나기 시작했고 교도소에 가는 친인척이 줄을 이었다.

결국 11월 23일 전두환 전 대통령은 부인과 함께 백담사로 떠나게 되었다.

김대중의 평민당은 많은 법안을 국회에 제출했는데 그 중에 가족법 개정안이 있었다. 김대중은 오래 전부터 여권 신장을 위해 가족법은 손질해야 한다고 주장해 왔다. 기본의 가족법은 아내에게 재산상속권이 없었고 딸들도 차별을 받았다. 헌법에는 남녀의 평등을 명시하고 있었으나 실제로 여성이 가정과 사회에서 여러 가지 차별을 받고 있었다. 가족법개정은 여성단체에서도 오랜 세월 주장해온 것이었다.

　김대중은 남녀평등에 대해서 일찍부터 관심을 가지고 있었다. 김대중의 집에는 김대중 뿐만이 아니라 이희호의 이름이 새겨진 문패가 있다. 이것은 이희호가 원해서 만든 것이 아니다. 김대중이 그렇게 되기를 원했기 때문이다. 여권신장에 대해서는 여성운동가였던 이희호의 영향을 받은 것은 사실이지만 남녀가 차별 없는 사회를 원했다.

　1989년 봄에 김대중은 가족법 개정의 당위성을 역설하고 각 당의 협조를 요청했다.

　"이런 차별은 세계 어디에도 없습니다. 현행 가족법은 우리 스스로 부끄러워해야 하며 위헌 요소 또한 다분합니다."

　노태우 대통령과 김영삼 총재, 김종필 총재는 반대했다. 그리고 가족법 개정안은 다른 현안에 밀려 보류되었다.

　그러나 김대중은 포기하지 않았다. 12월 15일 대통령과 각 당 대표들이 모이는 5자 회담에서 가족법을 다시 거론했다. 김대중은 여당이 5공 비리 청산을 매듭짓는 조건으로 지방자치제의 부활과 가족법 개정을 요구했다. 노태우 대통령은 이에 대해 긍정적인 반응을 보였다.

　평민당 내에서도 이에 반대하는 이들이 많았다. 가부장적인 그 당시의 문화를 통째로 바꾸는 것이었기에, 그리고 여자의 인권에 대한 인식 자체가 부족했기 때문이었다.

　국회에서 여당의원들의 다수가 표결에 참여할 수 없다고 밝혔다.

김대중은 노태우 대통령에게 전화를 걸었다. 그 결과 거우 통과하게 되었다.

의원들은 남자의 권리를 빼앗긴 것 같은 느낌이 들어서인지 그리 환영하지 않았다. 그러나 여권 신장에 새로운 이정표를 세웠다. 어머니의 권리가 아버지와 같고, 딸들의 권리가 아들 형제와 같아지는 것으로 여성에게는 새로운 세계가 열린 것이다.

1990년 1월 22일 오전 10시, 노태우 대통령과, 김영삼 총재, 김종필 총재가 청와대에서 긴급 기자회견을 열었다.

노태우 대통령이 김종필과 김영삼을 양옆에 세우고 공동선언을 발표했다.

"민주정의당과 통일민주당, 그리고 신민주공화당은 여야의 다른 위치에서 그동안 이 나라를 위해 나름대로 최선의 노력을 기울여 왔습니다. 그러나 오늘 우리의 현실은 보다 더 굳건한 정치 주도 세력과 국민적 역량의 결집을 요구하고 있습니다. 우리 사회의 모든 민족, 민주 세력은 이제 뭉쳐야 합니다. 이 같은 시대적 요청에 부응하기 위해 우리는 중도 민주 세력의 대단합으로 큰 국민 정당을 탄생시켜 정치적 안정 위에서 새로운 정치 질서를 확립해 나가기로 했습니다."

통합하여 만든 새로운 당의 이름은 민주자유당이었다. 총재는 노태우 대통령, 대표최고위원은 김영삼, 최고위원에 김종필과 박태준을 선출하였다. 여당은 이로서 299석 중 221석을 차지하게 되었다.

사실 1989년 말 노태우는 김대중에게도 합당 제의를 한 적이 있었다. 야당 총재 3명과 청와대 회동이 끝난 후에 노태우 대통령은 김대중을 살짝 불렀다.

"따로 할 이야기가 좀 있으니 총재께서 시간을 좀 내주세요."

김대중은 무슨 이야기인지 궁금하기도 하고 대통령이 보자는데 그냥 지나갈 수는 없는 일이었다.

주변에는 보좌관을 비롯하여 아무도 없었다. 김대중을 바라보는 노태우는 표정이 진지하게 변했다.

"김 총재, 이제 고생 그만하십시오. 나하고 같이 갑시다. 김 총재께서도 이제는 좀 편히 사십시오."

김대중은 갑작스러운 노태우의 말에 황당한 기분이 들었다.

"무슨 말씀이십니까?"

"김총재, 나하고 당을 같이 합시다. 그래서 좋은 일이나 나쁜 일이나 같이 겪읍시다. 그간 고생을 많이 했지 않습니까."

김대중은 갑작스러운 제안에 순간 말을 잃었다. 그러면서 노태우 대통령을 가만히 쳐다보았다. 머릿속이 멍해졌다. 생각을 정리할 시간이 필요했다. 잠시 숨을 가다듬고 김대중은 노태우에게 대답했다.

"나는 군사 정부를 반대하고 또 전두환 장군의 5.17 쿠데타를 반대한 사람입니다. 그런데 어떻게 노대통령님과 같이 당을 함께 할 수 있겠습니까? 걸어온 길이 다르고 정치 노선이 다르지 않습니까?"

"김 총재, 그런 걸 따지지 말고 나라를 구한다는 생각으로 동의해 주십시오."

"오늘의 여소 야대는 국민이 선택한 것입니다. 노 대통령께서도 여소 야대가 하늘의 뜻이며 국민의 뜻이라고 하지 않았습니까. 민정당과 평민당이 합치는 것은 민의를 배반하는 엄중한 사건입니다."

김대중이 그렇게까지 나오자 노태우도 더는 말을 하지 않았다. 김대중은 멈추지 않고 말을 이어갔다.

"제가 듣기로는 3당이 합당한다는 이야기도 했습니다. 3당 합당만은 결코 해서는 안 됩니다. 지금 국정을 펴는 데 불편한 것이 없잖습니까. 국익을 위해서라면 우리 평민당은 그 동안 초당적인 협조를 했습니다. 대통령께서도 국정을 펴는 데 우리가 한 번도 발목을 잡지 않았다는 것을 아실 것입니다. 여소 야대라 하지만 모든 걸 만장일치로 합의해서 처리하고 있습니다. 미국을 보십시오. 야당이 다수를 점해도 몇 년이고 아무 문제없이 해 나가고 있습니다. 여소 야대란 것도 한 번 해봐야 민주주의 발전에 도움이 될 것입니다. 야당이 없어지는 정치는 국민이 절대 지지하지 않습니다. 평민당이 본질이 다른 민정당과 함께 간다면 국민 앞에 우리는 쓰레기일 뿐입니다. 국민이 여야 통합을 죄악으로, 또 치욕으로 생각하면 대통령께도 평생의 멍에가 될 것입니다."

이렇게 김대중은 통합 제의를 뿌리쳤던 것이다.

그러나 노태우 대통령의 후계자가 되고 싶었던 김영삼의 바람과 내각제 개헌을 원한 김종필의 타협으로 3당 합당이 이루어 졌다.

8월 17일 평민당은 8명만 남아 있는 민주당에게 야권 통합을 전격 제의했다. 평민당과 민주당의 국회 의석수는 67대 8이었지만 당 대 당 통합, 공동대표제를 조건으로 제시했다. 이런 제안은 9월 16일의 통합으로 결실을 맺었다. 당 공동대표에는 김대중과 이기택이 추대되었다. 최고위원에는 이우정, 박영숙, 박영록, 허경만, 조순형, 김현규, 이부영, 목요상을 선임했다. 사무총장은 김원기, 원내총무에는 김정길, 정책위 의장에 유준상, 대변인은 노무현 의원이었다.

1992년 새해가 되자마자 현대의 회장인 정주영이 통일국민당을 만들어서 선거에 참여하게 되었다.

1992년 3월 24일 제 14대 총선거가 열렸다. 총선의 결과는 민자당의 참패였다.

민자당은 기존의 219개 의석에서 149개로 대폭 줄었다. 반면 민주당은 63석에서 97석으로 크게 늘었다. 그리고 신생 정당인 국민당이 31석을 차지했다. 3당 합당에 국민들이 매를 들었다.

4월 29일 미국의 로스앤젤레스에서 흑인 폭동이 일어났다. 흑백간의 인종 차별에서 촉발되었는데 애꿎은 한인들의 상점이 피해를 입은 것이었다. 상점은 불에 탔으며 흑인들은 가게를 야탈하고 한인들을 공격했다.

대선을 앞둔 1992년 12월 11일, 부산 지역 기관장들이 초원복집에 모였다. 이 모임을 주선한 사람은 김기춘 전 법무부 장관이었다. 이들은 김영삼의 당선을 위해 지역감정에 불을 지르자고 다짐한다. 이것은 국민당 정주영의 세력인 김동길 선거대책위원장이 기자회견을 통해 밝힌 것이다. 김영삼의 당선을 위해서 관권을 동원한 사실이 담겨있는 녹취록을 공개한 것이다.

김영삼을 대통령으로 만들기 위한 부산 지역 기관장들의 대책회의였다. 모인 사람은 법무부 장관, 군인, 검찰, 안기부 지부장, 경찰청장, 시장, 교육감이 모여서 그 유명한 말을 한 것이다.

"우리가 남이가"

지역감정을 조장하고 언론인들을 돈으로 매수할 것을 논의했다. 초원복집 사건이 터지자.

노태우 대통령과 총리는 발뺌을 했다.

김영삼은 성명을 발표하는데,

"부산 사건은 민자당과 전혀 무관한 일이고 이번 사건으로 인한 최대의 피해자는 나 자신이다. 나는 공작 정치의 피해자로 대화 내용을 녹음한 것 자체가 공작 정치의 일환이다. 불법적인 도청 행위를 뿌리 뽑아야 한다."

말 몇 마디로 본말을 전도하고 전세를 역전시켜 버렸다. 언론들은 왜 도청을 했느냐고 국민당을 몰아 붙였다. 국민당은 일을 벌였지만 수습을 할 능력이 부족했다. 대응을 하지 못한 것이었다. 김대중은 초원복집 사건이 일어나니 속으로 쾌재를 불렀다. 선거에서 이길 수 있는 가능성이 늘어난 것으로 판단한 것이었다. 그러나 개표 결과는 지역 대결 양상을 보여주었다. 오히려 역풍을 불러왔고 경상도 지역에서 김영삼의 몰표가 쏟아졌다.

김영삼은 997만 표, 김대중은 804만 표, 정주영은 388만 표, 박찬종은 151만 표였다.

김대중은 선거에서 또 패배한 것이다. 김대중은 선거가 끝난 다음 날 밤에 이희호를 바라보며 말했다.

"다시 대통령이 되지 못했소. 지난 40년이 아득하다는 느낌이오. 그 세월 동안 민주주의를 위해서는 죽음도 마다하지 않았는데. 민주주의와 정의와 통일을 위해 나는 모든 것을 바쳤소. 나의 이런 노력은 다른 사람은 몰라도 당신은 잘 알 것이오. 그런데 다시 국민의 마음을 얻지 못했소. 내가 할 일은 여기까지인 것 같소. 마음을 결연하게 정리하려고 하는데 당신도 동의해줬으면 좋겠소."

이희호는 고개를 끄덕이며 듣고 있었다. 두 사람은 서로 포옹을 했다.

"여보, 우리 사형 선고 받았을 때를 생각하면 이 정도는 웃을 일 아니오."

그러나 이희호는 웃을 수 없었다.

김대중이 말을 하면 이희호는 받아 적었다. 이희호는 결국 눈물을 흘렸다.

"존경하는 국민여러분. 저는 또다시 국민 여러분의 신임을 얻는 데 실패했습니다. 저는 이것을 저의 부덕의 소치로 생각하며 패배를 겸허

한 심정으로 인정합니다. 저는 김영삼 후보의 대통령 당선을 진심으로 축하하는 바입니다. 저는 김영삼 총재가 앞으로 이 나라의 대통령으로서 정치, 경제, 사회 모든 분야에서 성공하여 국가의 민주적 발전과 조국의 통일에 큰 기여 있기를 바라마지않습니다.

국민 여러분, 저는 오늘로써 국회의원직을 사퇴하고 평범한 시민이 되겠습니다. 이로써 40년의 파란 많았던 정치 생활에 사실상 종말을 고한다고 생각하니 감개무량한 심정을 금할 길이 없습니다. 그간 국민 여러분의 막중한 사랑과 성원을 받았습니다. 진심으로 감사드립니다. 국민 여러분의 하해와 같은 은혜를 하나도 갚지 못하고 물러나게 된 점 가슴 아프고 송구스럽게 생각합니다. 한편 이기택 대표 최고위원 이하 당원 동지 여러분께서는 오랜 세월 동안 저에 대하여 이루 말할 수 없는 협력과 성원을 아끼지 않았습니다. 당원 여러분이 베풀어 준 태산 같은 은혜를 무어라 표현할 길이 없습니다. 앞으로 한 당원으로서 저의 힘닿는 데까지 당과 동지 여러분의 발전에 미력이나마 헌신 협력할 것을 다짐하는 바입니다. 다시 한 번 국민 여러분과 당원동지 여러분들의 건승을 빌면서 가슴 벅찬 심정으로 감사의 인사 말씀을 드리는 바입니다.

이제 저는 저에 대한 모든 평가를 역사에 맡기고 조용한 시민 생활로 돌아가겠습니다. 국민 여러분과 당원 동지 여러분의 행운을 빕니다."

김대중은 1992년 12월 19일 오전 8시 30분 민주당 당사에서 기자들 앞에 서서 은퇴 성명을 읽었다.

10

| 케임브리지대학 유학과 IMF 한파 |

정계 은퇴를 선언한 김대중은 영국 케임브리지 대학의 초청을 받아 유학길에 올랐다. 객원 연구원 자격으로 연구와 강연 활동을 함께 할 수 있는 기회가 생긴 것이다. 김대중이 떠나는 날 공항에는 2000여 명의 당직자와 지지자들이 기다리고 있었다. 그들은 대형 플래카드를 붙잡고 있었는데 거기에는 '인동초여, 7천만 가슴속에 피어나소서'라고 적혀 있었다.

"내가 불초 불민하여 많은 사람들에게 갈등과 번민을 남겨 놓고 나 혼자만 한국을 떠나 착잡하고 죄스럽습니다. 저는 정치를 떠났지만 국민 여러분 곁까지 떠난 것은 아닙니다. 생의 마지막까지 국민에게 봉사하겠습니다. 그러므로 앞으로도 더욱 열심히 배우고 노력해서 정치 이외의 분야에서 국민 여러분을 위한 최선의 봉사를 다할 결심입니다.

역사는 한때 좌절은 있어도 영원한 후퇴는 없습니다. 절망하지 않는 국민에게는 패배가 없습니다. 국민 여러분이 바라는 자유와 번영과 복지의 나라, 그리고 통일된 조국의 꿈은 반드시 실현되고 만다는 굳은 믿음 아래 좌절 없는 전진을 계속해 주실 것을 바라 마지않습니다. 앞으로 새로운 희망 속에 여러분과 다시 뵙기를 기약하겠습니다."

1993년 1월 26일 김대중은 비행기를 타고 영국으로 날아갔다. 망명이 아닌 연구를 목적으로 외국으로, 그것도 세계적인 케임브리지로 가는 것은 김대중에게는 나름 위안이 되었다.

북한은 1993년 3월 핵확산금지조약인 NPT를 탈퇴했다. 김대중의 뇌리에 예전에 겪었던 전쟁의 경험이 떠올랐다. 경제적으로 어려운 북한은 전쟁을 일으킬 가능성이 있다고 항상 생각하고 있었고 금지조약 탈퇴로 그것이 핵전쟁이 될 가능성이 생긴 것이다.

김대중은 케임브리지에서 세계적인 석학을 만나 대화를 나누기도 하고 일본인 유학생과 토론을 벌이기도 했다. 그러면서 한국이라는 이름 없는 동양의 작은 국가에서 온 노신사의 학식과 배우려는 자세를 주변인들에게 알리는 계기가 되었다. 김대중은 이희호와 함께 네덜란드의 헤이그를 찾기도 했다. 그리고 포르투갈의 리스본에서 열린 세계지도자회의에도 참석했다. 24개국의 지도자들과 복지, 환경, 사회 문제 등에 대해서 토론하였다. 그리고 포르투갈의 마리오 수아레스 대통령과 면담을 갖기도 했다. 그곳에서 전 현직 국가 원수들과 세계 초일류 기업의 회장들을 만나서 인맥을 넓히는 계기를 만들었다.

김대중은 1993년 6월 학기가 종료되어 케임브리지의 연구생활을 마치게 되었다. 북한의 핵확산금지조약 탈퇴가 한반도에 긴장을 고조시키고 있었다. 김영삼 정부는 강경 일변도 대북 정책을 추진해 사태는 최악으로 몰려가고 있었다. 북한과 미국은 전쟁위기로 치닫고 있었다. 그래서 김대중은 케임브리지에 더 머물고 싶은 생각을 접고 고국으로 돌아가기로 결심했다. 이 위기를 해소하는데 작은 힘이라도 보태려고 마음먹었기 때문이다.

김대중을 떠나보내는 환송 만찬회가 케임브리지에서 열렸다. 6월 22일이었다.

"반 년 전 나는 앞날에 이렇다 할 희망도 없이 케임브리지로 왔습니다. 그리고 지금은 마음의 평안과 새로운 희망을 품었습니다. 그것은 케임브리지가 나에게 준 최고의 선물이며, 그 덕분에 나는 다시 새롭게 태어나 귀국할 수 있게 되었습니다. 그리고 케임브리지 대학의 교육 덕택으로 정치가 대신 통일 문제를 탐구하는 한 사람의 연구자이자 학자로서 고국으로 돌아갈 수 있게 되었습니다. 나는 처음에 1년 예정으로 케임브리지에 왔습니다. 반년이 지난 지금 이 대학을 떠나는 이유 가운데 하나는 영국에 대해 작은 공헌을 하고 싶었기 때문입니다. 그것은 나 같은 실업자가 영국을 떠남으로써 실업 문제로 시달리는 이 나라의 실업률을 조금이라도 낮추고 싶기 때문입니다"

청중들은 김대중의 유머에 웃음을 터뜨렸다.

김대중은 1993년 7월 4일 서울로 돌아왔다. 김포공항에는 김대중을 지지하는 사람들이 수천 명이 그의 귀환을 환영하였다. 사람들은 김대중을 연호했다.

"6개월 전 이 공항을 떠날 때는 유배지로 떠나는 심정이었으나 그러한 고통은 이제 없습니다. 남은 인생에 대한 확고한 설계와 희망과 자신을 갖고 돌아왔습니다."

기자 중의 한 사람이 남북문제에 대해서 질문을 하자 김대중은 자신의 소신을 밝혔다.

"남과 북이 만나야 합니다. 북의 풍부하고도 값싼 노동력과 우리의 투자가 합쳐지면 양쪽 모두에게 득입니다. 북한은 통일 독일에서 서독에 짐만 된 동독의 경우와는 다릅니다."

1994년 1월 18일 문익환 목사가 사망했다. 사인은 심장마비였다. 신학자이며 목회자로, 그리고 시인으로 통일 운동가로 문익환 목사는 김대중에게 항상 영감을 주는 사람이었다. 문익환 목사는 항상 강조했다. 민주는 민중의 부활이요 통일은 민족의 부활이라고. 민주 구국선언을 한 1976년 3월 1일 이전에는 성서번역에 매진했던 학자이기도 했다. 통일을 위해 가장 앞장서던 문익환 목사가 사망하자 김대중은 바로 빈소로 달려갔다. 김대중은 장례위원회 고문을 맡았고 영결식에서 조사를 했다.

1994년 1월 27일 김대중은 아시아. 태평양 평화재단을 출범시켰다. 한반도의 평화와 민족 공영의 길을 모색하고, 아시아의 민주 발전에 나아가 세계 평화에 기여하고자 하는 큰 뜻을 실현하기 위한 모체였다. 해외고문으로 고르바초프 전 소련 대통령, 코라손 아키노 전 필리핀 대통령, 겐셔 전 독일 외무장관 등 3명을 위촉하였다. 국내 고문은 김수환 추기경, 강원룡 목사, 서의현 불교 조계종 총무원장, 이태영 가정법률상담소장이 맡았다. 김종운, 김희집, 송자, 박홍, 장을병, 김민하, 조완규, 안병무, 이돈명, 오기평, 변형윤, 이세중, 조순, 강문규, 고은, 김점곤, 권호경, 서영훈, 신낙균, 장기천, 한승헌이 자문위원에 선임되었다. 해외 자문위원은 빅토르 사도브니치 모스크바 대학총장, 미국 카네기재단 셀리그 해리슨 박사, 에드워드 베이커 하버드 대학교수가 포함되었다. 아태재단은 서울 창천동 아륭빌딩에 사무실을 냈다. 오전에 거행된 현판식에는 아키노 여사와 데메지에르 전 동독 총리 등 200여명이 지켜봤다. 저녁에는 여의도 6.3빌딩에서 기념식을 열었다. 축하해주러 온 손님이 2000명이 넘었다.

1994년 6월 핵관련 협상이 실패하자 북한은 핵 연료봉 추출을 강행했다. 미국은 핵 시설에 대한 무력 사용을 준비하고 있었다. 영변 지역의 정밀 폭격을 준비하였던 것이다. 이것은 전면전으로 번질 가능성이 컸다. 한반도에서 전쟁이 벌어지면 3개월 안에 미군 5만 2000명, 한국군 49만 명, 민간인 100만 명 이상의 사상자가 발생할 것으로 미국 펜타곤은 예측했다. 산업 시설은 대부분 파괴될 것이었다.

윌리엄 페리 미국 국방장관은 북한의 핵 개발을 저지해야 한다는 결론을 내렸다. 클린턴 대통령은 3단계 작전 계획을 상정했다. 전쟁은 피할 수 없는 것 같은 분위기였다. 이때 미국의 카터대통령이 북한을 방문했다. 김일성과 카터가 만나서 합의를 도출했다. 미국이 북한에 대한 핵 공격의 위협을 제거한다면 북한은 핵 개발을 동결하겠다는 내용이었다. 미국은 이를 받아들였다. 이런 카터가 북한에 가는 데는 김대중의 건의가 주효했다. 그렇게 전쟁의 위기가 사라졌는데 얼마 되지 않은 7월 8일 김일성이 사망했다. 김영삼과 남북정상회담을 하기로 한 날로부터 얼마 남지 않은 날이었다.

　김영삼 대통령은 전군에 비상경계령을 내렸다. 북한의 붕괴가 예상되었기 때문이었다. 그러나 큰 변화는 없었다. 김일성만 죽으면 통일이 될 것이라고 생각했던 많은 사람들에겐 실망스러운 일이 아닐 수 없었다.

　김대중은 1994년 미국을 방문했을 때 햇볕정책이라는 말을 처음 사용하였다.

　"미국의 외교 정책은 침략이나 영토 확장을 억제하기 위한 강한 의지를 바탕으로 한 '태양 정책'을 적용한 곳에서 성공했습니다. 그러나 '강풍 정책'만을 적용한 데에서는 전체주의 체제를 변화시키는 데 실패했습니다. 전자의 예는 소련, 동유럽, 중국 등이고 후자의 경우는 베트남, 쿠바, 북한 등입니다. 태양 정책의 최근 성공 사례는 제네바 합의문입니다. 우리는 북한에 대해 아무런 해를 끼치거나 대결을 원치 않습니다. 우리는 진정으로 김정일 정권이 안정되고 경제 위기로부터 조속히 회복할 것을 원합니다. 왜냐하면 우리는 따뜻한 태양빛 아래 그들과 평화적으로 공존함을 추구하고, 공동 번영과 민족 통일의 길로 함께 나갈 것을 원하기 때문입니다. 결론적으로 나는 한미 양국이 모두를 위해 태양 정책을 추구하는 것이 중요하다는 점을 강조하고 싶습니다."

이 정책에서 사용한 태양정책은 그 후에 햇볕 정책으로 불리게 되었다. 중국에서는 양광정책, 일본에서는 태양 정책이라고 사용하고 있다.

김대중은 임동원과 함께 김대중의 3단계 통일론을 만들었다. 운영위원으로 김남식, 김성훈, 라종일, 박종화, 백경남, 한상진이 재단 연구원으로 박건영, 박병석, 이강래, 이석수, 이성봉, 최성, 하상식, 함인희, 황주홍이 참여하였다.

1995년 7월 18일 김대중은 신당 창당을 선언하며 현실 정치인으로 돌아왔다.

"존경하고 사랑하는 국민여러분!

저는 지난 40년 동안 많은 시련을 무릅쓰고 우리나라의 민주화와 평화통일을 위해 노력해 왔습니다. 이제 그 노력의 완성을 신당을 통해서 이룩하여 국민 여러분께 마지막 봉사를 하고자 합니다. 그리하여 오늘의 비판이 반드시 국민적 수용과 지지로 변화될 수 있도록 성심을 다하겠습니다. 국민 여러분께서는 너그러운 심정으로 지켜보아 주시고, 저희들이 여러분의 기대에 부응할 때는 아낌없는 성원을 보내 주시기 바랍니다.

저는 지금 가장 겸손한 마음으로 다시 한 번 국민 여러분께 사과의 말씀을 드립니다. 한편 신당이 이 시대가 요구하는 국민적 여망을 책임 있게 달성하는 정당으로 발전함으로써, 오늘 제 결단의 충정이 국민 여러분으로부터 이해와 지지를 받을 수 있도록 모든 것을 바쳐서 노력하겠다는 점을 아울러 다짐하는 바입니다. "

여의도에 새로운 당사를 얻었다. 1995년 7월 20일 여의도 대하 빌딩에서 신당 입주식을 열었다. 7월 22일 오전에 김대중은 3년 만에 국회로 돌아왔다. 신당 인사들에 대한 구속과 내사가 잇달았다. 아태평화재단의 후원금까지 꼬투리를 잡았다.

그럼에도 김대중은 신당 창당을 위한 노력을 멈추지 않았다. 각계의 명망 있는 새 인물 250여 명을 영입했다. 당 지도부를 총재단과 지도위원회로 이원화했다. 총재가 당무를 총괄하는 단일 지도 체제였지만 중진들이 당을 이끌어 가도록 했다. 새 당이 탄생했다. 이름은 '새정치국민회의'였다. 국민회의란 당명은 비폭력 투쟁으로 인도의 독립을 이끈 초대 총리 자와할랄 네루와 그가 몸담고 있던 '국민회의파'에서 영감을 얻었다.

김대중은 1995년 8월 김대중의 3단계 통일론-남북 연합을 중심으로라는 책을 출간했다.

김대중은 책머리에 자신의 소감을 적었다.

"해방 50년의 감격이 분단 50년의 회한과 교차되는 이때에 '3단계 통일론'을 민족 앞에 내어 놓으니 만감이 스쳐간다. 이제야 민족에게 진 빚을 조금이라도 갚게 되었다. 지난 25년간 한순간도 붓을 놓지 않고 그려 온 통일화의 중요한 결실이다. 이제 통일로 가는 길의 설계 도면은 우리 손에 쥐어졌다."

1995년 9월 5일 서울올림픽 공원에서 창당 대회가 열렸다. 1만 여 명의 당원과 국내외 참관인이 모였다.

김대중은 총재로 선출되었다. 부총재로는 조세형, 이종찬, 정대철, 김영배, 김근태, 영입인사로는 박상규, 신낙균, 유재건이 뽑혔다. 지도위원장에는 김상현 의원, 지도위원으로 권노갑, 한광옥, 신순범, 유준상의원과 영입인사인 허재영, 길승흠, 나종일, 정희경이 선출되었다.

창당한지 얼마 지나지 않아 노태우 비자금 사건이 터졌다. 민주당 박계동 의원이 국회 본회의에서 노태우 대통령의 비자금 4000억이 시중 은행에 차명으로 분산 예치되어 있다고 은행의 계좌 조회표를 제시했다. 검찰은 조사에 착수했다. 그런데 비자금의 일부가 김대중에게도 흘러들어갔을 거라는 의혹을 제기했다.

김대중은 14대 대선에서 노태우 대통령에게 격려금조로 돈을 받은 적이 있었다. 김대중은 그때 당시에 돈을 받은 것을 고백했다.

김대중은 1995년 12월 15일 경기도 고양시 일산으로 이사를 했다.

민자당은 신한국당으로 명칭을 바꾸었다.

1996년 4월 11일 국회의원 총선거가 열렸다. 신한국당이 지역구 121석, 전국구 18석을 얻어 139석을 차지했다. 국민회의는 지역구 66석, 전국구 13석을 합쳐서 79석을 확보했다. 자민련은 지역구 41석, 전국구 9석으로 총 50석을 얻었다.

1996년 7월 3일 새벽 MBC 일요일, 일요일 밤에 제작팀이 취재를 왔다. 김대중은 그렇게 오락프로그램에 출연하게 되었다. 호수공원에서 맨손체조를 하고 정원에서 꽃구경을 하는 모습이 카메라에 담겼다. 이경규와 프로야구, 동편제, 서편제등에 관해 간단한 인터뷰를 가졌다.

김대중이 뉴스가 아닌 오락프로에 나오자 사람들의 반응이 나오기 시작했다. 정치적인 투사로 알려진 김대중의 평상시의 소탈함과 유머가 많은 시청자들에게 좋은 이미지를 주기 시작하는 계기가 되었다.

1996년 12월 26일 새벽, 안기부법과 노동관계법이 날치기 통과되었다. 새벽 6시, 신한국당 소속 의원 157명 중에 155명이 참석하여 7분 만에 전격 처리되었다. 노동단체는 부효라며 무기한 총파업을 선언했고 국민회의와 자민련은 이것을 김영삼 쿠데타로 규정했다. 산업현장에서는 파업이 속출했고 노동자 수십만 명이 거리로 쏟아져 나왔다.

국민적인 저항에 맞닥뜨리자 다음날 새벽 안기부법을 다시 개정했다. 국가보안법상 고무 찬양, 불고지 위반죄에 대한 수사권이 4년 만에 부활한 것이다. 문민정부 초기에 수사권 남용과 인권 유린 등을 근절하고 정치사찰을 막겠다는 취지로 검찰에 넘겨준 수사권을 다시 안기부가 되찾아 갔다. 해를 넘긴 1997년 1월 23일 한보 사건이 터졌다.

한보그룹의 한보철강이 부도를 냈다. 검찰은 대출과 사업의 인허가 과정에서 거액의 뇌물 수수 사실을 밝혀냈다. 정치권과 금융권이 영향을 받았다. 여야의 중진의원들이 검찰에 줄줄이 불려갔다. 국회에서 청문회가 열렸고, 김영삼의 차남이 증언대에 올랐다.

1997년 5월 19일 새정치국민회의의 대통령 후보 선출 대회가 서울 올림픽체조경기장에서 열렸다. 1만 명의 당원 및 대의원 참관인등이 참석하였다. 김대중은 77.5%의 득표로 정대철을 누르고 대통령 후보로 선출 되었다.

"대통령에 당선되면 정치 보복을 하지 않고 전두환, 노태우씨가 사죄하면 용서하고, 김영삼 대통령이 임기를 무사히 마치도록 도와주겠소."

자민련에서는 김종필 총재가 후보로 결정되었다.

신한국당은 이회창 대세론이 확산되는 가운데 이인제 경기도지사가 대항마로 떠올랐다.

이회창 총재가 60퍼센트의 지지로 대통령 후보로 확정되었다.

10월 7일 김대중 비자금 사건이 터졌다. 김대중이 670억의 비자금을 관리해 왔다고 여당에서 주장해 왔다. 노태우 대통령으로부터 받은 돈은 20억 외에 6억이 더 있다고 밝혔다.

10월 10일 10개 기업으로부터 134억의 돈을 받았다고 추가로 발표했다.

10월 14일 국회 국정감사장에서 비자금을 추가로 폭로였다. 김대중의 일가 친인척, 아태평화재단 관계자 40명의 명의로 10년간 342개 계좌에서 378억 원의 비자금을 분산 관리 해왔다는 내용이었다. 신한국당은 김대중을 특정범죄가중처벌법상 뇌물수수 및 조세 포탈 혐의와 무고 협의로 대검찰청에 고발했다.

그러나 김태정 검찰총장이 10월 21일 비자금 의혹 고발 사건 수사를 15대 대통령 선거 이후로 유보한다는 발표를 하게 된다.

"과거의 정치 자금에 대해 정치권 대부분이 자유로울 수 없다고 판단되는 터에 대선을 불과 2개월 앞둔 시점에서 이 사건을 수사할 경우 극심한 국론 분열, 경제 회생의 어려움과 국가 전체의 대혼란이 분명하다고 보인다."

강삼재는 민자당 사무총장직을 사퇴했다.

"김대중 총재 비자금 폭로 자료는 이회창 총재로부터 받았다"

김대중은 자민련과 후보 단일화 협상을 하고 있었다. 그러자 재야 민주화 운동 출신들이 반발하고 나섰다. 김근태와 종교계 인사들이 반발했다. '색깔론 망령'과 3당 합당 이후 강화된 호남 고립구도를 타파하기 위해서는 자민련과 연합이 필요하다고 설득했다. 과거에 대립했던 세력과의 연합이 거부감이 있겠지만 현실 정치에서 소신과 명분 못지않게 현실적 선택도 중요하다는 것을 얘기했다. 정권교체가 필요함을 역설했다.

이해찬, 설훈 등의 재야인사들은 김대중의 설득의 진정성을 느끼고 이해했다.

국민회의에서는 한광옥 부총재가 나왔고 자민련에서는 김용환 부총재가 협상 대표로 나왔다. 국민회의는 많은 것을 양보했다. 임기 내 내각 책임제 개헌내용이 나왔다. 국민들이 내각제를 원하면 개헌할 수 있다고 입장을 정리했다. 10월 27일 김종필의 청구동 자택을 직접 찾아간 김대중은 연합에 합의를 했다.

"대통령 후보는 김대중 총재로 단일화하고, 집권시 실질적인 각료 임명제 청원권과 해임건의권을 갖는 실세 총리는 자민련 측에서 맡도록 한다."

이렇게 DJP연합이 탄생한 것이다.

11월 3일, 국민회의와 자민련은 야권 후보 단일화 합의문 서명식을 가졌다. 박태준 전 포항제철 회장이 야권 단일화에 동참했다.

이회창과 조순의 신한국당과 민주당은 합당에 합의했다. 합당한 후에 당명을 한나라당으로 바꿨다.

선거 막판에 경제신탁통치인 IMF 구제 금융을 요청하는 일이 발생했다. OECD에 가입한지 1년도 안된 나라가 한국전쟁 이후 최대의 국면을 겪게 된 것이었다.

1997년 11월 21일 밤 10시 임창열 경제부총리가 IMF에 200억 달러의 구제 금융을 신청한다고 발표했다. IMF 실무단이 한국으로 날아왔고 협상은 12월 3일에 마무리되었다.

미쉘 캉드쉬 IMF총재는 청와대를 방문했고 대통령 후보들에게 협약을 이행하겠다는 각서를 요구했다.

IMF와 맺은 대기성 차관 협약 양해 각서에는 외국인 주식 투자 한도를 50%로 올리고, 은행과 증권 등 금융 시장을 개방해야 했고, 수입선 다변화제를 앞당겨 다음 해에 폐지해야 했다. IMF의 뒤에는 미국과 일본등 거대한 외국의 입김이 있었을 것이다.

"IMF 관리 체제를 조속히 극복하기 위해서는 관치 경제를 뿌리 뽑아야 합니다. 우리가 불가피하게 IMF의 요구를 수용했지만 이를 적극 받아들이고 경제 체질 강화의 기회로 삼으면 전화위복의 결과를 가져올 수 있고 장래도약에 큰 도움이 될 것입니다. 우리 국민에게는 강한 애국심과 나라를 살리겠다는 굳은 결의가 있으니 반드시 성공할 것입니다."

김대중은 특강에서 국민들에게 희망을 심어주려고 노력했다.

15대 대통령 선거에서는 대통령 후보들의 텔레비전 토론이 처음으로 시작되었다. 티비 토론에서 김대중은 그 특유의 언변과 경험에서 나오는 여유로움 그리고 많은 독서를 통해 얻은 지식들로 상대방을 압도해 나갔다.

"불행히도 저는 세 번이나 대통령에 도전했지만 실패했습니다. 국민들이 저를 이때에 쓰시려고 뽑아 주지 않은 것 같습니다. 저는 위기의 강을 건너는 다리가 되겠습니다. 모든 분이 제 등을 타고 위기의 강을 건너십시오. 저는 다음에는 더 이상 기회가 없습니다. 두 분은 다음에 기회가 있습니다. 저에게 꼭 한 번 기회를 주십시오."

선거 전의 명동에서 마지막 유세가 있었다. 김대중의 주변으로 수천 명의 청중이 모여 들었다. 사람들은 김대중을 연호했다.

"저에게는 대통령이 되기 위해 40년 동안 갈고 닦은 지혜와 경륜이 있습니다. 저는 감옥에서도, 미국에 있을 때도 대통령이 될 준비를 했습니다. 전 세계에서 대통령이 될 준비를 저만큼 한 사람도 아마 없을 것입니다. 저에게 한 번 꼭 기회를 주십시오. 잘할 수 있습니다.

12월 18일, 40만 표 차이로 김대중이 대통령이 되었다. 김대중을 선택한 유권자는 1032만 6275명이라고 집계했다. 80.7퍼센트의 투표율에 40.3퍼센트의 득표율이었다. 여야 간의 정권교체를 이룬 것이었다.

사람들은 김대중을 보고 인동초라고 불렀다. 인동초는 가을에 익은 열매가 겨울 눈 속에서 더욱 붉었다. 가녀린 인동초가 겨울을 버티는 것은 머지않아 봄이 온다는 믿음 때문이 아니겠는가. 그러나 그 모습은 왠지 슬프다. 처연한 아름다움. 인동초에는 눈물이 깃들여 있었다. 지지자들이 김대중을 바라보며 흘린 눈물, 그 눈물이 모여 강물을 이루었고 결국 김대중은 대통령이 되었다.

사람들은 김대중의 이름을 연호했다.

"대통령, 김대중."

11

| 동생 대의 사망, 그리고 대통령 당선 |

　동생 김대의가 대통령 선거 하루 전인 12월 17일 세상을 떠났다. 김대중에게는 그 누구보다도 각별한 사이였던 동생 대의였다. 어렸을 적부터 바닷가에서 함께 놀았고 전쟁 때에는 형무소에 감금되어 죽을 고비를 넘겼었다. 김대중이 가는 곳이면 어디든지 함께하며 궂은 일을 마다하지 않았.

　"여보 나의 죽음을 외부에 알려지지 않게 하시게. 행여나 우리 형님이 나 때문에 피해를 볼까 걱정이 되네."

　고령의 대통령 후보였던 김대중이 건강문제로 인하여 여론의 문제가 생길까 하여 죽기 직전까지도 형을 걱정했던 동생이었다. 나이가 더 어린 동생이 사망함으로 인해 김대중의 건강을 의심하여 행여나 선거에 나쁜 영향을 미칠까봐 걱정하였으리라.

　"형님, 형님보다 먼저 가게 되어 죄송합니다."

김대중은 대통령에 당선이 되자 가장 먼저 동생이 떠올랐다. 고생을 함께 했는데 좋은 결과를 보지 못하고 먼저 간 동생이 안타까울 뿐이었다.

김영삼 대통령이 전화를 걸어 왔다.

"당선을 축하드립니다."

"감사합니다."

"건강이 어떠신지 모르겠습니다. 부디 건강하시고 조만간 뵙겠습니다. 축하합니다."

"감사합니다. 되도록 빨리 찾아뵙겠습니다."

아침이 되자 손님들이 찾아오기 시작했다.

청와대 정무수석이 화분을 들고 찾아 왔다. 선거가 끝났으니 함께 선거를 치룬 다른 후보들에게도 연락을 취하는 것이 기본적인 도리이기에 이회창에게 전화를 걸었다.

"뭐라고 위로의 말씀을 드려야 좋을지 모르겠습니다."

"당선 축하드립니다. 부디 나라를 위해 선정하시길 바랍니다."

"감사합니다. 노력하겠습니다."

이인제에게도 전화를 걸었다.

"그동안 선거를 치르느라 고생하셨습니다."

"당선을 축하드립니다."

"앞으로도 국정을 위해서 의원님의 큰 능력을 함께 해주시면 좋겠습니다."

"미력하나마 도움이 될 수 있도록 하겠습니다. 감사합니다."

사람들은 구름처럼 몰려왔고 일산의 저택은 카메라로 둘러싸여졌다. 기자들은 카메라 플래시를 터트리고 사람들은 환호를 질러댔다.

김대중은 미소를 머금고 이희호와 함께 사람들 앞으로 나왔다.

"국민 여러분께 진심으로 감사드립니다. 건국 이래 처음으로 여야 간 정권 교체를 이룸으로서 이제 이 나라의 새로운 역사가 시작되었습니다."

김대중은 차를 타고 여의도로 갔다. 오전 9시에 국회 의원회관에서 기자회견을 가졌다.

"경제 위기를 극복하기 위해서는 국제 신인도를 회복하는 것이 무엇보다도 중요합니다. 새로운 정부는 IMF와 현 정부가 합의한 사항을 충실히 지킬 것입니다. 국민여러분 우리는 하나, 대한민국은 하나입니다. 우리 모두가 힘을 합쳐서 이 위기를 이겨나갑시다. 그동안의 관치 경제 정경유착으로 인하여 우리는 IMF 사태라는 크나큰 위기를 맡게 되었습니다. 민주주의를 탄압하고 얻은 경제의 공든 탑이 이렇게 허물어져 버리는 것입니다. 앞으로 경제는 시장에 맡겨서 시장이 자유롭게 서로 경쟁하며 발전해 나가야 할 것이며 정부는 이것을 올바르게 이행되도록 지켜보는 관찰자 역할만 하게 될 것입니다."

김대중은 그동안 가지고 있던 생각을 털어 놓기 시작했다.

"1997년 12월 18일은 국민들이 대동단결할 수 있는 역사적 전환점으로 기억될 것입니다.

다시는 이 나라에 정치 보복이나 지역 차별 및 계층 차별이 있어서는 안 됩니다. 저는 모든 지역과 계층을 다 같이 존경하고 사랑합니다. 대통령으로서 모든 차별을 일소하고 모든 국가 구성원의 권익을 공정하게 보장함으로써 다시는 이 땅에 차별로 인한 대립이 발붙이지 못하도록 할 것입니다.

  우리는 모든 기업을 권력의 사슬로부터, 그리고 권력의 비호로부터 완전히 해방시킬 것입니다. 앞으로는 시장 경제에 적응해서 세계적인 경쟁을 이겨내는 기업만이 살아남을 것입니다. 그것이 세계화 시대의 현실입니다. 경제의 목적은 국민의 행복에 있습니다. 그런 만큼 서민의 권익을 철저히 보호하여 우리 경제가 민주적 시장 경제로 발전해 나가는, 그런 시대를 열겠습니다. 새 정부는 21세기에 대비한 철학과 통찰력, 그리고 효과적인 전략과 정책을 가지고 국가를 경영해 나갈 것입니다."

  박수소리와 함께 기자회견이 끝이 났다. 김대중은 국민들의 기를 받은 것 마냥 힘차게 연설을 했다. 대통령에 당선되면 후보자들이 가장 먼저 하는 일들이 있다. 바로 국립 현충원을 참배하는 일이다. 현충원으로 가는 김대중의 차 주변에는 경호하는 인력들과 경찰이 함께 따라왔다. 그리고 카메라들이 연신 플래시를 터트려 댔다. 김대중의 행동 하나하나가 미디어의 주목을 받게 되는 것이었다.

  전직 대통령들이 묻혀 있는 이곳에 김대중이 당선자가 되어 들어왔다. 김대중은 묵념을 하고 자신의 신복들과 함께 꽃을 헌화했다. 헌화를 마치고 나서 김대중은 국회로 돌아왔다. 국회에 돌아오니 미국의 빌 클린턴 대통령으로부터 전화가 걸려왔다.

"민주주의와 정치 진보를 위해 일생을 헌신한 김 당선자께서 위대한 승리를 한 데 대해 축하와 존경을 보냅니다."

미국의 대통령으로부터 축하 인사를 받다니. 김대중은 꿈만 같았다. 그리고 클린턴이 위대한 승리라고 말을 하니 붕 뜨는 느낌이었다. 그러나 곧바로 현실로 돌아왔다. 지금 이렇게 좋은 이야기만 주고받을 수 없는 것이 대한민국의 지금의 현실인 것이다.

"김대중 당선자께서 IMF와의 합의를 성실하게 이행해 주실 것을 촉구 드립니다."

"대외신인도를 위해서라도 이전의 정부와 약속한 것을 저는 반드시 이행할 생각입니다."

"한국 경제는 지금 매우 위험한 상태에 빠졌습니다. 미국의 협상단을 최대한 빨리 보내겠습니다."

김대중은 속으로 생각했다.

'대통령에 당선이 된 최초 평화적인 여야 정권교체를 이뤄낸 나에게 당선이 발표되자 이렇게 IMF이야기를 하는 것은 무례한 것이 아닌가.

허나 곧바로 생각이 바뀌었다. 그만큼 한국의 상황은 어려운 것이었다. 클린턴의 말은 과장된 것도 아니었고 한국이라는 나라 자체가 추락하고 있는 것이었다.

클린턴과의 통화가 끝나자 일본의 하시모토 류타로 총리의 전화가 기다리고 있었다.

"당선을 축하드립니다. 김대중 당선자님."

"감사합니다. 한국이 지금 많이 어렵습니다. 일본에서도 총리께서 앞으로 많이 도와주시기를 바랍니다."

"제가 할 수 있는 일은 최선을 다해서 돕도록 하겠습니다."

오전의 축하 전화를 받고는 오후에 김대중은 4.19 묘지를 방문했다.

그곳에서는 민주화실천가족운동협의회와 전국민족민주유가족협의회 소속 어머니들이 김대중을 기다리고 있었다.

"아이고 정말 축하드립니다. 김대중 대통령님."

"감사합니다. 많은 분들의 희생과 유가족 여러분들의 아픔이 지금의 저를 만들었습니다."

어머니들은 김대중의 손을 놓고는 놓아주지 않았다.

'이 땅의 민주주의는 모두 이 어머니들의 눈물을 먹고 이 땅에서 자라나지 않았는가?'

민주화가 되면 아들 대신 춤을 추겠다던 어머니들이 울고 있었다. 김대중은 속으로 다짐했다.

'새로운 세상을 위해 이 한 몸 바치리라.'

4.19탑 참배를 마치고 일산의 집으로 돌아온 김대중을 기다리는 것은 보스워스 미국 대사였다. 당선 축하를 마치기가 무섭게 한국의

경제위기에 대해서 이야기를 나눴다.

저녁밥은 김종필, 박태준이 와서 함께 먹었다. 이 세 사람은 선거 기간 동안 하나가 되어 함께 뛰었다.

"축하합니다. 김대중 대통령님."

"축하드립니다."

"고맙습니다. 두 분이 함께 계셨기에 오늘이 있는 거 아니겠습니까?"

유머가 넘치는 김대중의 입담에 식사시간 내내 웃음소리가 끊이지 않았다. 그러나 김대중의 마음 한구석에는 이러한 기쁨을 누리는 것 뿐 만이 아니라 가슴을 답답하게 하는 걱정도 함께 있었다.

'이 나라의 경제가 앞으로 정말 큰일이구나.'

이러한 김대중의 마음을 아는지 김종필과 박태준도 경제에 관해서 걱정하고 있었다.

두 사람은 박정희 정권 때 한 명은 정보부를 이끌고 다른 한 명은 포항제철을 만들면서 나라의 경제를 위해서 직접 뛴 사람들이 아니겠는가? 그 답답함은 이루 말할 수 없었을 것이다.

식사를 마친 두 사람은 자리를 떠났고 김대중은 서재에 앉아 잠시 생각에 잠기었다.

'예전에는 나를 괴롭히던 사람들과 이렇게 한자리에서 웃고 마실 수 있는 그런 날이 왔다. 그러나 언제까지 웃고 즐길 수 있을지는 아직까지는 알 수가 없다.'

이런 생각을 하고 있을 때쯤 밤 11시가 넘어서 IMF 총재인 미셸 캉드쉬에게서 전화가 왔다.

"당선을 축하드립니다. 김대중 당선자님."

"감사합니다. 미셸 총재님. 앞으로 한국을 많이 좀 도와주십시오."

"네. 한국이 빠른 시간 안에 경제를 회복할 수 있도록 도울 것입니다."

이어서 세계은행 총재인 제임스 울펀슨이 전화를 걸어 왔다.

자정이 넘어서야 모든 일과가 끝이 났다. 김대중은 잠자리에 누웠다. 그러나 잠은 오지 않았다. 선거가 끝나면 실컷 자려고 마음먹었으나 잠을 잘 수 없었다. 아니 잠이 오지 않았다. 원래는 당선이 되면 한적한 곳에서 차근차근 국정에 관한 구상을 하려고 계획하고 있었다. 그러나 선거가 끝나자 사방에서 자신을 찾았다. 정신이 하나도 없었다. 숱한 일들이 김대중을 기다리고 있었다. 그동안의 정치적으로 탄압받은 이들이 있었고, 유가족들이 있었다. 그리고 기존의 정권들이 어떠한 보복을 할까 두려운지 계속해서 엄포를 놓고 있었다. 그리고 외국의 정상들도 축하를 하면서도 한편으로는 압력을 넣고 있었다. 경제가 어렵다. 정권이 바뀌면서 그들이 만들어 놓은 협상을 깰까봐 사전에 막으려는 계략일 것이다. 이러한 이들의 걱정을 해결해 주면서 토닥거리며 앞으로 함께 나아가야 하는 일이 앞으로 큰 문제였다. 군부독재의 잔재들과 결탁했다는 소리를 들으며 김대중은 박태준과 함께 하였고 열세인 선거를 승리로 이겨냈다. 단순히 반대만 하던 야당의 지도자가 아닌, 앞으로는 자신의 말 한마디 한마디가 나라의 신용도를 좌지우지하게 된 것이다. 오늘 하루 동안에도 참으로 많은 일들이 있었고 많은 이들을 만났다. 당선자로서 첫날을 그렇게 보냈다.

'영원한 반대자의 역사적 승리,' '한국 민주주의의 혁명,' 뉴욕타임즈와 워싱턴 포스트 등은 1면에 머리기사로 김대중의 당선을 소개했다. 그 안에는 남북화해의 길과 동아시아의 발전 외환위기 등 기대와 시련이 동시에 기다리고 있다며 우려를 표명하는 곳도 있었다.

다음날 김대중은 정권인수를 위하여 현안을 파악하기 위해 정부의 각료들을 소집하기 시작했다. 오전 10시에 임창열 재정경제원 장관을 국민회의 당사로 불렀다.
"지금 우리나라 외환 사정이 어떻습니까?"
"12월 18일 현재 외환 보유고가 38억 7000만 달러에 불과합니다. IMF의 지원을 받더라도 당장 내년 1월 만기의 외채가 돌아오면 갚기 어렵습니다."
김대중은 충격을 받았다. 나라에 외화가 없다. 돈이 없다. 언제 망할지 모른다.
"기가 막히는 군요."
임창열은 풀이 죽어서 김대중 앞에 앉아 있었다.
"경제가 이 지경이 될 때까지 정부는 무엇을 했단 말입니까."

"정부가 적절하게 대응하지 못한 것이 경제가 어려워진 주요인입니다. 단기 외채와 외환 보유고 관리를 소홀히 하고 환율 방어에만 매달렸기 때문에 이러한 위기를 키웠습니다."

"재경원은 반성하셔야 합니다. 이 모든 일이 재경원의 관리 하에서 생긴 일 아니겠습니까?

새 정부는 철저하게 시장 경제 원칙에 따라 경제 정책을 운영하겠습니다. 경제 정책에서 정치 논리는 철저히 배제할 것입니다. 경제 논리만 따를 것입니다."

임창열과 대화를 마치고 김대중은 차에 올랐다. 청와대로 가는 것이었다.

김영삼은 청와대 현관까지 나와서 김대중을 맞이했다. 청와대에서 오찬을 함께 하기로 했던 것이다. 요리들이 하나씩 나오기 시작했다. 역시 대통령이 있는 청와대는 그 음식이 달랐다. 게다가 오늘은 대통령 당선자와 함께하는 오찬이 아니겠는가? 역시 준비를 많이 한 것 같았다. 김대중과 김영삼은 음식을 함께 먹으며 대화를 시작했다. 예전에 야당의원시절에는 함께 식사를 하는 일이 많았던 두 사람이었다. 아니 같이 굶는 일도 많았다. 그러나 이제는 한 명은 대통령, 다른 한 명은 차기 대통령이 되어 함께 청와대에서 식사를 하고 있으니 아이러니가 아닐 수 없었다.

"정부와 인수위가 6명씩 위원회를 구성하는 게 어떻겠습니까?"

"그렇게 하시지요. 사안도 급하기도 하고 중요하기도 하니까 말입니다."

김대중의 의견에 김영삼이 동의하였다. 그리하여 12인 비상경제대책위원회가 구성되었다.

"위원장에는 김용환 자민련 부총재를 임명하려고 합니다."

"왜 그 분인지요?"

"재무부 장관을 지내서 경제 쪽도 많이 알고 정치력도 뛰어납니다. DJP연합을 할 때에도 협상을 위해서 추진력을 보여주었습니다. 그래서 믿고 맡겨도 될 것 같습니다."

국민의회는 김원길 정책위 의장, 장재식 의원, 유종근 전북도지사를 선임했고, 자민련은 이태섭 정책위 의장, 허남훈 의원을 선임했다. 정부에서는 임창열 경제부총리, 유정하 외무부 장관, 정해주 통상 산업부 장관, 김영섭 대통령 경제수석, 이영탁 총리 행정조정실장, 이경식 한국은행 총재 등 6인으로 구성되었다.

비상경제대책위는 경제 내각과 동일한 성질의 것이었다. 정권이 바뀔 때까지는 현재 정부가 책임을 지고 운영해야 하지만 경제만큼은 김대중 정부에서 개입하려고 하는 것이었다. 정권이 바뀐 가장 큰 이유 중에 하나는 바로 경제 문제였기 때문이다. 현재 국민과 국제 사회가 김영삼 정부를 신뢰하지 않기 때문이다. 무언가 하나라도 잘못 결정이 되면 차기 정부가 그 모든 파탄의 결과를 짊어질 수도 있었기 때문이었다.

김대중은 추가로 하나의 선택을 하게 된다. 그것은 나라를 화합하고 새로운 정부가 성공적으로 업무를 진행하기 위해서 꼭 필요한 일이었다. 그것은 바로 전두환 노태우 두 대통령을 사면 복권하는 일이었다.

많은 이들의 반발이 예상되었다. 그러나 이것은 꼭 해야만 하는 일이다. 피해자가 가해자를 용서해야 진정한 화해가 가능한 것이다. 김대중이 평소에 많이 말했던 '용서론'이라는 것을 몸소 실천하게 된 것이다.

"지역의 대립도 없어야 하고 정치적 보복도 사라져야 합니다. 이것이 나의 염원입니다."

유종근 전북지사를 불렀다. 미국에서 재무부 차관이 올 것이기 때문이었다.

"이 사람들이 지금 왜 오는 겁니까? 크리스마스가 가장 큰 명절이라던데 며칠 남기지도 않고 이렇게 오는 거 보면 뭔가 중요한 요구를 할 것 같다는 생각이 들어서 지사님을 불렀습니다."

"제 생각에는 정리 해고 문제를 거론할 것 같습니다. 미국 측은 당선자의 의중을 탐색하려 들 것입니다. 테스트를 하러 오는 것입니다."

김대중은 미국 차관에게 무엇을 강조해야 하고 무엇으로 믿음을 줘야 할 것인가를 두고 생각을 하며 밤을 보냈다.

다음 날인 22일 아침, 김기환 대외협력 특별대사가 김대중을 찾아왔다.

"저는 아시다시피 미국의 정재계 인사들을 두루 만나고 왔습니다."

"수고하셨습니다. 미국 정부의 분위기는 좀 어떻습니까, 아니 그전에 외환 위기의 실체가 무엇입니까?"

"연말 외환 보유액이 마이너스 6억 달러에서 플러스 9억 달러로 예상됩니다."

김기환은 한국은행 자료를 보여주며 말했다.

"연말이라면 열흘도 안 남은 거 아닙니까? 이게 정말 사실입니까?"

"네 사실입니다."

김기환은 세부적인 내용을 말하였다.

"미국이 우리를 도와주겠습니까?"

"미국은 IMF 플러스를 요구하고 있습니다."

"그게 어떤 내용입니까?"

"정리해고제 수용, 외환관리법 전면 개정, 적대적 인수. 합병 허용, 집단소송제 도입 등입니다."

"그것은 12월 3일에 맺은 협약에는 없는 내용이 아닙니까?"

"미국은 우리에게 협약 이상의 개혁조치를 요구하고 있습니다."

"몇 십만 명의 실업자를 구하려다 4천만 명이 살고 있는 나라 전체가 부도를 맞을 수는 없지요."

김대중은 결심했다.

전두환과 노태우가 풀려났다. 전두환은 석방 소감을 발표한다.

"관록을 가지고 믿음직한 김대중 당선자가 당선된 것을 기쁘게 생각한다."

오전에 데이비드 립튼 미국 재무부 차관일행이 한국에 왔다. 김대중은 국민회의 당사에서 립튼 차관, 보스워스 주한 미 대사 일행을 만났다. 김원길 국민회의 정책위 의장, 장재식 총재경제특보, 김용환 자민련 정책위 의장, 유종근 전북지사가 배석했다. 이것은 마치 김대중 정부를 미국이 면접 보는 것과 마찬가지였다.

"앞으로 한국에서 노동 유연성이 어떨 것입니까?

"나는 분명히 말하지만 지금 공공 기관이나 일반 기업 모두 구조조정을 통해서 인력을 감축 시키지 않으면 재생할 수 없다고 믿고 있습니다. 이러한 사실을 우리 국민들이 잘 알고 있습니다. 때문에 노동자를 해고할 수밖에 없는 상황이라면 이를 실천하겠습니다. 노동자 10~20퍼센트를 해고하는 것을 주저하다가 기업이 망하면 노동자 100퍼센트가 일자리를 잃습니다. 노동자를 해고해서 기업이 살아나고 경쟁력을 갖추게 되면 해고된 노동자들은 다시 취업 할 수 있는 기회가 생깁니다. 그리고 나는 민주주의와 시장 경제를 수레의 양축으로 삼아 경제 정책을 추진시켜 나가겠습니다."

미국 대표단은 표정이 밝아졌다. 민주주의와 국민 그리고 소외받은 이들을 대변한다는 야당 출신의 당선자가 미국이 원하는 경제논리를 가지고 노동자를 해고하는 일을 발 벗고 나선다니 예상외의 수확에 미소가 나올 수밖에 없었다.

크리스마스이브에 13개 선진국과 IMF로부터 100억 달러를 조기

지원하겠다는 통보가 왔다. 눈앞의 부도 위기를 넘겼다.

그러나 문제가 없는 것은 아니다. 노동계가 이것을 이해하고 동참할 것인가의 문제가 남아 있었다. 옆에서 가만히 듣고 있던 비서들이 나와서 김대중의 의중을 확인하려 하였다.

"노동계에서 가만히 있겠습니까?"

"우리 노동계가 잘못을 하지 않은 건 아닙니다. 하지만 직접적인 위기를 만든 것은 정경 유착과 관치 금융입니다. 기업들은 양적인 성장의 관행에서 벗어나지 못해서 빚을 내고 덩치를 키웠고 정부와 금융기관은 이를 방치했습니다. 특혜 대출을 둘러싼 부정부패 시비가 끊이지 않았습니다. 재벌들은 과잉 중복투자도 마다하지 않았습니다. 경쟁력은 떨어지고 수익성도 떨어지는 사업에 금융기관의 자금을 내 돈처럼 끌어다 쓰고 성공하면 좋고, 실패하면 정부가 그 부실을 끌어안지 않았습니까? 그러다 보니 기업은 경쟁력을 잃고 금융기관은 부실해 진 것입니다."

동남아시아에서 통화 위기가 찾아왔다. 1997년 7월 태국의 바트화가 폭락하자 인도네시아, 필리핀, 말레이시아 등으로 위기가 번져나갔다. 홍콩과 싱가포르 등 국제 금융 시장마저 경색되었다. 우리 금융기관들은 달러를 차입하기가 어려워졌다. 환율 방어를 위해서 외환보유고를 소진하였고 그로 인하여 유동성 위기가 온 것이다. 성장을 위해 달려온 이 나라의 경제 모델에 종말을 가져온 것이다.

12월 24일 전경련은 경제 단체장을 만나 기업 정책의 원칙을 밝혔다. 경쟁력 없는 기업의 자진 정리, 정부 개입 축소, 대기업과 중소기업의 공조 체제 정립, 정경 유착과 관치금융의 근절이다.

25일 대통령직 인수 위원회 위원장과 24명의 위원을 발표한다. 위원장은 이종찬 국민회의 부총재, 이해찬, 조찬형, 임복진, 박정훈, 박찬주, 추미애, 김정길, 김덕규, 최명헌, 신건, 박지원등 12명은 국민회의 측에서, 자민련은 김현욱, 함석재, 김종학, 지대섭, 이건개, 정우택, 한호선, 이양희, 이동복, 최재욱, 조부영, 유효일등 12명이다.

26일 삼청동 교육행정연수원에서 현판식을 가졌다. 야당이 여당이 되는 역사적 정권교체였기 때문에 다들 긴장했다.

"인수위는 현 정부의 과거, 현재, 미래를 총 점검하는 역할을 하게 될 것입니다."

이종찬이 연두 발언을 하였다.

"청와대와 일부 부처에서 문서를 파기하고 있답니다. 특히 안기부에서 기밀서류를 파기하고 있습니다."

"고건 총리를 만나서 문서 파기를 중단할 것을 요청하겠습니다."

그러나 파기는 계속 되었다.

김대중은 김중권을 비서실장으로 발탁했다. 그는 노태우 때 정무수석을 지냈고 경북 구미 출신이었다.

29일 전방 군부대를 방문했다. 김대중은 병사들 앞에서 간단히 연설을 했다.

"안보의 주체는 사람입니다. 그래서 군의 사기는 그 어떤 무기보다도 중요하다고 하겠습니다. 사기를 올리는 일에는 여러 가지가 있겠습니다. 그 중에 하나는 공정한 인사입니다. 저는 공정한 인사를 할 것을 약속드립니다. 지역이나 학벌에 관계없이 공정한 인사가 이뤄질 때 군은 서울을 쳐다보는 것이 아니라 북을 향해 모두 힘을 쏟을 것입니다."

다음 날인 30일 김대중은 육해공 3군 지휘부가 모여 있는 대전의 계룡대를 방문했다. 이때의 감회는 남달랐다. 김대중을 가장 탄압한 것은 군부 독재 정권이었고 지금의 장성들은 그 군부독재 때 사관학교를 들어갔던 사람들이 아닌가. 김대중에 대한 여러 가지 생각이 있었을 것이었다. 그러나 김대중은 당당했다. 차기 군 통수권자이기 때문에 대통령 전용 헬리콥터를 타고 계룡대에 들어갔다. 본청 계단을 하나하나 올라가면서 드디어 여기까지 왔구나, 라는 생각을 하게 만들었다. 준장 이상의 장성 70명이 도열하여 경례를 올렸다. 이날 모인 별의 숫자를 합치면 120개라고 한다.

"군통수권자로서 군을 보호하며 함께 나아가는 동지가 될 것을 약속드리겠습니다."

군 장성들은 열렬하게 박수를 쳤다. 연설을 마치고 장성들과 함께 오찬을 했다.

3군 총장이 차례로 건배사를 했다.

"통수권자에게 충성을 다하겠습니다."

김대중의 얼굴에서는 미소가 지어졌다.

12

| 금 모으기와 구조 조정 |

"IMF는 정리해고를 원합니다."

정리해고의 입법화는 IMF와 합의한 것이다.

"차관을 더 들여오고 해외의 투자를 유치하기 위해서는 정리해고제의 도입이 불가피합니다."

김대중은 노동계를 설득하기 위해서 노동계 인사들을 만나 설득하는 작업을 시작했다.

"정리 해고는 절대 반대입니다. 재벌 총수가 개인 재산을 헌납하고 책임자 처벌을 위한 청문회를 열도록 하십시오."

민주노총의 배석범은 위원장의 대리로 출석하여 정리해고 반대 의견을 피력했다.

"노사정위원회를 만들어서 모든 현안이 합의될 수 있도록 토의를 좀 해 봅시다."

김대중은 포기하지 않고 끈질기게 설득했다.

"지금 우리의 경제사정은 정말로 어려운 실정입니다. 지금 정리해고를 하지 않으면 IMF의 지원도 끊기고, 그러면 우리나라는 정말로 큰 곤경에 빠지게 될 것입니다."

"그럴 수는 없습니다. 정리해고는 안됩니다."

"제가 누구입니까? 내가 노동자들에게 일방적으로 고통을 강요할 사람으로 생각되십니까? 지금 이러한 어려운 환경을 함께 이겨나가야 하지 않겠습니까? 부디 노사정위원회에 참여해 주세요."

김대중은 끝까지 포기하지 않고 노동계 인사들을 설득했다.

1월 4일 김대중은 국제 금융 투자가인 조지 소로스 퀀텀펀드 회장을 만났다.

"인도적 통치 철학을 지닌 민주적 지도자가 있는 나라는 국제 사회가 지원을 해야 합니다."

소로스는 김대중을 만난 자리에서 자신의 소신을 밝혔다.

"저는 김대중 대통령의 인권과 민주화를 위한 투쟁에서 많은 감명을 받았습니다."

소로스는 대통령 선거 직선에 김대중과 화상회의를 하며 외환위기 극복을 위한 조언을 해주기도 했다.

"소로스는 환투기의 귀재라는 부정적인 시각이 있었지만 구소련 해체 이후에 민주화 바람이 불던 동유럽과 러시아에 막대한 투자와 기부를 한 분입니다."

김대중은 소로스에 대한 자신의 생각을 직접 밝혔다. 이번 만남도 김대중의 초청으로 방문한 것이며 휴가 중임에도 불구하고 소로스는 직접 달려왔다.

"한국에 적극적으로 투자를 하겠습니다."

1월 15일 서울 여의도 중소기업회관에서 창립식이 열렸다. 김대중은 창립식에 참석하여 외환위기 극복을 위해 노사정 위원회가 힘써 줄 것을 당부하며 연설을 시작했다.

"영국 철학자 러스킨은 하늘이 모든 국민들에게 기회를 주는데 이를 선용하지 못한 국민들에게는 무서운 심판을 내린다고 말했습니다. 이번 외환위기는 하늘이 준 기회이기도 합니다. 잘하면 행운의 여신으로 다가오지만 못하면 불행의 여신이 파멸을 가져올 것입니다."

한광옥 노사정위원회 위원장은 10개 의제에 합의하였다.

"기업은 재벌 체제 개혁 방안과 비업무용 부동산을 매각해야 할 것입니다. 정부는 물가 안정과 사회 보장 제도 확충 등을 이루어야 할 것입니다. 노동계는 고용 조정 등에 관한 제도 정비를 논의하기로 합의할 것입니다."

정리 해고를 법으로 제도화하는 것은 쉽게 진행되지 않았다. 결국 노동계는 반대 성명을 발표하였다.

"노사정 위원회에서 합의 채택한 의제들에 대해 2월 임시국회 일정을 감안하여 조속히 일괄 타결하겠습니다."

그러나 직접적으로 합의한다는 내용은 포함되지 않았다. 그러나 대화를 통해서 해결해 나갈 수 있는 가능성을 대내외적으로 보여준 것이기도 했다.

김대중은 노동계에게 정리해고를 납득할 만한 명분을 줄 방법을 고심하다가 한 가지 방법을 생각해 냈다.

"노조의 정치 활동을 허용하고 교원노조를 1999년 7월부터 합법화하도록 하겠습니다. 그리고 노동자의 기본권을 확대하겠습니다. 공무원 직장협의회도 1999년 1월부터 설치할 수 있도록 합니다. 4조 4000억 원의 실업 대책 지원을 5조원으로 증액하여 실업자들을 지원하도록 하겠습니다. 대신에 정리해고제를 즉각 시행하고, 근로자 파견제를 도입하도록 하겠습니다."

노사정 위원회는 2월 6일 10개 의제, 90여 개 과제를 일괄 타결했다. 관련법은 2월 14일 국회를 통과했다.

국민들은 금 모으기를 시작했다. 장롱 속의 금붙이를 꺼내어 은행으로 가져갔다. 전국의 은행마다 금을 든 사람들이 줄을 섰다. 금반지, 금 목걸이가 쏟아져 나왔다. 모두가 사연이 있는 물건이었다. 국민들이 나라의 빚을 자신의 금으로 갚으려 하였다. 신혼부부는 결혼반지를 내놓았고 젊은 부부는 아이들의 돌 반지를 내놓았다. 노부부는 자식들이 사준 효도 반지를 내놓았다. 운동선수들은 금메달을 내놓기도 했다. 김수환 추기경은 추기경 취임 때 받은 십자가를 내놓았다. 이러한 사연들이 티비를 통해서 사람들에게 전파되었고 세계도 놀라워하며 이 뉴스를 전달하였다. 이희호는 행운의 열쇠 4개와 반지 등 120돈 가량을 내 놓았고 김대중도 100돈 정도를 내 놓았다. 이러한 금 모으기 운동은 김대중의 아이디어였다.

"우리나라가 연간 60억 달러의 금을 수입하는데 상당 부분 금고에 쌓여 있습니다. 금 모으기 운동을 하여 이를 내다 팔면 달러를 마련할 수 있을 것입니다."

시민단체와 방송사들이 참여하여 1998년 3월까지 계속 되었다. 전국의 350만 명이 226톤의 금을 내 놓았다. 당시 시세로 21억 5000만 달러어치였다. 모아진 금은 수출을 하여 달러가 들어왔다. 1998년 2월 수출이 21퍼센트나 급증하여 무역 흑자가 32억 달러에 이르렀다. 그 중 금 수출액이 10억 5000만 달러였다.

전 세계가 감동하여 한국을 돕자는 분위기가 조성되었다. 한국의 이미지가 새로워지고 대외신인도에도 긍정적인 효과를 미쳤다. 전파를 타고 전 세계로 한국의 금 모으기 운동이 퍼져나갔다.

1월 18일 김대중은 당선 후 처음으로 국민과의 대화라는 이름으로 티비에 출연하게 되었다.

"경제 위기의 실상을 말해주세요."

"나도 정치를 했지만 나라가 이런 정도일 줄은 몰랐습니다. 당선된 후 실정을 보고 받았을 때의 심정은 마치 열쇠를 받아 금고를 열어 보니 돈이라고는 1000원도 없고 빚만 산더미 같이 쌓여 있는 것을 본 것과 같았습니다. 현 정권의 집권 당시 외채가 400억 달러였는데 어떻게 1500억 달러가 됐는지. 그간 우리는 남의 빚을 갖고 살아왔습니다. 그러다 채권국들이 빚을 갚으라고 독촉하면서 파산 지경에 들어가게 됐던 것입니다. 3월 말 안에 갚아야 할 단기 외채가 251억 달러에 달합니다. 그러나 오늘 보고 받아 보니 현재 외환 보유고는 120억 달러밖에 없습니다. 이를 해결할 수 있는 길은 빚을 연장, 단기 외채를 장기 외채로 바꾸는 것과 외국 투자를 빨리 많이 유치하는 것입니다. 수출도 증대시켜야 합니다. 현실은 상당히 심각하지만 국제적 신인도가 좋아지고 국민들이 금 모으기 운동 등 열심히 협력해 세계적인 감동을 불러일으키고 있습니다. 위기는 조금 넘어가고 있는데 아직도 안심할 단계는 아닙니다.

외국 자본을 적극적으로 유치하려고 합니다. 외국인 투자가 가져오는 장점에 대해서 이야기를 하겠습니다. 첫째로는 외화를 끌어들이고, 둘째는 외국의 우수한 경영 기법을 배워 국내 동종 기업의 체질이 강화되고, 셋째는 그만큼 일자리가 많이 생긴다는 것입니다."

"국가 부도 위기를 풀기 위해 정부와 재벌의 개혁을 가시적으로 해 주시길 바랍니다. 또 정경 유착도 끊어 주십시오."

출연자가 마이크를 받아 김대중에게 질문을 했다.

"1955년부터 사상계 등에 노동 문제의 글을 쓰고 노동자의 관심을 많이 가졌습니다. 그래서 지금의 노동 문제를 생각하면 가슴이 아픕니다. 먼저, 정경유착의 시대는 지났습니다. 김영삼 정권에서 기업들이

1400억 원의 기탁금을 여당에 주면서 우리에게는 1400원도 주지 않았습니다. 우리는 기업에 빚진 것이 없어 정경 유착을 할 이유가 없습니다. 나는 국제 시장에 가서 달러를 많이 벌어 오고, 국민에게 일자리를 많이 주고, 세계에서 제일 질이 좋으면서도 가장 싼 제품을 만드는 기업인을 좋아합니다. 실업 문제에 최선을 다하겠습니다. 기업에게도 과거에는 상상 못할 요구를 해서 체질 개선을 하겠습니다. 결합재무제표도 만들고, 상호 보증도 못하게 하고, 주력 기업을 빼고는 정리하게 하고, 기업 총수에게 사재를 투자하도록 하고 경영을 잘못하면 물러나게 하겠습니다. 결코 노동자에게만 가혹하게 하지 않을 것입니다. 청와대 직원도 절반으로 줄이고 정부도 과감하게 축소할 것입니다. 지금 저는 두 가지 심정이 듭니다. 국민의 고통과 불안을 생각하면 가슴이 아픕니다. 동시에 한편에서는 여러분이 역사의 주인으로 반드시 나라를 구할 수 있다는 생각입니다. 우리는 저력을 보일 수 있습니다. 위기 극복을 위해 정부는 필사의 노력을 다하겠습니다. 사실을 정확하게 국민에게 보고하겠습니다. 금년에는 어쩔 수 없습니다. 어떻게든 이겨 내서 내년 중반부터 희망을 가질 수 있도록 하겠습니다."

1998년 봄은 김대중에게 있어서 가장 마음이 아픈 날의 연속이었다. 외환위기를 이겨내기 위해서, 아니 견뎌내기 위해서 수많은 노동자들이 일자리를 잃어야 했다. 마음이 아팠지만 세계가 우리를 믿도록 하기 위해서는, 또 우리를 돕도록 하기 위해서는 어쩔 수 없는 선택이었다. 관치경제를 청산하고 진정한 시장 경제로 옮겨 가야만 가능하다고 김대중은 믿고 있었다. 위기는 기회이다. 개혁 없이는 어떠한 원조도 외자 유치도 외채 연장도 불가능했다.

"시장 경제의 기본 원칙은 자유 경쟁과 책임경영입니다. 그동안 정부의 통제와 보호아래 있었던 기업과 금융기관들은 이러한 원칙이 지배하는 시장 속으로 들어가야 했습니다. 정부 조직과 공기업 등 공공 부문에도 시장 경제 논리를 적용해야 했습니다. 노동 부문도 국제적인 흐름에 맞춰 경직된 노동 시장을 유연하게 바꿔야 합니다. 그래서 나는 기업, 금융, 공공, 노동 부문을 전면적으로 쇄신하려고 합니다. 이것이 바로 4대 부문 개혁입니다."

김대중은 4대 개혁을 기본적인 국정 운영의 원칙으로 삼았다. 4가지 중에 가장 역점을 둔 것은 금융 개혁이었다.

"금융 개혁의 초점은 은행입니다. 은행이 개혁의 중심이 되어야 합니다. 은행이 경쟁력을 회복하여 원래의 기능을 회복하는 것이 모든 개혁의 시작이라 할 것입니다. 그래야 기업에 압력을 제대로 행사할 수 있습니다. 외환 위기가 온 것도 은행들이 기업 가치를 제대로 평가하지 않고 대기업에 대규모 대출을 해주었기 때문입니다."

김대중은 자신의 평소 소신을 밝혔다.

"그동안 은행 임원들은 금융 관료가 되어 있었습니다. 정작 돈을 맡기는 선량한 고객들은 주인 행세를 못하고 대기업들이 대출을 독점하고 있습니다. 관치 금융의 산물이라고 할 것입니다. 나는 대통령에 당선되고 나서 그 누구든 은행 인사에 관여하지 말고 대출 등에 영향력을 행사하지 말라고 지시했습니다. 나 또한 어떠한 청탁도 하지 않았습니다. 부실 은행은 되도록 빨리 퇴출시켜야 합니다. 부실 은행을 그대로 두면 추가 부실을 막으려고 자금을 보수적으로 운영할 수 있습니다. 이는 신용 경색을 심화시켜 기업 부실로 이어지고 다시 금융 자산을 부실화 시킵니다. 부실의 악순환인 것이지요. 지금 은행 부실 대출의 규모가 무려 120조원이나 됩니다. 부실이 부실을 부르니 나라 전체가 부실해 질 수 밖에 없습니다. 은행이 제 기능을 해야 기업이 바로 서고, 기업이 건강해야 나라 경제가 튼튼해지는 것이 상식입니다.

이러한 상식대로 은행의 구조 조정을 투명하게 진행해야 할 것입니다."

금융감독위원회는 1998년 5월 20일 은행경영개선계획평가위원회를 구성하여 12개 은행이 제출한 경영 정상화 계획 심사에 들어갔다. 퇴출 대상 은행이 어느 정도 결정되자 반발이 일어났다. 살아남기 위해서 로비가 벌어졌고 연줄을 동원하여 읍소를 했다. 때로는 협박을 하기도 했다.

"금감위원장님 어떤 경우에도 흔들리지 말고 원칙대로 처리하세요."

이헌재 금감위원장이 은행 퇴출 발표를 한 것은 6월 29일의 일이다.

"동화, 대동, 경기, 충청은행은 퇴출될 것입니다. 외환, 조흥, 한일,

상업, 평화, 강원, 충북은행은 경영진 개편과 유상 증자 규모 확대를 조건으로 경영 정상화 계획을 승인하였음을 알려드립니다."

퇴출 은행이 발표되자 은행 노조의 반발은 엄청났다. 한국노총과 민노총은 퇴출 은행원의 고용 승계를 요청하였다. 하지만 인수 은행에서는 재고용을 기피하였다. 5개 은행 8000명의 직원 중에 5000명은 일자리를 잃었다. 나머지 살아남은 7개의 은행에게는 한 달의 시간이 주어졌다. 외자 유치나 합병 등의 경영 정상화 방안을 마련하도록 했다. 대형은행은 합병이 되었다. 한일은행과 상업은행이 합병에 합의하였고, 그리하여 100조 규모의 한빛은행이 탄생하였다.

조흥은행은 1999년 2월 강원, 충북은행과 합병을 발표했다. 외환은행은 1998년 7월 독일 코메르츠 은행으로부터 3500억 원을 유치하여 독자적인 경영 정상화에 나섰다. 국민은행과 장기신용은행이 1999년 1월 5일 합병했다. 하루 뒤에는 하나은행과 보람은행이 합병을 발표하였다. 1998년 6월 말 5개 부실은행 퇴출로 시작된 구조조정이 마무리되었다.

1997년 말 2101개나 되었던 금융 기관 중에 회생 가능성이 없는 659개가 문을 닫았다. 뿐만 아니라 금융 기관의 자기 자본 비율을 국제 수준으로 높이고 은행의 부실 채권 비율을 12.9퍼센트에서 3.4퍼센트로 크게 낮췄다.

금융 구조조정을 위해서 막대한 공적자금이 투입되었다. 금융 기관들이 안고 있는 부실 채권을 정부가 사들여 재무 상태를 건실하게 해 주고, 자본금을 확충해 자금 중개 기능을 원활하게 할 수 있어야 했다. 그러나 공적 자금이 얼마나 필요한지 알 수 없었다. 금융 기관의 부실 규모를 파악하는데 어려움이 있었다.

"최소한 50조원은 필요할 것으로 보입니다."

이규성 재정부 장관이 보고했다.

제일은행에 투입된 14조를 포함하여 총 64조의 공적자금이 투입되었다. 후에 40조원이 추가로 동원되었다. 김대중 정부가 그동안 투입한 공적자금은 159조 6000억 원이었다.

두 번째로 기업 개혁을 처리해야 했다. 기업을 개혁하기 위해서는 무엇보다도 재벌이라 불리는 한국의 대기업 총수들과 직접 대화를 통해 처리하지 않으면 안 되었다. 김대중은 1998년 1월 13일 삼성의 이건희 회장, 현대의 정몽구 회장, LG의 구본무 회장, SK의 최종현 회장을 만나 5개 항에 대해서 합의를 했다.

"기업 경영의 투명성 제고, 상호 지급 보증 해소, 재무 구조의 획기적 개선, 핵심 주력 사업으로의 역량 집중 및 중소기업과의 협력 강화, 지배 주주와 경영자의 책임성 강화가 꼭 필요합니다. 여기에 덧붙이자면 재벌 총수 여러분들의 사재 출연이 필요합니다. 시장경제를 한다면서 개인 재산을 환원하라고 말을 하는 것이 이상하게 느껴지실 수도 있습니다. 부당하게 느껴지실 수도 있어요. 그러나 여러분들에게 쏟아지는 사회 각계각층의 비난을 무시할 수는 없을 겁니다. 노동계에서는 재벌 총수들이 부정 축재를 했으니 개인 재산을 환수하라고 요구하고 있습니다. 이것을 국가에서 환수하는 것은 무리가 있다고 생각합니다. 그래서 한 가지 제안을 하려고 합니다. 여러분들의 재산을 자신의 회사에 투자하는 방법입니다."

재벌들은 순순히 응하려 하지 않았다. LG와 현대가 구조조정을 발표했다. 적자나는 계열사만 정리하려고 하였다.

"30대 재벌의 구체적인 구조 조정안을 제출 받으세요."

김대중은 비상경제 대책위원회에 지시를 했다. 주거래 은행을 통해 그룹별 구조 조정 계획을 평가하도록 했다. 은행을 통한 재벌 개혁이었다.

"정부가 재벌들에게 직접 구조 조정을 압박하지 않고 은행이 그릇된 관행을 바로잡도록 했다. 정경 유착을 통해 엄청난 대출 특혜를 받은 기업이 다시 돈줄을 죄면 무너질 것이다. 그러니 스스로 살아남기 위해서는 구조 조정을 통해 스스로 변해야 할 것이다.

김대중은 기업 구조 조정을 위해서 경제대책조정회의를 신설했다. 대통령이 의장을 맡고 재경부, 산자부, 노동부 장관, 기획예산위원장, 금감위원장, 한은 총재, 정책 기획수석, 경제수석 등을 참여시켰다.

이헌재 금감위원장이 6월 3일 퇴출기업명단을 보고 했다. 5대 그룹 계열사는 보이지 않았고 21개사만 퇴출 대상에 포함시켰다.

"다시 진행하시오. 5대 그룹이 앞장서서 구조 조정을 해야 합니다."

다음날 금감위원장이 퇴출 대상 기업을 다시 보고했다. 55개의 퇴출 기업이 선정되었고 5대 재벌 계열사가 20개 포함되어 있었다. 은행이 기업을 한꺼번에 정리한 것은 대한민국의 은행이 생기고 처음 있는 일이었다.

"기업들이 앞장서서 수출을 대폭 늘리고 나라 곳간을 일거에 채웁시다."

김우중 대우그룹 회장이 1998년 1월 24일 제안을 했다.

"불필요한 수입을 대폭 줄여서 500억 달러의 무역 흑자를 올리면 일시에 외환위기를 극복할 수 있습니다."

대우는 2월 2일 GM과 70억 달러 규모의 외자를 유치한다는 양해각서를 체결했다는 발표를 했다. GM 회장이 청와대를 찾아와 대우와 합작 방침을 설명하기도 했다. 그러나 미국 GM은 본사의 총파업이 일어나 외자 유치가 불가능해졌다. 대우는 기아차 인수로 방향을 틀었으나 이마저도 무산되었다.

김우중은 김대중을 만났다.

"구조조정을 더 적극적으로 하겠습니다. 그리고 지금 부실로 어려움을 겪고 있는 삼성차를 인수하겠습니다. 그리고 대우전자를 삼성에 넘기겠습니다."

이러한 구상은 시기를 놓쳤다. 정부는 무역 금융을 제한하였고 수출 의존도가 높은 대우는 자금 압박을 받았다.

"현대와 대우가 문제입니다."

강봉균 수석은 공개적으로 두 기업을 지적했다. 김우중은 4월 19일 대우가 자구 계획을 추가로 발표했다.

"주력 기업인 대우중공업 조선 부문과 힐튼호텔 등 11개 계열사 및 사업부문을 추가로 매각할 것입니다."

그러나 시장은 반응이 없었고 대우의 자금난은 갈수록 심해졌다. 삼성이 빅딜을 포기해버렸다. 그리고 삼성자동차는 법정관리를 신청했다. 김우중 회장은 10조 원어치의 전 재산을 담보로 내놓았지만 시장은 냉정했고 8월 26일 대우 12개 계열사는 워크아웃에 들어갔다.

김우중은 전경련 회장직을 사퇴하고 10월 출국했다. 그 후로 여러 나라를 유랑하는 신세가 되었다.

세 번째로 정부조직 개혁이다. 박권상 위원장이 정부조직개편 심의위원회를 발족했다.

"작지만 효율적인 정부가 필요합니다. 대통령이 중심이 되어 효과적으로 리더십을 발휘할 수 있는 국정 운영 체계를 개선합시다. 예산과 인사기능을 대통령 직속으로 하는 방안을 검토하세요."

김대중의 뜻에 따라 재경원 예산실을 장관급이 맡는 기획예산처로 바꿔 대통령 직속으로 하고, 중앙인사위원회를 신설하여 대통령 직속으로 두는 안이 마련되었다.

야당인 한나라당은 반발하였다.

"이것은 예산과 인사를 대통령 직속으로 두어 대통령이 인사를 좌우하고 전횡하려는 포석입니다."

정부 조직 개편안은 3당 원내총무와 정책위 의장의 회의에서 타협이 이루어졌다.

기획예산처는 기획예산위원회와 예산청으로 분리해 각각 대통령 직속과 재경부 산하에 두고 예산 편성은 기획예산위원회에서 작성하고 실무적인 예산 집행은 예산청이 하기로 하였다. 중앙인사위원회는 백지화 되었다.

"재경원은 재경부로 변경하고 예산 기능은 예산청으로 옮긴다. 금융 감독 업무는 금융감독위로, 대외 통상 업무는 외교통상부로 이전합니다. 이것은 재경원이 경제 정책 전반의 기능을 가지고 있다 보니 잘못된 정책에도 질책을 받지 않는 등 폐해가 많기 때문입니다. 통성 교섭 기능은 외교부로 통합하여 외교통상부로 개편한다."

"정부 조직을 진단해 보겠습니다. 민간 컨설팅에 맡겨보려고 하는데 어떻게 생각하십니까?"

진념 기획예산위원장이 정부 조직을 진단해 보겠다며 아이디어를 냈다.

"민간 기관의 시각으로 정부 조직을 진단하는 것이 나름 의미가 있어 보입니다."

정부 관료들이 주무르다 보니 부처 이기주의가 기승을 부려 과감한 개편이 이루어질 수 없다는 판단에서였다.

19개 민간 컨설팅사가 정부 조직을 9개 분야로 나누어 조직 진단을 실시하였다. 4개월의 작업 기간이 소요되었다. 기획예산위원회와 예산청을 통합하여 기획예산부를 만들었다. 예산과 인사기능을 강화하였다. 중앙인사위원회를 신설하였다. 산업자원부, 과학기술부, 정보통신부를 통합하여 산업기술부로 개편하고 노동부와 복지부를 노동복지부로 통폐합하며 해양수산부를 폐지하는 안이 들어 있었다. 진념 위원장은 부처 장관들의 의견을 수렴하였고 동의하였다고 보고했다. 그러나 자민련의 반발이 심하였다. 내각제로 개헌을 주장하는 자민련은 대통령에게 권한이 집중되는 정부 조직 개편안을 성토하였다.

"김종필 총리와 진념 위원장이 함께 협의하도록 하세요."

김대중의 뜻에 따라 김종필 총리는 국무위원 간담회를 열고 당정회의를 열어 의견을 조율하였으나 부처 통폐합은 백지화되었다. 대통령 직속으로 두려하였던 기획예산부도 기획예산처로 바꿔 총리실 산하에 두었다. 중앙인사위원회만 신설하도록 하였다.

"규제 완화 속도가 너무 완만합니다."

김대중은 규제 개혁을 외쳤다. 그러나 관료들은 판에 박은 대책들을 내 놓있다.

"모든 규제를 점검하여 꼭 필요한 규제만 남기고 모든 것을 없애시오."

규제가 완화되면 독과점 지위를 상실하는 이익집단들이 필사적으로 로비를 펼쳤다.

약 50%의 규제가 폐지되었다.

공기업 11개를 민영화 대상에 선정하였다.

"대표적인 공기업인 포철은 민영화 할 필요가 있습니다. 포철의 창업자이신 박태준 총재는 어떻게 생각하십니까?"

"민영화에 동의합니다. 필요한 일이지요."

"국민의 정부는 공기업 민영화를 더 과감하게, 일관성을 가지고 철저히 진행하시오."

포철은 외국 자본의 적대적 인수 합병을 우려하여 2차 매각 대상에 포함되었다. 한전도 경영자들이 매각 반대를 표출하였다.

기획예산위원회는 공기업 민영화 계획을 발표하였다. 26개 공기업 중 11개를 민영화 대상으로 선정하였다. 포철, 한국중공업, 한국종합화학, 한국종합기술금융, 국정교과서는 완전 민영화 대상으로 선정하였다. 한국통신,담배인삼공사,한국전력,대한송유관공사,한국가스공사,지역난방공사는 단계적으로 추진하게 되었다.

김대중은 정리해고 도입에 따른 합의를 이행하였다.

교원노조와 민노총을 합법화 하고 노조의 정치 활동을 보장해 주었다.

전국교직원노동조합은 노태우 정부 당시에 불법으로 규정하고 1500명을 파면 해임시켰다. 김영삼 정부 때 1200명이 복직되긴 했지만 전교조의 합법화는 이뤄지지 않았다. 김대중은 전교조의 실체를 인정해야 한다고 밝혔다.

　민주노총에 대해서는 실체를 인정하였다. 그래야 대화를 할 수 있기 때문이었다. 노동부가 민주노총에 노조 신고필증을 교부해 준 것은 1999년 11월 23일이었다.

　하루에 1만 명씩 일자리를 잃었다. 기업 1000개가 하루에 문을 닫았다. 외환 문제와 실업문제가 큰일이었다. 실업자는 150만에 이를 것이다. 딸린 식구를 생각하면 수백만 명이 될 것이다.

　마침 제3의 물결을 저술한 앨빈 토플러 박사가 서울을 방문하였다. 그래서 김대중은 세계적으로 저명한 학자인 앨빈 토플러를 불러서 실업대책에 관해서 물었다.

　"실업 문제에 대해서는 쉬운 해결책이 없는 것으로 알고 있습니다. 미국의 경험에 비추어 보면 지금 대통령께서 강조하시는 중소기업의 육성은 대단히 중요한 것입니다. 지난 10년 동안 미국에서 대기업들은 고용 규모를 감축했습니다. 이에 반해 중소기업들은 고용을 늘렸습니다. 그래서 결과적으로 중소기업에서 늘린 고용이 대기업에서 줄인 고용보다 많았습니다."

　김대중은 중소 벤처기업 육성으로 실업문제를 해결하려 하였다.

　기업에게 종업원 해고를 늦춰 달라고 권고하고 그럴 경우 정부가 보상을 해 줄 것을 약속했다. 중소 벤처 기업을 육성하여 일자리를 만들려 하였다. 그리고 새로운 일자리에 적응할 수 있도록 직업 훈련을 시킬 것을 지시하였다. 그리고 사회안전망을 만들어 최소한의 생계를 국가가 책임질 것이었다.

　국민의 정부초기에 경제 관련 인사들은 자민련 추천의 인사들이었다. 이규성 재무부 장관, 이헌재 금감위원장, 김용환 자민련 부총재, 등이 김대중의 의견을 따라 경제위기를 극복하고 경제를 개혁하는데 수고하였다.

　위기의 국가를 수술하는데 정말로 크나큰 상처가 생겼다. 그러나 대한민국은 그 큰 수술로 인하여 다시 한 번 세계로 도약할 수 있었다. 이것은 김대중이 대통령이 된 이유이기도 하고 국민의 뜻이기도 했다. 김대중은 고령의 나이에도 불구하고 차근차근, 하지만 속도를 높여서 국가를 개조하기 시작했다.

13

| 각국 정상과의 회담 |

    1998년 11월 김대중은 중국 방문길에 올랐다. 장쩌민 국가 주석의 초청을 받은 국빈방문이었다. 1992년 선린우호관계가 된 이후에 김대중의 방문 이후 한국과 중국의 사이를 동반자 관계로 격상시켰다. 중국은 수교, 선린, 우호, 동반자, 전통적 우호협력, 혈맹, 이렇게 5가지 단계로 외교를 맺고 있다. 북한과는 한국전쟁 이후로 혈맹이었으나 한국과 중국의 수교 이후 전통적 우호 협력 관계가 되었다. 미국과 러시아와는 전략적 동반자 관계다. 중국 입장에서는 한국과 교류를 할 때 북한을 의식하지 않을 수 없었을 것이다.
    비행기에 오른 김대중은 이전에 중국을 방문했을 당시를 떠올리며 잠시 생각에 잠겼다. 4년 전에 방문했을 당시 만해도 정계를 은퇴한 상태였고 방문 자격은 아태평화재단 이사장이었다. 베이징 대학에서 강연을 하기도 했다. 강연의 주제는 한반도의 통일과 중국이었다.

이번에는 대통령이 되어 방문하는 것이니 기분이 다를 수밖에 없었다.

숙소인 조어대에 도착하니 교포들이 기다리고 있었다. 중국의 발전가능성과 한국과 중국의 관계가 앞으로 중요해질 것이라고 생각하고 있었기에 김대중은 자신의 생각을 동포들과 나누는 간담회를 가지게 되었다.

"중국은 지금 세계에서 일곱 번째의 경제력을 가지고 있지만, 중국이 지닌 잠재력은 세계의 첫째가 될지 둘째가 될지 모릅니다. 그러한 중요한 국가에 여러분이 와 있습니다.

우리는 중국에 대해 대단히 좋은 지리적 이점을 가지고 있을 뿐만 아니라 역사, 문화적인 이점도 가지고 있습니다. 그리고 한국은 4대국 사이에 끼여 있는데, 자칫 잘못하면 찢기고 당할 수 있지만, 잘만 하면 우리의 지정학적 중요성 때문에 4대국이 서로 협력하려 할 것입니다. 말하자면 색시 하나를 두고 신랑감 넷이 프러포즈를 하게 만들 수 있는 것입니다. 그것이 외교입니다. 그 가장 중요한 외교 상대 가운데 하나가 바로 중국입니다. 그런 점에서 중국은 오늘 이 시점에도 중요하지만 내일은 더 중요한 나라입니다."

교포들은 박수를 치며 김대중의 연설을 환영했다. 질문과 답변이 오고 간 이후 식사를 하게 되었다. 김대중은 조어대에서의 추억이 떠올랐다. 1996년 북한의 잠수함 침투 사건이 발생한 직후에 방문한 적이 있었다. 그 당시에 김대중은 야당 총제였는데 중국정부가 신변안전을 이유로 특별히 경호원을 붙여서 경호를 해 주었다. 그리고 조어대를 숙소로 잡아주었다. 조어대는 국빈들이 머무는 중요한 장소였던 것이다. 김대중은 중국을 방문한 김에 중국내의 정치인들과 대화를 나누고 싶었다. 그래서 주룽지 국무원 부총리에게 면담을 신청했었다. 면담을 신청한 당시에는 다른 약속이 있다면서 면담을 거부했었다. 그런데 얼마 지나지 않아서 헬기를 타고 조어대에 나타났던 것이다. 주룽지 총리가 만난 최초의 한국 정치인이 바로 김대중이었던 것이다.

"한국의 민주주의를 위해 살아온 역정에 대한 존경심에서 김 선생님을 만나러 왔습니다. 20분 정도만 얘기를 나눕시다."

김대중이 먼저 10정도 자신의 생각을 이야기하기 시작했다. 듣고 있던 주룽지는 김대중의 이야기가 끝나자마자 25분정도를 혼자서 말했다. 두 사람은 중국 경제와 미래에 대해서 생각을 주고받았다. 개방을 하고 나서 점점 성장해 가는 중국은 조그마한 눈덩어리가 산을 굴러 내려오면서 거대해지는 것처럼 점차 발전 속도가 빨라질 것이다. 김대중은 다음날 있을 장쩌민 국가주석과의 회담이 앞으로 한국의 미래에 큰 영향을 줄 것이라는 생각에 마음을 단단히 먹었다.

11월 12일 오천에 인민대회장 동대청에서 김대중은 중국의 장쩌민 주석과 단독회담을 가졌다. 장쩌민과 김대중은 나이가 같았다. 장쩌민이 호탕하게 웃으며 먼저 대화를 시작했다.

"김 대통령께서는 저보다 불과 8개월 연장으로서 나이가 비슷한데 저보다도 젊어 보이십니다. 김 대통령께서는 평범치 않으신 삶을 살아오신 것으로 알고 있습니다. 김 대통령을 뵙고 보니 두 가지 생각나는 말이 있습니다. 하나는 '뜻이 있는 사람은 반드시 이룬다.'는 말입니다. 대통령께서는 여러 풍파를 거친 뒤 대통령에 당선되셨습니다. 다른 하나는 '난국 속에서도 죽지 않으면 나중에 복이 온다."라는 말입니다. 김 대통령께서는 여러 위험을 무릅쓰고 나서 복을 받으셨다고 할 수 있습니다."

장쩌민 주석의 덕담에 김대중이 화답을 하였다.

"외국에 나가면 나이보다 젊어 보인다며 그 비결을 묻는 경우가 많습니다. 오랫동안 군사 독재의 박해를 받으며 지내오는 동안 제 인생이 중단되다시피 했습니다. 그래서 노화도 중단되어야 한다고 설명하곤 했습니다."

김대중의 박해 유머에 장 주석이 크게 웃었다. 김대중은 분위기를 풀었으니 자신의 생각을 꺼내기 시작했다.

"북한이 최근 최고인민회의를 열어 헌법을 개정했습니다. 그 안에 사회주의 시장 경제 초기 단계 조항이 포함되어 있습니다. 또 중요한 변화는 김정일 위원장이 현대그룹과의 협력에 과거에 비해 긍정적인 태도를 보였다는 것입니다. 우리는 이러한 변화를 주목하면서 인내심을 가지고 점진적으로 북한과의 교류를 추진해 나갈 예정입니다."

"우리는 남북한 당사자 간 해결 원칙을 견지해 왔습니다. 한국의 대북포용 정책은 올바른 정책이라 생각합니다. 북한은 경제 상황의 악화로 생존 문제가 걸려 있는 만큼 최근 더욱 외부의 동향에 민감한 반응을 보이고 있습니다. 이럴 때 따뜻한 바람이 아니라 찬바람이 불어온다면 옷을 벗지 않고 더 껴입을 것입니다. 인내심을 가지고 자존심을 상하지 않게 하고, 자극하지 않으면서 너그러운 환경을 갖는 것이 중요합니다. 한반도의 평화 안정이 중국의 기본 입장입니다. 남북 양측이 점차 신뢰를 회복하고 관계를 개선해 나가기를 희망합니다."

김대중과 장쩌민의 회담은 원래 40분 예정이었다. 그러나 두 사람의 대화가 길어져 100분 동안 진행되었다. 단독 회담을 마치고 나서 공식 수행원이 참여하는 확대 정상회담을 가지게 되었다.

"한국과 중국의 관계를 양국 국가 이익 및 동북아 평화와 안정을 위하여 포괄적 협력 동반자 관계로 격상시키는데 합의 하였습니다."

총부리를 겨눈 북한과 혈맹인 중국, 대한민국은 이전까지 적군이었던 중국과 수교를 하게 되어 김대중의 방문을 통해 협력 동반자 관계가 되었다. 이러한 상호간의 외교적 성과를 축하하는 장쩌민 주석 주최의 만찬이 저녁에 열리게 되었다. 인민대회당 서대청에서는 사람들이 북적거렸다. 기자들이 몰려들었고 진미가 연이어 상에 올랐다.

김대중과 장쩌민은 같은 테이블에 앉아 함께 먹고 마시며 대화를 나눴다. 장쩌민은 김대중에 대해서 많은 것을 알고 있었다. 그가 어떠한 고초를 겪었는지, 그리고 어떠한 말을 했는지, 등을 비교적 자세히 알고 있었던 것이다.

화기애애한 분위기가 계속되는 서대청 안에는 중국의 민요가 울려 퍼졌다. 중국 군악대가 한국과 중국의 민요를 번갈아 연주하며 흥을 돋우고 있었던 것이다. 마침 저녁노래라는 중국의 민요를 여가수가 부르자 장쩌민은 노래를 따라 불렀다. 노래가 끝나고 나서 장쩌민은 근무하는 종업원들을 격려하였다. 그러면서 말했다.

"음이 높아서 마지막 소절을 완전히 따라 부르지는 못했습니다."

옆에서 듣고 있던 김대중이 손짓을 하며 한 번 더 불러 보기를 청하자 장쩌민은 군악대에게 한 번 더 반주하기를 요청했다.

장쩌민은 노래 실력이 뛰어 났다. 노래를 마치고 나자 마이크를 김대중에게 넘겼다. 김대중은 자리에서 일어나서 이희호에게 다가갔다. 그리고 두 사람이 함께 마이크를 잡았다.

"어떤 노래를 하면 좋을까요?"

김대중이 군악대 지휘자에게 물었다. 어떤 노래를 연주 할 수 있는지 몰랐기 때문이다.

"도라지 타령이 어떠십니까?"

김대중은 흔쾌히 승낙하고 이희호의 손을 잡고 도라지타령을 불렀다.

"도라지 도라지 도라지 심심 산천에 백도라지
한 두 뿌리만 캐어도 대바구니 철철 다 넘는다.
에헤요 에헤요 에헤요
에야라 난다 지화자 좋다
얼씨구 좋구나 내 사랑아."

김대중과 장쩌민은 때로는 통역을 옆에 두지 않고 영어로 대화를 나누기도 했다. 두 사람은 마음이 통하는 듯 했다. 호쾌하게 식사를 하고 노래를 주고받으며 우의를 다졌다.

김대중은 다음날 중국의 최고 명문대학인 베이징 대학에서 강연을 하였다. 이번 강연은 세 번째 강연이었다. 마침 베이징 대학교가 개교한지 100주년이 되는 해였다. 김대중은 실사구시(實事求是)라는 휘호를 선물했다. 베이징 대학교 대강당에서 연설을 하게 되었는데 강당에는 일천 명이 넘는 사람들이 모여 있었다. 교수와 학생들로 가득 차 있어서 통로가 보이지 않을 지경이었다.

"한중 두 나라 사이에 걸쳐진 포괄적인 동반자 관계의 다리를 딛고 양국의 젊은이들이 21세기 세계의 무대 위에 다 같이 주역으로 등장할 것을 나는 열렬히 바랍니다. 우리나라 젊은이와 여러분은 그러한 가능성을 충분히 간직하고 있습니다. 손에 손을 잡고 전진하십시오. 귀국 정부의 지도자들과 나는 그러한 다리를 놓는 역할을 기꺼이 다할 것입니다."

학생들은 열렬한 박수를 치며 민주주의를 위해 투쟁하다 대통령이 된 김대중의 연설에 답을 했다.

베이징 대학교 강연이 끝난 후에 중국 최고 지도자들과 면담을 가졌다.

주룽지 총리, 리펑 전인대 상무위원장, 후진타오 부주석, 첸치천

부총리 등을 잇달아 만나 개별 회담을 가졌다.

주룽지 총리와 조어대에서 면담을 가질 때에는 김대중은 심각한 이야기를 꺼내지 않을 수 없었다.

"총리님 위안화의 절하를 유보해 주십시오. 그에 따른 한국과 중국의 경제 협력에 관해서 제가 생각한 바를 이야기하겠습니다. 첫째로 중국의 원자력 발전소 건설에 한국의 기업이 참여할 수 있으면 좋겠습니다. 한국은 원자력 발전에 대한 기술과 경험을 많이 가지고 있습니다. 이것은 중국이 원자력발전소를 만드는 것에 도움이 될 것입니다. 앞으로 중국은 경제가 더욱더 발전하게 될 것이기 때문에 원자력 발전은 반드시 필요할 것입니다. 한국이 이러한 경험을 나눌 수 있게 되면 좋겠습니다. 두 번째로 완성차 조립 공장을 세울 수 있도록 허용해 주시기를 요청드립니다. 한국은 자동차 산업을 짧은 시간 동안 급격하게 성장시킨 경험이 있습니다. 한국의 완성차 공장이 중국에 생기게 되면 고용이 늘어날 것이고 한국의 노하우를 전수받게 될 것입니다. 자동차 산업이 발달하면 부품산업도 발달하게 될 것입니다. 이러한 기술 개발은 중국의 경제 성장에 반드시 도움이 될 것입니다. 그리고 세 번째로 CDMA 방식의 이동통신 산업이 중국에 진출 할 수 있도록 해주시면 좋겠습니다. 한국의 CDMA는 우리 고유의 기술로 주파수 활용도가 높고 인구밀집지역에서도 사용이 용이합니다. 중국의 대도시에 늘어나는 인구와 통신 산업의 발전에는 주파수 반할 방식보다 코드 분할 방식이 더욱 어울릴 것입니다. 네 번째로 한국의 금융기관이 중국에서 위안화로 영업을 할 수 있도록 지원해 주시기 바랍니다. 한국의 금융 기관이 위안화를 처리할 수 있게 된다면 한국과 중국의 무역에도 조금 더 활력을 줄 수 있을 것입니다. 그리고 다섯째로, 베이징과 상하이 사이에 고속철도가 건설되는 것으로 알고 있습니다. 한국은 고속철도에 대한 노하우가 있습니다. 지하철 공사와 고속도로 건설 그리고 터널 건설 등에 대한 노하우도 가지고 있습니다. 세계적으로 큰 수로 공사나 건물 공사 등의 경험도 있습니다. 이것이 중국의 고속철도 건설에 도움이 될 것입니다."

"대통령께서 하신 말씀 잘 알겠습니다. 긍정적으로 검토하도록 하겠습니다. 이것은 단순히 외교적으로 드리는 답변이 아니라 김 대통령을 존경하기 때문에 진심으로 드리는 말씀입니다"

"역시 대통령에 당선되기 잘했습니다. 대통령이기 때문에 주 총리와 만나 이런 부탁도 할 수 있기 때문입니다. 그리고 주총리께서 한국을 꼭 한번 방문해 주시길 바랍니다."

"감사합니다. 꼭 방문하고 싶습니다. 김 대통령께서는 신비스러운 점이 아주 많습니다. 오늘 장 주석과 대화를 나눴는데 김대중 대통령의 몸이 불편하신 점이었습니다. 그것이 저는 군사독재 정권의 고문 때문이라고 알고 있었는데 장쩌민 주석은 고의로 차량 사고가 났기 때문이라고 했습니다. 우리 둘 중에 어떤 사람이 맞는 것입니까?"

"1971년 국회의원 지원 유세를 하러 지방을 다니다가 대형 트럭이 내 승용차로 돌진하는 사건이 있었습니다. 그때 두 명이 즉사하고 나는 다리를 크게 다쳤습니다. 지금도 계단을 내려가는 것은 무난하지만 오르는 것은 무척 고통스럽습니다."

"1996년 중국에 오셨을 때 저는 다롄에서 헬기를 타고 돌아와 대통령님을 조어대에서 만났습니다. 지위의 고하를 따져서 만난 것이 아니라 훌륭한 인품에 끌려 한국 정치인 중 처음으로 만나 뵈었던 기억이 납니다."

김대중은 주총리의 관심과 배려를 느낄 수 있었다. 김대중처럼 주룽지총리도 수난을 겪은 경험이 있는 것이었다. 문화혁명 기간 동안 20년이나 가족과 떨어져서 살았던 주룽지는 농촌에서 온갖 고초를 겪은 경험이 있었다. 이것이 두 사람의 동병상련의 감정을 주었을지도 모른다.

"감옥에 있을 때 파리들이 날아다니는 거예요. 이거를 잡긴 잡아야 하겠고, 그렇다고 내 손으로 죽이자니 이게 또 마음에 걸리는 거예요. 그래서 파리를 잡긴 잡되 죽이지 않고 기절시켜서 잡는 방법을 개발했지요."

"하하하 어떻게 하면 기절시켜서 잡는 것입니까."

"손바닥을 이렇게 해서 후려치면 파리가 손바닥에 닿아서 죽는 게 아니라 이 압력 때문에 기절을 하더군요. 이걸 또 그냥 놔두긴 그러니까 거미줄에다가 산채로 살짝 걸어 놓는 것이죠. 이게 아주 고난이도의 기술입니다. 총리께서 내년 초에 한국을 방문하시면 제가 직접 그 기술을 보여줄 생각입니다. 귀한 솜씨인 만큼 CCTV 기자를 데리고 와서 특별 취재를 시키는 것이 좋을 것입니다."

"대통령님의 두 가지 기술이 올림픽 종목으로 채택된다면 금메달 두 개는 문제없이 딸 수 있을 것입니다."

김대중은 현 정치권 실세뿐만이 아니라 야당시절에 자신의 어려운 처지를 걱정해주고 도와준 중국 인사들을 초청해서 오찬을 같이 했다.

류슈칭 전 인민외교학회장, 리슈정 전인대 외사위 부주임이 참석했다. 류수칭 전 인민외교학회장은 김대중을 중국으로 세 차례나 초청해준 인연이 있었다. 그리고 리슈정은 중국내에 대표적인 지한파였다.

김대중은 중국과 외교관계를 동반자로 격상하는 외교적인 성과를 이뤄냈다.

베이징의 일정이 끝난 후 상하이로 이동하였다. 상하이는 중국의 발전을 보여주는 바로미터 같은 곳이었다. 푸동 개발 지구를 둘러서 중국의 성장을 직접 본 후에 우리나라 독립운동의 산실인 상해 임시정부 청사를 방문하였다.

"뒷골목에 버려진 느낌이구만. 임시정부를 만들어서 무장 독립 투쟁을 벌인 민족은 세계사를 찾아봐도 찾기 힘든 일이다. 국민의 정부는 대한민국 임시 정부의 정통성을 받드는 합법 정부라고 선언한 적도 있었다. 조선 왕조가 망하고 임시정부가 생겼지만 임시정부의 요인들은 왕정복구를 주장하지 않고 국민을 위한 민국을 세웠다."

김대중은 자신을 보좌하는 이들을 향해 임시정부에 대한 생각을 이야기 했다.

임시정부 내부를 걷다가 김구 선생의 흉상이 눈에 들어왔다. 김대중은 잠시 생각에 잠겼다. 그 옆에는 김구 선생이 사용하던 탁자가 있었다. 그곳에 앉아 방명록에 불석신명 유방만세 (不惜身命 遺芳萬世)라고 적었다.

"이것은 애국선열들이 신명을 바쳐 이룩하려 했던 것들은 향기로 만세에 남을 것이다." 라는 뜻이 담겨져 있다.

김대중은 수행원들에게 자신의 뜻을 말했다.

"백범 선생의 일지를 읽어 보면 경제 정의와 공평한 사회를 만들자고 역설하고 있습니다. 임시 정부의 민주주의, 자립경제, 정의사회 정신을 오늘에 되살리는 데 인색해서는 안 됩니다. 이렇게 귀한 역사가 상하이 뒷골목에 방치되는 것이 마음에 걸립니다. 임시 정부 청사에 대해 조국이 무엇을 해야 하는지 검토해 주세요."

중국에서의 일정이 끝나자 APEC 정상회의가 열리는 말레이시아 쿠알라룸푸르로 날아갔다. 말레이시아 총리인 마하티르는 이번 회의의 의장으로 주목을 받고 있었다. 김대중은 아시아 금융 위기에 대한 대처 방안을 제시하고 있었다. 이 두 사람은 금융위기에 대해서 다른 견해를 가지고 있었다.

김대중은 경제 전반의 위기로 판단을 했고 마하티르 총리는 단지 외환위기일 뿐이라고 한정해 놓고 있었다. 김대중은 아시아에 퍼져 있는 부패 구조가 위기의 중요한 원인이라고 판단하고 있었고 마하티르 총리는 단기성 투기 자금인 헤지펀드가 돈을 강탈해 간 것이라고 판단하고 있었다. 그러면서 IMF의 식민지가 되느니 굶어 죽겠다고 선언까지 한 것이다.

마하티르 총리는 발제 연설을 통해 자신의 의견을 피력했다.

"아시아 금융 위기의 주범은 국제적 투기성 자금이다. 이 환투기를 방비하기 위한 국제 금융 감시와 환율 거래 감시 체제를 만들어야 한다."

김대중은 마하티르와는 다른 방식으로 접근했다.

"우리는 잘못을 인정해야 합니다. 한국은 정치권이 은행 대출을 지시하고 개입하는 등 정경 유착에 의해 금융을 망치고 기업도 경쟁력을 잃었습니다. 우리는 시장 경제 원리에 따라 철저한 민주주의를 실현하기 위해 개혁해 나갈 것입니다. 나라마다 사정에 따라 개혁 방법이 다를 수 있겠지만, 아시아 각국은 자국 사정에 맞게 자구 노력을 펴야 합니다."

"말레이시아도 처음에는 시장을 개방하고 외국인 투자를 적극 환영했습니다. 그러나 자유 시장 경제 원리를 악용한 단기 국제 투기 자본가의 시장 조작으로 많은 폐해가 있었습니다. 자본 기술 및 시장이 부족한 말레이시아에서 외국 자본 의존도가 높은 것은 불가피하나 앞으로는 외국 자본 도입은 생산적인 분야에만 권장하는 등 자본 이동을 규제해 나갈 예정입니다."

"단기 자본의 문제점에는 동의하나 금융 위기 극복에 필요한 자본 이동에 지나친 제약은 없어야 할 것입니다. 원천적 차단보다는 단기

자본의 이동에 대한 정보 교류 체제를 만드는 등 국가 간 협력을 강화하는 방향이 옳다고 봅니다. 단기 자본 이동에 따른 폐해를 최소화하기 위해 일본을 위시한 G7 등의 지원이 필요하다고 생각합니다."

김대중은 개혁과 개방이 필수적임을 강조했다.

"세계적인 문명사적 변화는 지구 공동체를 기반으로 한 보편적인 세계주의를 향한 인류의 발걸음을 더욱 재촉하고 있습니다. 21세기는 자기 민족만이 잘사는 이기적인 자세로는 문제를 해결할 수 없고 오직 세계와 더불어 한편으로는 경쟁하고, 한편으로는 협력하는 길로 나아가야 합니다. 아시아에서 발전한 유교와 불교의 인(仁)과 자비의 정신과, 도덕적 규범은 민주주의의 토대 위에 큰 발전을 이룬 자유와 인권의 문제를 한층 더 심화시켜 나가는 데 큰 활력과 자극이 될 것이라고 믿습니다."

김대중은 말레이시아뿐 만이 아니라 뉴질랜드, 싱가포르, 호주, 캐나다, 칠레와 정상회담을 했고 엘 고어 미국 부통령을 만났다.

APEC 정상회담을 마치고 김대중은 돌아오는 비행기를 탔다.

비행기 안에서 김대중은 녹화된 뉴스를 보게 되었다. 그 뉴스는 현대의 금강산 관광이 개시된 것을 알려주는 뉴스였다.

11월 18일 금강산 관광객을 태운 여객선이 동해항에서 출항을 했다. 그 배에는 정주영 명예 회장이 아들들과 함께 탑승해 있었다. 배에는 1418명이 탑승하고 있었고 배의 이름은 금강호였다. 오후 5시 45분 역사적인 출항을 했다. 남북이 대치된 이후로 한국의 민간인이 북한 땅을 밟을 기회라는 것은 거의 없는 것이 현실이었다. 돈을 내면 북한의 민족의 명산인 금강산을 가 볼 수 있는 것이었다. 남북의 긴장이 완화된다는 것을 대내외 적으로 알리는 신호탄이다. 북한은 최전방 지역과 군사 요충지로 알려진 장전항을 남한의 관광객을 위해서 개방하였다. 국가 신인도를 높이는 계기가 될 이 역사적인 순간도 잠시였다. 미국 정부의 찰스 카트먼 한반도 평화회담 특사가 기자회견을 하면서 이렇게 말한 것이다.

"한미 양국은 북한이 금창리에 건설 중인 지하 시설이 핵 개발과 관련이 있다고 믿을 만한 정보를 공유하고 있다."

카트먼은 평양을 방문하였고 이것은 분위기를 흐렸다. 김대중은 관계 수석들을 불러 진위를 파악하라는 지시를 내렸다. 미국은 증거가 있다고 하였으나 수석들은 결정적 증거는 없다는 말을 했다. 그 결과 카트먼 특사는 핵 시설에 관한 확증이 없음을 발표하였다.

클린턴 대통령이 방문하기 하루 전인 11월 20일 강화도 앞바다에 간첩선이 나타났다. 군경이 포위하고 추격했으나 북으로 도주하였다.

11월 21일 오전에 청와대로 클린턴 대통령이 방문하였다. 북한의 지하 핵시설과 대포동미사일을 발사한 것 등으로 인하여 미국 내에서는 여론이 좋지 않았다. 클린턴도 르윈스키와의 섹스 스캔들로 인해서 입지가 약한 상황이었다.

김대중과 클린턴은 단독 정상회담을 시작하였다. 김대중은 APEC 회의에 대한 내용과 중국 방문의 성과를 전달했고, 클린턴은 한국에 오기 전에 먼저 방문한 일본에서의 회담내용을 공유하였다.

클린턴이 먼저 말을 꺼냈다.

"김 대통령의 대북 정책을 강력히 지지합니다. 단지 미국 국내 사정 때문에 신경을 써야겠습니다. 북한 정책 조정관으로 의회 관계가 좋고 또 한국 문제를 잘 알고 있는 페리 박사를 지명했습니다. 이 분의 조정 역할에 큰 기대를 합니다. 제네바 합의를 반드시 이행해야 합니다."

"포용 정책을 써야 합니다. 불필요한 긴장을 조성하지 않고, 인내심을 가지고 일관성 있게 대처해야 합니다."

"대북 정책은 한미 공조 아래 일관성 있게 대화와 협상을 통해 해결하는 노력을 해야 합니다. 또한 국제적 지지를 얻어야 하며, 특히 중국과 일본과 긴밀히 협조해서 모두 다 한목소리로 북한을 설득하면 효과가 있을 것입니다. 어제 저녁에 금강산 관광 뉴스를 텔레비전으로 보았습니다. 매우 아름다웠습니다. 이는 북한이 스스로 만든 껍질을 깨고 나오게 하기 위한 대통령님의 정책이 성공하고 있음을 의미하는 것입니다."

남북 관련한 내용이 대부분인 단독정상회담을 마치고 난 후 확대정상회담이 열렸다. 두 사람은 분위기를 조금은 부드럽게 하기 위한 대화를 시작했다.

"한국에 오니 마치 집에 온 것처럼 포근합니다."

"그러시다니 참으로 다행입니다. 아주 편하게 지내시다 가시길 바랍니다. 그리고 미국에게 요청드릴 게 있습니다. 미얀마의 아웅산 수지 여사를 아실 것입니다. 수지 여사를 기회가 있는 대로 도와야 합니다. 유엔 방문 때나 지난 코피아난 사무총장의 방문 때에도 언급했지만 미얀마는 유엔이 결의를 하고서도 현재 이것을 방치하고 있습니다. 21세기를 바라보면서 민주주의 양심으로 도저히 용납할 수 없는 일입니다. 이 점에서 미국이 주도적으로 할 때 우리도 동조해서 협력하겠습니다."

정상회담을 마치고 공동기자회견이 열렸다. 클린턴 대통령이 인사말을 했다.

"우리의 공동 목표는 평화로운 한국, 번영하는 아시아입니다. 제가 김 대통령께 재확인한 것처럼, 그리고 대한민국 국민이 알기를 원하는 것처럼 미국은 동맹 관계를 지켜 나가고 있습니다.

대북 문제는 현재의 방법이 최선의 접근 방법이라는 데 합의했습니다. 4자 회담과 김 대통령의 포용 정책을 병합시켜 외교적으로 노력해 나가고, 방위 협력을 통해서 북한의 공격을 억제하는 것입니다. 우리 정부는 김 대통령의 점진적인 대북 포용 정책을 지원하고 있습니다. 제네바 합의는 북한 핵 문제를 해결하는 최신의 길입니다. 평양은 약속을 지켜야 합니다."

클린턴 대통령이 방문을 마치고 윌리엄 페리 전 국방장관이 12월 6일 한국을 방문했다. 1994년 1차 북핵 위기 때 국방장관이었다. 그는 전면전을 준비하면서 영변 핵 시설을 공격해야 한다며 북폭론을 주장했었던 강경파이다. 미국이 북한을 폭격하려고 클린턴 대통령과 함께 모여서 준비하던 시점에서 지미카터 전 대통령이 김일성 주석과 위기 종식에 합의했다는 내용이 전해졌다. 그렇기 때문에 전쟁이 나지 않은 것이다.

임동원 외교수석이 나서서 적극적인 대처를 해야 한다고 말했다.

"북한의 핵 개발이나 미사일 개발의 동기는 한반도 냉전 구조에 기인합니다. 따라서 개별 문제가 발생할 때마다 이에 대응하는 대응요법적인 방식만으로는 근본적으로 해결할 수 없습니다."

"그러면 어떻게 하면 좋겠소?"

"북한의 핵 문제의 근본적인 해결책은 한반도의 냉전 구조를 해체하는 것입니다."

한반도 냉전 구조에는 남과 북의 불신과 대결, 북한의 폐쇄성과 경직성, 미국과 북한의 적대 관계, 대량 살상 무기, 군사적 대치 상황과 군비 경쟁, 정전 체제 등, 여섯 가지 요소가 엉켜 있었다.

"이러한 구도를 해체하기 위해서는 남과 북이 지난 반세기의 불신과 대결을 넘어서 화해해야 합니다."

"어떤 식으로 화해를 할 수 있을까요?"

"다방면의 교류 협력 관계를 발전시켜 나가면서 평화 공존을 통해 상호 신뢰를 구축해 나가야 합니다. 또한 미국, 일본이 북한과의 적대 관계를 해소하고 관계 정상화를 이뤄야 합니다."

"그러나 미국과 일본이 북한을 인정하지 않고 있지 않습니까? 미국이 북한을 적대시하고 북한이 위협을 느끼고 있는 한 북한은 대량 살상 무기 개발의 유혹에서 헤어 나오기 어려울 것입니다."

우리 정부의 기본 입장은 북한의 핵 개발은 결코 용납 할 수 없으며 한반도는 반드시 비핵화 되어야 한다는 것이었다.

"그러나 군사적 조치는 해결책이 될 수 없고 전쟁은 절대로 없어야 합니다. 그러니 반핵, 반전, 탈냉전, 평화가 우리의 기본 입장이 되어야 할 것입니다. 이러한 기본 입장에 따라 북한을 인정하고, 비현실적인 붕괴 임박론이 아니라 점진적 변화론에 입각해 포용 정책에 토대를 두고 북한 정권과 협상을 추진해야 합니다."

우리가 주장하는 북한의 위협과 북한이 느끼는 미국과 한국의 협조를 인정하는 토대 위에서 상호 위협을 제거해 나가는 접근을 시도해야 한다는 것이었다.

"이것을 위해서는 모든 문제를 포괄하여 줄 것은 주고, 받을 것은 받는 식으로 일괄 타결하되 단계적으로 동시에 이행하면서 신뢰를 구축해 나가야 할 것입니다. 여기에 미국은 물론 경제 재건에 기여할 수 있는 일본과 함께 한미일 3국의 공조가 필수적이며, 중국과 러시아의 지지와 협력을 확보해야 합니다. 한편으로는 대북 협상은 강력한 한미 연합 억제력을 바탕으로 추진해야 한다. 북한을 상대하는 데 필요한 자세로는 자신감, 인내심, 일관성, 신축성을 들 수 있습니다."

임수석의 이야기는 김대중의 뜻과 거의 완벽하게 일치하였다. 냉전구조 해체가 가장 시급한 문제라는 것을 밝히고 미국과 대화를 해서 설득하는 것이 김대중의 생각이었다. 12월 7일 페리와 김대중은 청와대에서 만나 긴 시간동안 대화를 했다.

"북한과 미국 사이의 현안들은 상호 일괄 타결해야 합니다. 북한이 협력을 하면 돕고, 도발을 하면 단호한 응징을 한다는 전제로 북한에 줄 것은 주고, 요구할 것은 요구해야 합니다. 북미 관계가 정상화되기를 바라며 북한에 대한 경제 제재 해제도 검토할 때가 됐습니다."

페리는 미국으로 돌아갔고 그가 어떤 생각을 하고 있는지는 알 수가 없었다.

김대중은 임동원 수석을 특사로 보내 페리를 설득하려고 했다.

"임수석이 미국으로 가서 페리를 만나서 설득을 해주시오."

"무슨 말씀입니까? 이것은 외교부의 일입니다."

"포괄적 접근 전략을 구상한 당사자가 직접 만나서 확신을 가지고 설득하는 것이 필요한 시점입니다."

임동원은 페리를 만나서 설득했다. 페리는 임동원의 설명을 한참 듣더니 말을 꺼냈다.

"창의적이고 대담한 구상입니다. 제가 평양을 방문하려고 생각중입니다. 한국은 이것에 동의 하시는지요?"

"김대중 대통령은 흔쾌히 권장하실 것입니다."

페리는 1999년 3월에 다시 한국을 방문하였다. 그는 대북정책을 담은 차트를 들고 왔다.

"저희 팀이 만든 대북 구상을 클린턴 대통령께 보고했습니다. 대통령은 미국의 어떤 내부 정책도 한국의 정책과 조화를 이뤄야 한다고 했습니다. 김 대통령께 보고하고 의견을 구하라고 특별히 지시했습니다."

페리는 차트를 펼쳐 보였다. 차트의 제목은 포용정책을 위한 포괄적 접근 방안이었다.

"북한의 군사력은 1994년에 비해서 상대적으로 약화되었습니다. 한미 연합의 전쟁 억제력은 증강되어 전쟁 가능성은 감소되었습니다. 아직 북한의 반응은 제한되어 있으나 한국은 자신감을 가지고 포용 정책을 추진하고 있습니다. 북한은 경제 파탄과 기근으로 아사자가 속출하고 국제 사회의 인도적 지원에 의존하고 있습니다. 1994년 제네바 합의로 영변 핵 시설이 감시 통제 아래 놓인 것은 다행이지만 금창리에 지하 핵 시설을 건설하며 비밀리에 핵 개발을 진행하고 있습니다. 제네바 합의가 위기에 처해 있습니다."

방안에는 보스위스 주한 미국 대사, 애쉬튼 카터 교수, 필립 윤 보좌관이 배석해 있었다.

"한반도 상황을 고려해 볼 때 미국이 할 수 있는 정책의 대안으로는 다섯 가지가 있습니다. 현상유지, 매수, 북한개혁, 북한체제 전복, 그리고 상호 위협감소를 위한 협상입니다. 우리는 협상을 대안으로 선택하려고 합니다."

방안에 있던 한국 사람들은 안도감을 느꼈다.

"미국은 상호 위협 감소를 위한 포괄적 대화를 북한에 제의해야 합니다. 대화의 전제 조건은 북한이 미사일 재 발사를 유보하고, 금창리 지하 시설에 대한 접근을 허용해야 한다는 것입니다. 이에 대해 미국은 대북 제재를 유보하고 인도적 지원을 늘려야 합니다. 이런 조건이 충족되면 본격적인 대화에 나서야 합니다. 북한이 이를 받아들이면 포괄적 대화를 해야 합니다. 북한 핵과 미사일 위협의 감소와 함께 미국은 대부분 경제 제재를 풀고 적대 관계를 해소해야 합니다. 관계 정상화를 위한 국무장관의 평양 방문을 추진할 수 있을 것입니다."

페리는 미국뿐 만이 아니라 한국과 일본의 역할에 대해서도 이야기를 시작했다.

"한국은 북한과 화해 협력을 촉진하는 등 한반도 냉전 종식을 위한 환경을 조성해 나갈 수 있을 것입니다. 일본도 북한과 관계 정상화를 추진하게 되고 국제 사회도 북한 경제 지원을 위한 기회를 확대해 나갈 수 있을 겁니다. 실천하기 위해서는 북한에 이러한 방법을 포괄적으로 제시하되 실행은 북한의 호응 정도에 따라 단계적으로 추진해 나가야 할 것입니다. 만약 북한이 이를 거부하거나 대화에 실패할 경우에는 위기관리 문제가 불거질 것입니다. 북한의 핵 위협을 봉쇄할 방책으로는 군사적 대비 태세를 강화하고 경제 제재를 강화하는 등의 조치를 취해야 할 것입니다. 대북 포용 정책은 축소할 수밖에 없고 제네바 합의는 파기 위험에 직면할 것입니다. 이렇게 되면 위기 상황의 확대를 막고 전쟁을 방지하기 위해 군사적 억제력을 강화하고 북한을 고립시키는 등의 비상조치를 해야 할 것입니다."

김대중은 페리의 발표가 아주 만족스러웠다.

"이렇게 내 생각과 일치하다니 믿어지지 않습니다. 북한도 매력적인 제안으로 받아들일 것입니다."

"실제로는 김 대통령의 구상입니다. 임동원 수석으로부터 좋은 아이디어를 들었습니다. 부끄럽지만 임 수석이 제시한 전략 구상을 도용하고 표절하여 미국식 표현으로 재구성한 데 불과합니다."

"현시점에서 잘 안될 때를 염려하기 보다는 적극적인 사고로 북한을 설득할 수 있다는 자신감을 가져야 합니다. 그래야 좋은 성과를 얻습니다. 이 정책에 대한 국제적 지지와 협력이 중요합니다. 한미일 3국이 공조 체제를 갖추고, 중국, 러시아, EU와도 긴밀히 협력해 나가야 할 것입니다. 페리 조정관이 직접 평양을 방문하셔서 이러한 구상을 설명하시면 좋은 결과가 있을 것입니다. 북한은 자존심이 강합니다. 이러한 북한을 움직이게 하는 것은 나름의 형식을 갖춘 성의 있는 설득이 매우 중요합니다."

"네 알겠습니다. 평양을 방문해서 그렇게 진행하도록 하겠습니다."

페리가 김대중을 방문한지 1수일이 지난 시점이었다.

미국과 북한이 1999년 3월 16일 뉴욕에서 북한 금창리 지하 시설의 의혹을 해소하기 위한 협성이 타결된 것이다. 김계관 외교부 부상과 찰스 카트먼 한반도 평화 회담 특사는 금창리 시설 복수 현장 방문, 양국의 정치 경제 관계 개선 등을 골자로 한 합의문을 발표했다. 미국은 60만 톤의 식량을 북한에 제공하기로 결정했다. 북미 합의로 실시한 현장 조사에서 금창리 지하 시설은 미완공의 빈 터널임을 확인했다. 미국무부 대변인은 이를 공식 발표했다.

5월 하순 페리는 평양을 방문했다. 김영남 최고인민회의 상임위원장을 만나서 클린턴 대통령의 친서를 전달했다. 강석주 외교부 제1부의 부장을 만나 대북 정책을 설명했다.

1999년 9월 12일 베를린에서 북미 회담이 열렸다. 김계관 외교부 부상과 찰스 카트먼 대사는 5차 베를린 회담을 마치고 공동 언론 발표문을 공표했다.

"이번 회담에서 북한과 미국은 미사일과 경제 제재 문제에 대해 건설적인 토의를 벌여 양측의 우려에 대한 깊은 이해에 도달했으며, 이 같은 우려를 해결하기 위한 추가적인 조치가 필요하다는 데 인식을 같이했다."

"미국은 북한의 미사일 시험 발사를 일시 유예하기로 한 북한과 합의하였다. 미국의 대북 제재 완화조치로 한반도 냉전 체제가 순화 될 것이 기대된다."

9월 15일 페리 대북 정책 조정관은 대북 정책 권고 보고서를 공개했다. 이것은 한국 미국 일본의 대북 정책에 대한 지침서 같은 것이었다.

"페리 프로세스는 3단계의 목표를 제시합니다. 첫째 단기적으로 북한은 미사일 발사를 자제하고, 중장기적으로는 북한의 핵 및 미사일 개발 계획을 전면 중단토록 유도하고, 궁극적으로는 한반도의 냉전을 종식시킨다."

페리의 보고서는 북미 관계 정상화 노력을 촉구했다.

"핵과 미사일 위협을 종식시키기 위해 북한의 협력을 확보할 수 있다면 미국은 대북 수교를 포함해 관계 정상화를 할 수 있어야 한다. 미 행정부에 다섯 가지 정책을 권고합니다. 첫째로 대북 정책의 포괄 통합적 접근 방식 채택, 둘째 미 행정부 내 부서 간 조정 역할을 맡을 대사급 고위직을 신설한다. 셋째 한국 미국 일본 고위정책협의회를 존속시킨다. 넷째 미 의회의 초당적 대북 정책을 추진한다. 다섯째 북한 도발에 따른 긴급 상황 가능성에 대비하여 주한미군을 주둔한다."

김대중은 임동원의 제안을 받아들여 전쟁으로 치달을 뻔 했던 북미 관계를 페리를 통해서 해결하는 성공을 거두었다. 페리의 결과 보고서와 정책의 내용은 김대중이 원했던 것이었고, 김대중의 의견과 제안이 고스란히 들어 있는 것이었다. 남북의 전쟁위협을 줄임으로써 경제 회복에 전념할 수 있게 될 것이다. 김대중은 그렇게 생각하며 미소를 지었다.

14

| 북한 방문을 위한 예비회담 |

"북한이 송호경 아시아태평양평화위원회 부위원장을 대표로 정해 놓고 싱가포르에서 접촉을 하자고 제의해 왔습니다."

임동원 국정원장의 보고를 받은 김대중은 임동원과 박지원 문광부 장관을 청와대로 불러들였다.

"북이 싱가포르에서 비밀 접촉을 가지자고 했습니다. 박 장관을 특사로 임명할 것입니다. 북에서도 박장관을 원한답니다. 국정원에서는 대북 협상 전문가를 뽑아서 지원해 주십시오. 앞으로는 임 원장께서 남북 회담과 관련해 특별히 나를 보좌해 줘야 할 것입니다."

김대중의 말에 박지원이 덧붙였다.

"특사는 대북 담당 부서인 통일부 장관이 더 적격일 것 같습니다."

"통일부 장관은 노출이 되어 어렵습니다. 이번 접촉은 보안이 생명이 생명입니다. 박 장관이 잘할 수 있을 겁니다. 모든 일은 임 원장과

상의해서 처리하십시오."

"김보현과 서훈 두 대북 전문가를 발탁했습니다."

임동원이 김대중을 바라보며 대답했다. 김대중은 고개를 한 번 끄덕였다.

"박장관, 내가 평양에 갈 용의가 있다는 것과 남북 정상회담이 성사되면 남북 경협이 훨씬 용이하게 펼쳐질 수 있다는 것을 가서 꼭 알리시오. 그리고 북한 사람들을 만나면 진정성을 가지고 대하시오 진정성을 가지고 대하시되 언제나 당당하게 행동하세요."

2000년 3월 8일 박지원 장관과 송호경 아태위 부위원장은 싱가포르에서 비밀 접촉을 가졌다.

"우리는 남측의 최고 당국자들의 의도와 생각이 무엇인지 알고 싶어서 보자고 했습니다."

박지원은 계속해서 듣고 있었다. 북한에서 무엇을 원하는지 알기 위해서는 우리 측의 원하는 것을 말하기보다 듣는 것이 더 필요하다는 생각에서였다.

"김대중 대통령께서는 민주화 투쟁을 하셨고 그로 인하여 엄청난 박해를 받으며 살아 오셨습니다. 1971년 대통령 선거에서 주장하신 4대국 평화 보장론, 3단계 통일론 등이 있습니다. 그리고 내일 베를린 대학에서 발표하실 내용을 미리 받아온 것이 있는데 이것은 베를린 선언이라고 합니다. 김대중 대통령께서는 북한에 갈 용의가 있으며 5월이나 6월에 정상회담을 개최하기를 원하십니다."

"이번 예비 접촉은 일체 비밀로 했으면 좋겠습니다."

송호경의 말에 박지원은 고개를 끄덕이며 화답했다.

"다음에 다시 만납시다."

싱가포르에서 돌아온 박지원은 청와대로 들어가 김대중에게 비밀 회담에 대한 보고를 했다.

"송호경 부위원장이 제 설명을 듣고는 마치 김대중 대통령의 음성을 듣는 것 같습니다, 라고 했습니다. 그 말을 듣고 어쩌면 정상 회담이 성사될 것 같다는 판단을 했습니다."

"앞으로 계속 두고 봅시다. 먼 길 다녀오느라 수고했습니다. 다음 회담 때를 대비해서 미리 몇 가지 말씀드리겠습니다. 모든 것을 그 자리에서 결정하지 마시오. 북측에 설명할 때는 손익 개념으로 명확하게 얘기하십시오. 이를테면 전쟁을 하면 북에 어떤 손해가 오고, 전쟁을 안 하면 어떤 이익이 오는지 말하시오. 경제 협력하면, 또 평화 교류하면 어떤 이익이 오는지 손에 딱 쥐어 주시오. 그리고 합의문을 작성하게 된다면 빠트리지 말아야 할 것이 몇 가지 있습니다. 우선 합의문에는 세 가지가 들어가야 합니다. 첫째, 김정일 위원장이 초청해야 하고, 둘째, 정상 회담은 김정일 위원장과 해야 하고, 셋째 반드시 우리 초청에도 응해야 한다는 것입니다."

박지원은 고개를 끄덕이며 마음속에 김대중의 말을 새겨 넣었다

싱가포르 예비 접촉 이후 3월 17일 상하이에서 1차 특사 접촉이 성사되었다. 박지원과 송호경 두 사람이 다시 만났다. 그러나 특별한 진

전은 없었다.

"정상 회담에 대해서는 공감하는데 구체적인 것은 합의되지 않았습니다. 초청 주최, 정상 회담 시기와 일정, 정상 회담 후 합의문 등은 진전이 없었습니다."

박지원의 보고에 김대중은 그럴 줄 알았다는 표정이었다.

"모든 것을 명확히 하시오."

3월 23일 베이징에서 2차 특사 접촉이 있었다. 남과 북의 정상회담 가능성이 조금씩 드러나고 있었다.

"정상회담을 6월 12일에서 14일에 개최하고 초청자를 김정일 국방위원장으로 명확히 할 것을 제의합니다."

박지원이 정상회담에 대한 날짜까지 쐐기를 박으려고 하였다.

"시기는 6월 중순으로 합의하되 준비 회담에서 최종 결정을 합시다. 초청자 명기 문제는 생각을 좀 해 봐야겠습니다. 정상회담은 당연히 김정일 위원장 동지께서 하시겠지만 우리 측에서 외교 관례상 합의서에 위원장을 명기한 전례가 없습니다."

박지원으로부터 직접 회담의 보고를 받은 김대중은 자신의 생각을 지시로 내렸다.

"그간의 협상 태도를 보니 북이 변하는 것 같은데 합의문에 반드시 초청자를 명기토록 해야 합니다. 그리고 이산가족 문제도 포함시키도록 하시오."

3차 접촉은 4월 8일 베이징에서 열렸다. 이번에는 현대 정몽헌 회장을 통해서 만나자고 연락을 해왔던 것이다. 박지원이 출발하기 전에 김대중을 만나서 보고했다.

"이번에는 합의할 가능성이 크다고 여겨집니다."

김대중은 박지원의 손을 잡았다.

"합의문을 명확하게 만드세요. 기대가 큽니다."

박지원은 4월 8일 베이징에서 남북 합의문을 만들어 왔다. 4.8 합의문이라 불리는 것이었다.

'남과 북은 역사적인 7.4 남북 공동 성명에 천명된 조국 통일 3대 원칙을 재확인하면서 민족의 화해와 단합, 교류와 협력, 평화와 통일을 앞당기기 위해서 다음과 같이 합의하였다. 김정일 국방위원장의 초청에 따라 김대중 대통령이 금년 2000년 6월 12일부터 14일까지 평양을 방문한다. 평양 방문에서는 김대중 대통령과 김정일 국방위원장 사이에 역사적인 상봉이 있게 되며 남북 정상 회담이 개최된다. 쌍방은 가까운 4월 중에 절차 문제를 협의하기 위한 준비 접촉을 갖기로 하였다.'

"4월 10일에 발표하도록 합시다."

"보안유지가 어려우니 4월 9일 베이징 현지에서 발표하도록 합시다."

9일에 발표하자는 우리 측 주장에 북한은 난색을 표했다.

"위대하신 김일성 수령님의 탄신일이 4월 15일인데 이를 기념하기 위해서 4월의 봄 친선예술축제가 10일에 시작합니다. 그러니 그때 발표를 해야 합니다."

"정 그러시면 그렇게 합시다."

정상회담이 열린다는 보고를 받은 김대중은 가슴이 벅참을 느꼈다.

평생 자신이 이루고 싶어 했던 통일에 대한 철학을 이제야 비로소 실천할 수 있게 되었기 때문이다. 2년 동안의 햇볕정책으로 인하여 북한의 빗장이 열린 것이다.

"지금 당장 통일을 이루지 못하더라도 한반도에서 전쟁의 먹구름은 벗겨내야겠습니다. 그리고 남북 이산가족 문제를 꼭 해결하도록 하겠습니다."

김대중은 북한과 비밀접촉을 한 상황을 미국과 일본에게 알렸다. 그리고 임동원 원장을 보내서 미일 대사를 소집하여 설명하도록 했다. 보스워스 미국 대사는 박지원 장관에게 추가 설명을 듣고 싶어 했다. 김대중은 박지원 장관에게 지시했다.

"자세히, 숨소리 하나 빠뜨리지 말고 알려 주시오."

4월 10일 오전 10시, 박재규 통일부 장관과 박지원 문광부 장관이 남북 정상 회담 합의를 발표했다. 북한도 같은 시간에 발표했다. 언론은 상보를 내며 분석과 전망기사를 내기 시작했다. 시민단체와 전경련 등 경제 단체들도 환영 성명을 발표하기 시작했다.

클린턴 대통령은 직접 특별 성명을 발표했다.

"남북한 간의 직접 대화는 우리가 오랫동안 지지해 온 것으로 한반도 문제 해결의 근본이다. 이러한 결정을 내린 두 지도자에게 축하를 보낸다. 이번 발표는 대북 포용 정책을 펼친 김대중 대통령의 지혜와 장기적 안목을 보여 주는 증거이다."

 클린턴뿐 만이 아니라, 일본의 고노 요헤이, 러시아, 중국, 독일, 프랑스, 이탈리아 등 각국의 외교부에서 지지성명을 발표했다. 무바라크 이집트 대통령, 사마란치 IOC위원장은 축하 서신을 보내왔다. 우리나라 국민의 90퍼센트가 남북 정상 회담을 지지했다. 주가도 오르기 시작했다. 전직 대통령들도 덕담을 했다.

 그러나 야당은 깜짝 쇼라며 비난을 했다.

 "총선이 코앞에 다가 오자 표를 얻으려는 깜짝 쇼에 불과하다."

 김대중은 이번 남북 정상회담 발표가 총선에 어떤 영향을 미칠지 예상할 수 없었다.

 "총선 승리를 위한 정략적 접근이라는 야당의 비난과 거센 반발, 그리고 이면 합의 의혹설이나 노벨평화상 집착설 등을 퍼뜨릴 경우 총선에 부정적인 영향을 끼칠 것입니다. 정상 회담 개최 합의를 총선 뒤로 미루는 것이 선거 국면에 유리하게 보입니다."

 국정원에서 총선과 관련하여 정상회담과의 연계성에 관하여 보고한 내용이다.

 김대중은 마음에 걸렸지만 피할 수는 없었다. 정상회담이 앞으로 두 달여 밖에 남지 않았기 때문이다.

 "임동원 국정원장이 정상 회담 추진을 총괄하도록 하세요. 박재규 통일부 장관을 위원장으로 하는 남북정상회담 추진위원회를 구성하시오."

추진위원으로 이기호 경제수석이 참여했다. 양영식 통일부 차관을 단장으로 준비기획단을 편성했다.

발표한지 사흘이 지난 4월 13일 총선이 끝났다. 출구 조사에서는 민주당이 압승을 거두는 것으로 나타났지만 실제로는 패했다. 115석의 민주당은 133석을 얻은 한나라당에게 제1당을 내줬다. 자민련 17석, 민국당 2석, 한국 신당 1석 무소속이 5석을 차지했다. 민주당은 수도권과 충청, 강원 등 영남권을 제외한 전 지역에서 고른 지지를 받았다. 전국 정당의 면모를 갖추고 의석도 30석이나 늘었다. 하지만 영남에서는 마음을 얻지 못했다.

김중권 전 비서실장, 노무현 민주당 부총재, 김정길 전 정무수석이 낙마했다. 외환위기를 극복하고 경제를 살리기 위해서 노력했으나 민심을 읽는데 실패했다. 자민련은 교섭단체 등록에도 실패했다.

4월 17일 김대중은 대국민 특별 담화를 발표했다.

"남은 3년의 임기 동안 대통령의 중책을 차질 없이 수행하는 데 최선의 노력을 다 하겠습니다. 겸손하고 성실한 가운데 의연하고 강력한 자세로 국정을 이끌어 나가겠습니다. 민심에 따라 모든 것을 결정해 나가겠습니다."

5월 18일, 김대중은 광주 민주화 운동 20주년 기념식에 참석했다.

"이름만 불러도 가슴이 저미는 충장로와 금남로, 그리고 전라남도 도청에서 빛도 없이 스러져 간 수많은 민주주의의 영웅들을 생각할 때마다 저는 한없는 슬픔과 감동을 느끼며, 새로운 각오를 합니다.

20년이 지났습니다. 가신 임들의 고귀한 희생은 결코 헛되지 않았습니다. 임들이 스스로의 몸으로 불살랐던 민주화의 불꽃은 그 후 암흑 같은 독재 치하에서도 꺼지지 않고 불타올랐습니다.

폭도로 몰렸던 그날의 광주 시민은 이제 민주주의의 위대한 수호자로서 전 세계인의 추앙을 받고 있습니다. 또한 무도한 총칼 아래 짓밟혔던 광주는 이제 민주주의 성지로 역사 속에 우뚝 솟아 있습니다.

이 땅에 살고 있는 사람들 중 그 어느 누가 그날의 광주에 빚지지 않은 사람이 있겠습니까. 이제는 우리가 살아남은 사람들로서의 의무를 다해야 할 때입니다."

시민들은 흐느꼈다.

"5.18 희생자 모두를 민주화 유공자로 예우하고, 5.18 묘역을 국립묘지로 승격시키겠습니다. 5.18 항쟁의 정신과 헌신을 역사가 영원히 기억하여 선양하도록 최선의 노력을 다하겠다고 다짐합니다."

다음날인 5월 19일 박태준 국무총리가 사표를 제출했다. 부동산 명의 신탁 파문에 휩싸였기 때문이다. 정상회담이 20일밖에 남지 않았지만 어쩔 수 없었다. 김대중은 사표를 수리했다. 김대중은 자민련에게 총리 후보를 다시 추천해 달라고 전했다. 김종필 명예총재는 이한동 자민련 총재를 천거했다.

남북 정상회담 준비 접촉은 4월 22일부터 5월 18일까지 다섯 차례

판문점에서 열렸다. 남북 합의서 이행을 위한 실무 절차 합의서를 만들었는데 그 내용에는 대표단은 수행원 130명, 취재 기자 50명으로 결정하였다. 회담 형식과 횟수, 체류 일정, 선발대 파견, 신변 안정 보장, 회담 기록과 보도, 실황 중계 등 14개 항에 합의했다.

김대중은 김정일에 관해서 공부를 하기 시작했다. 김정일 관련 책을 읽었던 것이다. 1997년 망명한 황장엽이 쓴 '나는 역사의 진리를 보았다'를 읽었다.

국정원에서 책과 영상물, 사진, 비디오 자료들을 보내왔다. 그러나 내용이 김대중이 생각하기에 부정적인 것들이 많았다.

"임원장, 이런 정보가 사실이라면 과연 이런 사람과 마주 앉아 회담할 수 있겠습니까. 내게는 정확한 정보가 필요합니다."

더 많은 정보가 필요했다. 그리고 정상회담을 하자는 북한의 의도가 무엇인지도 더 자세히 알고 싶었다. 이러한 정보를 얻기 위해서 김대중은 임동원을 북한으로 보내기로 결심했다.

"아무래도 임 원장이 대통령 특사로 평양에 다녀와야겠습니다. 김정일 위원장을 만나 세 가지 일을 해 주시오. 첫째 김 위원장이 어떤 인물인지 알아 오십시오. 둘째는 정상 회담에서 협의할 사안들을 사전에 충분히 설명하고 북측의 입장을 파악해 오시오. 셋째 정상 회담 후 발표할 공동 선언 초안을 사전에 협의해 오시오. 임 원장의 임무는 말하자면 정상 회담을 위한 예비회담을 하는 것입니다."

"네, 대통령님, 그렇게 하겠습니다. 토요일쯤 떠날 수 있도록 준비하겠습니다."

5월 27일 토요일 새벽, 임동원 국정위원장과 수행원 4명이 판문점을 통해서 북으로 넘어 갔다. 저녁 무렵에 임동원에게 전화가 왔다.

"대통령님 아직 평양에 머물고 있는데 김 위원장과의 면담이 불가능 합니다."

"그러면 바로 돌아오세요."

밤 11시 20분에 임동원이 청와대로 돌아 왔다.

"임동욱 노동당 통일전선부 제1부부장을 만났는데 그가 남쪽 대통령이 금수산궁전 방문을 안 할 경우 김 위원장과 상봉할 수 없다고 했습니다."

"금수산 궁전은 김일성 주석의 유해가 안치된 곳이 아니오?"

"네, 그렇습니다. 제가 그것은 남북 관계 특수성 때문에 수용할 수 없다고 해도 전혀 먹혀들지 않았습니다. 대통령님께서 하노이를 방문했을 때 호치민 주석 묘소도 참배했는데 하물며 우리 민족끼리 안 된다는 것이 말이 되느냐며 따져 물었습니다. 김용순 비서조차 만나지 못하고 돌아왔습니다."

"임 원장, 수고가 많았습니다. 내일 오후에 대책을 논의해 봅시다."

일주일이 지난 6월 3일 토요일, 임동원 원장은 새벽에 군사 분계선을 넘었다.

정상 회담이 열흘도 남지 않은 시점이었다. 임동원의 가방에는 김대중이 김정일에게 보낸 친서가 들어 있었다. 그 안에는 정상회담에서 다뤘으면 하는 내용이 들어 있었다.

'첫째 남북 관계 개선과 통일 문제, 긴장 완화와 평화 문제, 공존공영을 위한 교류 협력 문제, 이산가족 문제, 새로운 남북 관계를 위한 실천적 조치들이 들어 있는 공동선언 발표, 금수산 궁전 방문은 정상회담을 성공적으로 마치고 난 후 검토할 수 있다는 내용도 적었다.

임동원에게서 보고가 들어 왔다.

"김정일 위원장을 만났습니다. 오늘 하룻밤을 평양에서 보낸 다음에 내일 서울로 돌아가겠습니다."

임동원은 다음날 밤에 청와대로 돌아왔다.

"김 위원장은 대통령님의 민주화 투쟁 등 고난의 삶에 대해 잘 알고 있었습니다. 현직 대통령으로서도 매우 잘하고 계신다고 했습니다. 개인적으로 대통령님을 존경한다고 했습니다. 실제로 그런 느낌을 받았습니다. 평양에 오시면 존경하는 어른으로 품위를 높여 모시겠다고 했습니다. 그 어느 외국 정상보다 성대하게 모실 테니 걱정 말라고도 했습니다."

김대중은 임동원의 보고에 안심이 되었다.

"김위원장의 인간적인 모습은 이떻습니까?"

"흔히 말하는 음습하거나 괴팍하거나 성격 파탄이라는 인상은 전혀 받지 못했습니다. 그리고 상대방의 말을 경청하며 말하기를 즐겼습니다. 두뇌가 명석하며 판단력이 빠르다는 느낌을 받았습니다. 명랑한 편이며 유머 감각도 대단했습니다. 개방적이고 실용적인 사고방식을 가진 듯 했습니다. 말이 논리적이지는 않지만 주제의 핵심을 잃지 않아서 좋은 대화 상대자라는 인상을 받았습니다. 특히 연장자를 깍듯이 예우한다는 느낌을 받았습니다."

임동원의 얼굴에 화색이 돌며 설명을 하기 시작했다. 이 모습을 보던 김대중도 안심이 되었다. 그러나 금수산궁전 참배 문제는 여전히 해결을 보지 못했다.

"김 위원장이 그 문제만큼은 양보를 할 수 없다고 했습니다. 그런데 그 태도가 매우 단호했습니다. 남쪽 국민의 정서를 헤아려 달라는 요구를 하니까 김 위원장이 이렇게 말했습니다. 왜 남쪽 국민의 정서만 생각하십니까? 우리 북쪽 인민들의 정서는 중요하지 않습니까? 인민을 위해서나 상주인 나를 위해서도 상가에 와서 예의를 표한다는 것은 조선의 오랜 풍습이요 당연한 일이 아닙니까? 이렇게 말입니다. 그러나 이산가족 문제에 대해서는 김위원장도 적극적으로 관심을 보였습니다. 이산가족 상봉을 위해서는 전향적인 조치를 취할 용의가 있다고 말입니다."

6월 5일 16대 국회가 개원되었다. 김대중은 개원 연설을 통해서 남북 정상회담을 위한 초당적인 협조를 요청했다.

6월 6일 현충일에 서울 보훈병원에 들러 환자들을 위로했다.

그날 오후 청와대 충무실에서 모의 남북 정상회담을 열었다. 정상회담이 두 차례 열릴 것을 상정하여 예행연습을 한 것이다. 북측 김정일 위원장 대역은 김달술 전 남북대화사무국장이, 김용순 대남비서 역은 정세현 전 통일부 차관이 맡았다. 우리 측은 임동원 국정원장, 황원탁 외교안보수석, 이기호 경제수석이 참여했다. 북측 대역들은 북한 말씨까지 흉내 내며 날카롭게 질문을 했다. 연방제, 주한 미군 문제 등을 따지듯 물었다. 연습은 5시간이나 걸렸다. 모의 정상 회담에서 나눈 문답은 실제 평양 회담에서 대부분 재현되었다.

평양에 갈 공식수행원은 10명, 특별 수행원은 24명이다. 특별수행원으로는 김민하 민주평통 수석부의장, 이해찬 새천년민주당 정책위의장, 이완구 자유민주연합 당무위원, 장상 이화여대 총장, 강만길 민족화해협력 범국민협의회 상임의장, 차범석 대한민국예술원 회장, 김운용 대한체육회 회장, 정몽준 대한축구협회 회장, 박권상 한국방송협회 회장, 최학래 한국 신문협회 회장, 박기륜 대한적십자사 사무총장, 고은 민족문학작가회의 상임고문, 김재철 한국무역협회 회장, 송병두 전국경제인연합회 상근부회장, 이원호 중소기업협동조합중앙회 상근부회장, 정몽헌 현대아산 이사, 윤종용 삼성 부회장, 구본무 LG회장, 손길승 SK 회장, 장치혁 남북경협위원회 위원장, 강성모 란나이코리아 회장, 백낙환 인제학원 이사장, 문정인 연세대 통일연구실장, 이종석 세종연구소 남북관계연구실장 등이다. 그리고 주치의인 허갑범 박사가 동행하였다.

6월 8일 오부치 게이조 전 일본 총리의 장례식에 참석하였다. 모리 요시로 일본총리, 빌 클린턴 미국 대통령과 잇따라 정상 회담을 가졌다.

"매우 기쁜 소식을 들었습니다. 중요한 회담이기 때문에 성공하기 바랍니다. 김 대통령이야 말로 북한이 발전하도록 설득하고 돕는 데 가장 적절한 분입니다. 역사적 사건이기 때문에 조그만 역할이라도 할 수 있다면 큰 영광으로 생각하겠습니다."

"분단 55년 만에 철조망을 넘어 북한에 가는 것 자체가 전환점이 될 것입니다."

"11월에 열리는 APEC 회의 때 만나게 될 텐데, 그때 김정일 국방위원장과 함께 오시면 큰 기사가 될 것입니다."

클린턴과 회담을 마치고 일본 모리 요시로 총리와 회담을 가졌다.

다음날인 6월 9일 국무회의에서 남북 정상 회담과 관련하여 김대중이 발언을 시작했다.

"다음 주 월요일에 북한 방문길에 오릅니다. 무엇을 얼마나 합의하느냐도 중요하지만 만난다는 사실, 하고 싶은 얘기를 해서 무엇을 생각하고 있는지를 알게 되는 것 자체가 중요합니다.

과거의 정상 회담을 보더라도 동·서독의 정상 회담이라든가 또 중일전쟁 후의 정상 회담이라든가, 또 닉슨의 중국 방문이라든가 모든 것이 그때마다 성공적이었던 것은 아닙니다. 그러나 결과적으로 그러한 만남은 역사적으로 엄청난 영향을 끼쳤습니다.

전 국민이 지금 관심을 가지고 많은 지지를 보내며 성원해 준 것을 우리가 잘 알고 감사히 생각하고 있습니다. 참으로 근래 보기 드물 정도로 이 한반도의 한곳에 전 세계의 초점이 모여 있습니다."

국회의원들이 본회의를 열어 남북 정상 회담에 대한 국회 차원의 지지 결의문을 채택했다.

그런데 북한이 갑자기 평양 방문을 하루 연기해 달라고 요청을 해 왔다.

"기술적 준비 관계로 불가피하게 하루 늦춰 13~15일 2박3일 일정으로 김 대통령님이 평양을 방문토록 변경해 줄 것을 요청합니다."

김대중은 갑작스러운 요청이 당혹스러웠지만 비서관들에게 동요하지 말도록 지시했다.

"55년을 기다려 왔는데 하루 더 기다릴 수 있는 것 아니오."

북으로 떠나기 하루 전인 6월 12일이 되었다. 김대중은 공식적인 일정을 하나도 잡지 않았다. 이희호와 함께 오전에는 청와대의 녹지원을 산책하며 시간을 보냈다. 연못에 물고기 먹이를 주기도 하고 벤치에 앉아서 햇볕을 쪼이기도 했다. 관저로 올라와 진돗개에게 먹이를 주기도 했다.

6월 13일 아침이 밝았다. 김대중은 청와대에 들어온 이후 가장 긴장된 아침을 맞았다. 드디어 북한으로 가는 날이 된 것이다. 날씨는 아주 좋았다. 김대중은 기도를 올렸다. 그리고 마음속으로 다짐을 했다.

'새 민족사를 여는 숭고한 순간이 다가오고 있다. 이번 방북이 민족의 미래를 평화와 통일로 이끌어 가는 데 큰 기여를 할 수 있도록 최선을 다하자. 7천만 민족의 염원과 전 세계 시민의 기대와 뜻을 저버려

서는 결코 안 될 것이다.'

이희호와 김대중은 콩나물국과 달걀 반숙으로 아침 식사를 했다. 이희호도 긴장하고 있었다.

청와대 본관에서는 김성재 정책기획수석과 비서관들이 모두 나와서 집결해 있었다.

"김 수석 내가 북에 머무는 동안 청와대를 지휘하도록 하세요."

8시 15분 청와대를 나섰다. 청와대 직원들이 도열하여 손을 흔들었다.

성남 서울 공항에는 이만섭 국회의장, 최종영 대법원장, 이한동 국무총리 서리를 비롯한 부처 장관들이 그리고 실향민 1000여 명이 기다리고 있었다. 환송식이 있었다. 김대중은 출발 성명을 낭독 했다.

"존경하고 사랑하는 국민 여러분, 저는 오늘 2박 3일 동안 평양을 방문합니다. 민족을 사랑하는 뜨거운 가슴과 현실을 직시하는 차분한 머리를 가지고 방문길에 오르고자 합니다. 평양에서 저는 김정일 국방위원장과 역사적인 남북 정상 회담을 갖게 될 것입니다. 지난 55년 동안 영원히 막힐 것같이 보였던 정상 회담의 길이 이제 우리 앞에 열리게 된 것입니다. 이 길이 열리기까지는 무엇보다도 남북의 화해와 협력 그리고 평화 통일을 바라는 국민 여러분의 한결같은 염원과 성원, 그 힘이 컸습니다. 진심으로 감사드려 마지 않습니다.

저의 이번 평양길이 평화와 화해의 길이 되도록 진심으로 바랍니다. 한반도에서 전쟁의 위협을 제거하고 남북 7천만 모두가 안심하고 살 수 있는 냉전 종식의 계기가 되기를 바라 마지않습니다.

저의 평양 길이 정치, 경제, 문화, 관광, 환경 등 모든 분야에서 교류와 협력이 크게 진전되는 계기가 되기를 바랍니다. 또한 저의 이번 방문이 갈라진 이산가족들이 재결합을 이루어 혈육의 정을 나누는 계기가 되어야겠다고 굳게 결심하고 있습니다. 저의 이번 평양 방문은 한 번으로 끝나는 것이 아니고 남북 간에 계속적이고 상시적인 대화의 길이 되어야 할 것이며 김정일 국방위원장의 서울 방문도 이루어지도록 해야 할 것입니다.

이제 국민 여러분의 뜻을 모아 북녘 땅을 향해 출발하겠습니다. 제가 민족사적 소임을 다할 수 있도록 각별한 지원을 당부 드립니다."

북한은 조선일보와 KBS 기자를 지목하여 입북을 불허하고 있었다.

"조선일보와 KBS 기자를 비행기에 태우세요. 남한은 민주 국가입니다. 민주 국가에서 언론의 자유를 제한하는 것은 말이 안 됩니다. 정상 회담을 하는 것 자체가 서로의 체제를 인정하는 것이고 누가 수행 취재를 가느냐는 우리가 결정하는 것입니다. 취재 기자 선별까지 양보하면서 정상 회담을 할 필요는 없습니다."

비행기에 오르는 김대중의 뒤로 어린이 합창단이 고향생각과 우리의 소원은 통일을 부르고 있었다. 비행기는 대한민국 대통령 김대중을 태우고 서울 공항을 이륙했다. 그 시간은 9시 15분이었다.

15

| 방북 |

김대중을 태운 전용기는 북으로 향하고 있었다. 구름 한 점 없는 하늘을 나르고 있었다. 김대중은 창문으로 멀어져가는 남한 땅을 바라보며 생각에 잠겨 있었다. 그때 안내 방송이 흘러 나왔다.

"저는 대통령님을 평양까지 모시고 갈 기장 박영섭 중령입니다. 역사적인 남북 정상 회담이 성공적으로 이루어지기를 간절히 기원합니다. 지금 평양의 날씨는 구름이 조금 낀 맑은 날씨입니다. 대통령을 모신 공군 1호기는 곧 38선을 넘게 됩니다. 오른쪽에 북한의 웅진반도 장산곶이 있습니다. 평양의 날씨는 23도입니다."

김대중은 전용기 안의 집무실로 혼자 들어갔다. 창밖에는 북한 땅이 보이기 시작했다. 산은 나무가 없어서 검붉었다.

10시 30분이 되자, 평양 순안공항에 도착하였다. 한 시간 거리밖에 되지 않은 곳에 북한이 있었다.

김하중 의전비서관이 다가왔다.

"김정일 위원장이 출영했습니다."

비행기의 문이 열리고 김대중은 트랩 위에 올랐다. 주위를 가볍게 둘러보았다 북한을 처음으로 본 것이었다. 가슴이 설랬다. 북한의 시민들이 꽃을 흔들고 있었고 함성을 내질렀다. 공항청사에는 김일성의 대형 초상화가 걸려있었다. 이곳이 바로 북한임을 알려주는 이정표 같은 것이었다. 트랩 아래에 김정일 위원장이 와 있었다. 그는 인민복을 입고 있었다. 김대중은 천천히 한발씩 트랩을 내려오고 있었다. 드디어 평양 땅을 밟은 것이었다. 김대중은 무릎을 꿇고 땅에 입을 맞추고 싶은 심정이었으나 불편한 다리 때문에 그렇게 하지 못했다.

김정일이 김대중에게 다가왔다. 그 두 사람은 서로 거의 동시에 인사를 했다.

"반갑습니다."

김정일은 이희호에게도 인사를 했다. 김정일은 생글생글 웃으며 따뜻하고 명랑하게 김대중 일행을 반겼다. 김정일과 김대중은 함께 북한 인민군 명예의장대를 사열했다. 의장대 앞으로 다가가자 의장대장이 큰소리를 외쳤다.

"조선노동당 총비서, 조선국방위원회 위원장, 조선인민군 최고사령관 동지, 조선인민군 육, 해, 공군 명예의장대는 경애하는 최고사령관 동지와 함께 김대중 대통령을 영접하기 위하여 정렬하였습니다."

의장대 분열이 끝나고 김정일은 환영 나온 북한의 인사들을 김대중에게 소개했다. 김영남 최고인민위원회 상임위원장, 김국태 노동당 간부 담당 비서, 김용순 대남 담당 비서, 최대복 최고인민회 의장, 강석주 외교부 제1부부장, 송호경 조선아시아태평양평화위원회 부위원장, 안경호 조평통 서기국장 등이었다.

김대중은 도착성명을 서면으로 발표하였다. 김정일이 직접 나오지 않았을 경우 발표할 예정이었으나 김정일이 나왔기에 서면으로 발표한 것이다.

'존경하고 사랑하는 평양 시민 여러분, 그리고 북녘 동포 여러분, 참으로 반갑습니다. 저는 여러분이 보고 싶어 이곳에 왔습니다. 꿈에도 그리던 북녘 산천이 보고 싶어 여기에 왔습니다. 너무 긴 세월이었습니다. 그 긴 세월 돌고 돌아 이제야 왔습니다.

제 평생에 북녘 땅을 밟지 못할 것 같은 비감한 심정에 젖은 때가 한두 번이 아니었습니다. 그러나 이제 평생의 소원을 이루었습니다. 남북의 7천만 모두가 이러한 소원을 하루 속히 이루기를 간절히 바랍니다.

반세기 동안 쌓인 한을 한꺼번에 풀 수는 없습니다. 그러나 시작이 반입니다. 이번 저의 평양 방문으로 온 겨레가 화해와 협력, 그리고 평화 통일의 희망을 갖게 되기를 진심으로 바라 마지않습니다.

우리는 한민족입니다. 우리는 운명 공동체입니다. 우리 모두 굳게 손잡읍시다. 저는 여러분을 사랑합니다.'

김대중은 김정일과 함께 전용차가 있는 곳으로 걸어갔다. 환영인파가 꽃을 흔들고 있었다. 김정일의 안내를 받아 오른쪽 뒷좌석에 올랐다. 그런 다음 김정일은 뒤로 돌아 뒷좌석 왼쪽에 탔다. 이희호는 반석옥 아태위 부장과 동승했다.

김대중과 김정일을 태운 전용차가 지나가는 길에 북한의 시민들이 꽃을 흔들며 열광적으로 환영하고 있었다.

"대통령님 북에 오는데 무섭지 않았습니까, 무서운데 어떻게 왔습니까?"

김정일이 말을 걸었다.

"저 많은 사람들이 모두 자발적으로 대통령을 환영하기 위해서 나왔습니다. 여기 계신 동안에는 아주 잘 모시겠습니다. 편안히 계십시오."

"남북 국민과 세계가 관심을 갖는 회담에서 민족에 희망을 주는 결과가 있었으면 합니다."

김대중과 김정일은 차안에서 함께 손을 잡았다.

두 사람을 태우고 가던 전용차는 평양 시내의 입구에서 차를 멈췄다. 연못동이라는 곳이었다. 김대중과 김정일은 차에서 내렸다. 학생이 다가와 김대중에게 꽃을 건네주었다. 김대중은 손을 흔들다가 주변에 보인 시민들과 함께 악수를 나누었다. 고적대는 환영곡을 연주하였다.

김대중은 다시 차에 올랐고 천리마 거리, 조선혁명박물관, 김일성 동상이 있는 만수대 언덕, 모란봉천리마 동상,개선문,김일성종합대학,

금수산기념궁전을 지나갔다. 가는 길에는 평양시민들이 끊이지 않고 계속해서 환영의 꽃을 흔들었다. 개선문, 김일성 동상, 천리마 동상, 우의탑은 엄청나게 컸다.

두 사람을 태운 차는 백화원 영빈관에 도착했다. 백 가지 꽃이 피는 곳이라는 뜻으로 김일성이 지어준 이름이라고 한다. 로비에는 파도치는 해금강을 그린 대형 벽화가 걸려 있었다. 그 앞에서 김대중과 김정일은 기념 촬영을 했다. 김정일은 이희호에게도 함께 찍자며 포즈를 취했다. 김대중을 따라온 대표들과도 기념촬영을 하였다.

김대중과 김정일은 접견실로 자리를 옮겼다. 1차 정상회담이 열린 것이다. 텔레비전으로 생중계되었다. 김정일은 말이 많았다. 그리고 그 말에는 거침이 없었고 목소리는 당당했다. 은둔한 독재자로 불리던 김정일이 세계에 알려지는 순간인 것이다.

"인민들한테는 그저께 밤에 김 대통령의 코스를 대줬습니다. 대통령이 오셔서 어떤 코스를 거쳐 백화원 초대소까지 오는지 알려줬습니다. 외신들은 마치 우리가 준비를 못해서 못 오게 했다고 하는데 사실이 아닙니다. 인민들은 대단히 반가워하고 있습니다."

"이렇게 많은 분들이 환영 나와 놀라고, 감사합니다. 평생 북녘 땅을 밟지 못할 줄 알았는데 환영해 줘서 감개무량하고 감사합니다. 7천만 민족의 대화를 위해 서울과 평양의 날씨도 화창합니다. 민족적인 경사를 축하하는 것 같습니다. 성공을 예언하는 것 같습니다."

"오늘 아침 비행장에 나가기 전에 텔레비전에서 봤습니다. 공항을 떠나시는 것을 보고 대구 관제소와 연결하는 것까지 본 뒤에 비행장으로 갔습니다. 아침에 계란 반숙을 절반만 드시고 떠나셨다고 하셨는데 구경 오시는데 왜 아침 식사를 적게 하셨습니까."

"평양에 오면 식사를 잘할 줄 알고 그랬습니다."

주변에 모인 사람들이 김대중의 넉살에 남북 할 것 없이 모두 웃음을 지었다.

"자랑을 앞세우지 않고 섭섭지 않게 해 드리겠습니다. 외국 수반도 환영하는데, 동방예의지국이라는 도덕을 갖고 있습니다. 김 대통령을 환영 안 할 아무 이유가 없습니다. 동방예의지국을 자랑하고파서 인민들이 많이 나왔습니다. 김 대통령의 용감한 방북에 대해서 인민들이 용감하게 뛰쳐나왔습니다. 우리가 어떤 마음으로 방북을 지지하고 환영하는지 똑똑히 보여 드리겠습니다. 장관들도 김 대통령과 동참해 힘든, 두려운, 무서운 길을 오셨습니다. 하지만 공산주의자도 도덕이 있고 우리는 같은 조선 민족입니다."

"나는 처음부터 겁이 없었습니다."

주변사람들이 웃었다. 김대중은 김정일을 향해 다시 이야기를 시작했다.

"6월 13일은 역사에 당당하게 기록될 날입니다."

"이제 그런 역사를 만들어 갑시다."

"주석님께서 생존했다면 주석님이 대통령을 영접했을 것입니다. 서거 전까지 그게 소원이셨습니다. 김영삼 대통령과 회담을 한다고 했을 때 많이 요구를 했다고 합니다. 유엔에까지 자료를 부탁해 가져왔는데 그때 김영삼 대통령과 다정다감한 게 있었다면 직통 전화 한 대면 다 줬을 텐데. 이번에는 좋은 전례를 남겼습니다. 이에 따라 모든 관계를 해결할 것으로 확신합니다."

"동감입니다. 앞으로는 직접 연락해야죠."

"지금 세계가 주목하고 있습니다. 김 대통령이 왜 방북했는지, 김 위원장은 왜 승낙했는지에 대한 의문부호입니다. 2박 3일 동안 대답해 줘야 합니다. 대답을 주는 사업에 김 대통령뿐 아니라 장관들도 기여해 주시기를 부탁합니다."

김정일은 1차 회담을 마치고 수행원들과 악수를 나눴다. 경호실장인 안주섭에게는 악수하면서 색다른 인사말을 했다.

"걱정하지 마십시오."

주변 사람들은 김정일의 농담에 웃음을 지었다. 분위기는 이렇게 화기애애했다.

김대중의 숙소 응접실은 30평 정도였다. 텔레비전에서는 한국의 방송을 시청할 수 있었다. 방송마다 김정일 위원장이 순안 공항에 마중 나와서 김대중과 손을 잡는 장면을 되풀이해서 방영했다.

점심식사를 마치고 오후 3시 만수대의사당으로 향했다. 북한의 국가 원수인 김영남 최고회의 상임위원장을 예방했다. 만수대의사당은 북한의 국회격인 최고인민회의를 비롯하여 각종 정치 행사가 열리는 곳이었다. 북측에서는 양형섭, 려원구 최고인민회의 부위원장, 김영대 사회민주당 위원장, 김윤혁 사회민주당 부위원장, 강릉수 문화상, 안경호 조평통 서기국장 등이 참석했고 남측은 공식 수행원이 모두 참석했다.

김영남이 축하 인사를 하며 김대중의 민주화 투쟁 경력에 대해서 언급했다.

"김 대통령의 민주화 투쟁을 잘 알고 있습니다. 1973년 8월 일본 도쿄에서 납치되었을 때 북남 관계를 중지시켰습니다. 같은 겨레로서 객관적으로 봐도 꼭 구출되어야 한다고 생각했습니다. 그때부터 우리 인민들은 김대중 대통령을 잘 알게 되었습니다."

김대중이 김영남에게 감사 인사를 한 후 소감을 밝혔다.

"민족이 화해하고 통일해야 합니다. 나는 평생 민족 통일을 바라며 살아왔습니다. 인생은 한 번 사는 것이고 대통령도 한 번 하는 것입니다. 이제 70을 넘겼습니다. 따라서 이번 김정일 위원장과 만나 남북이 가능한 일부터 시작해서 7천만 민족에게 희망을 주고 어떠한 전쟁도 피하는 것이 민족에 봉사하고 통일을 향하는 데 기여하는 것입니다.

7.4 공동 성명이 합의된 지 28년, 남북 기본 합의서가 채택된 지 8년이 지났습니다. 그러나 합의서만 내놓았지 실천한 것은 아무것도 없습니다. 그래서 이번 만남 자체가 의미가 있고, 북에도 좋고 남에도 좋은 쉬운 일부터 합의하고 실천함으로써, 결국은 통일을 향해 노력해야 합니다."

김영남의 안내로 만수대 예술극장에서 평양성 사람들이라는 공연을 함께 관람했다. 김대중은 공연이 끝나고 무대에 올라 출연진들과 기념 촬영을 했다.

숙소로 돌아와서 휴식을 취한 후 다시 인민문화궁전에서 김영남 상임위원장이 주최하는 만찬에 참석했다. 만찬에는 300여 명이 초대되었다. 만찬 메뉴 중에는 류류 날개탕이 있었는데 메추리알 6개로 만든 요리였다. 정상회담이 열리는 12일을 기념하기 위해 류류 날개탕이라고 김정일이 작명한 요리였다. 그러나 13일에 열려서 요리 이름이 빛을 잃은 점이 있었다.

그러나 김대중은 감동했다. 김정일이 이렇게 세심한 것까지 신경을 썼다는 점이 놀라웠기 때문이었다.

만찬을 마치고 숙소인 백화원으로 돌아왔다.

숙소에서 한광옥 비서실장, 임동원 국정원장, 박준영 공보수석과 함께 하루를 회상해 봤다.

김대중의 방북 소식은 전 세계로 퍼져나갔다. 서울 소공동 롯데 호텔에 프레스센터가 만들어 지고 289개 매체의 1275명의 취재진이 등록되었다.

북한의 언론 매체들도 온통 남북 정상회담 기사로 메워졌다.

"반만년 유구한 민족사에 특기할 4.8 북남 합의서에 따라 민족 분열 사상 처음으로 개최되는 이번 상봉과 만남은 민족 주체적 노력으로 통일 성업을 이룩해 나갈 겨레의 확고한 의지를 과시하는 중대한 사변이다."

평양에서의 이틀째 날이 밝았다. 만수대 의사당에서 김영남을 만나는 것이 첫 번째 일정이었다. 김대중은 의사당 방명록에 이렇게 적었다.

"우리는 한민족, 한 핏줄의 공동 운명체입니다. 평화 교류 협력 그리고 민족의 통일을 향해 착실하게 전진해 나갑시다. 2000년 6월 14일 대한민국 대통령 김대중."

김영남은 김대중을 보고 이렇게 이야기했다.

"외세는 우리 민족이 통일이 되어 강대국이 되는 것을 바라지 않습니다."

"21세기에는 세계화, 지식 정보화 도전을 이기지 못하면 어떤 민족과 국가도 비참해집니다. 우리 민족은 지식 산업 시대에 중요한 지식과 교육 기반, 문화 창조력을 조상들로부터 물려받았습니다. 남북이 힘을 합치고 유산을 잘 활용한다면 선진 민족이 될 것이나 그렇지 못하면 민족 역량을 소모함으로써 퇴보할 것입니다.

외세는 두려워하지 말고 활용해야 하며, 한반도는 과거 제국주의의 약탈의 대상이었으나 지금은 4대국을 활용할 위치에 있습니다. 북한이 미국 및 일본과 수교하는 것이 바람직합니다. 남이 중국, 러시아와 잘 지내듯 북도 미국, 일본과 잘 지내는 것이 중요합니다. 남북이 마음을 합치면 주변 국가를 움직일 수 있습니다.

통일 방안으로는 양측 방안을 연구, 검토해야 하고 현실적인 것이 최선이고 그렇지 않으면 시간만 소비하는 것이 됩니다. 상호 체제 존중, 무력 정복 포기를 확실히 하고 양쪽 군끼리 비상 연락 체제를 검토할 필요가 있습니다. 경제공동위원회를 가동해 남북이 서로 도울 일을 검토하고 농업, 전력, 철도, 항만, 도로 등 분야에서 협력할 방안을 검토합시다. 이산가족 문제를 시급히 해결합시다. 이산 1세대들이 그리운 핏줄을 보지 못하는 한을 갖고 세상을 떠나고 있어 이들의 재결합은 오늘을 사는 우리의 책무입니다."

김대중의 발언이 끝나자 김영남이 질문을 했다.

"자주를 말하며 대북 3각 공조를 언급하고 있으니 이를 어떻게 생각하십니까?"

"3각 공조는 대북 봉쇄 정책이 아니고 남한이 제시한 햇볕 정책을 기본으로 한 것입니다. 한.미.일 3국이 북한에 줄 것은 주고 받을 것은 받자는 것이 기본입니다. 한반도에서 무력 사용은 절대 안 되며 북이 안심하도록 안전을 보장하고 경제 제재를 해제하고 국제 사회에 동참하도록 3국이 공동으로 노력한다는 것입니다. 주한 미군은 북한 침략용이 아닌 한반도와 동북아의 평화를 위해서도 필요합니다."

김영남이 다시 물었다.

"북남 사이 내방과 접촉, 교류를 높이는 데 방해가 되는 국가보안법을 어떻게 생각하십니까."

"개정해야 합니다. 기본 합의서에도 남북 간 논의키로 되어 있습니다. 국회에 제출했으나 국회가 동의해 주지 않아 개정하지 못하고 있습니다."

김영남이 마지막으로 물었다.

"민족이 힘을 합치고 자주적으로 통일을 이뤄야 한다는 대통령의 생각을 잘 이해하고 있으나 통일 역량을 고취하는 활동의 자유를 보장하지 않고 있으며 국보법 위반 혐의로 애국, 통일 인사들이 체포, 구금되는 이유는 무엇입니까."

"남북한 모두 실정법을 가지고 있으며 남북 관계가 개선되기 전에 남북 체제가 이를 무시할 수 없는 것입니다. 남북 간 분위기가 달라지면 이런 점이 개선될 것입니다."

김영남과의 만남이 끝나고 김대중은 옥류관을 찾았다.

한꺼번에 1000명을 수용할 수 있는 큰 규모의 냉면집이었다.

냉면의 맛은 담백하고 정갈했다.

"평양냉면을 평양에서 먹어 보지 못할 줄 알았는데 먹게 되었습니다."

오후에 이희호는 이화여고 재학 시절 스승인 김지한 선생을 만났다.

그는 85세였다.

16

| 김정일과 회담 |

　오후 3시, 백화원에서 김정일과 2차 정상회담을 가졌다. 김정일의 가슴에는 김일성의 사진이 그려진 배지를 착용하고 있었다. 임동원 원장, 황원탁 외교안보수석, 이기호 경제수석이 배석했다. 북한에서는 김용순 대남비서만 배석했다.

　"오늘 일정이 아침부터 긴장되게 하였습니다."

　"여기저기 많이 다녔습니다."

　"잠자리는 편하셨습니까."

　"잘 자고, 한국에서 꼭 가 봤으면 하는 옥류관에서 냉면도 먹고 왔습니다."

　"오늘 회담이 오후에 있어서, 너무 급하게 자시면 맛이 없습니다. 앞으로 시간 여유를 갖고 천천히 잘 드시기 바랍니다. 어젯밤 늦게까지 남쪽 텔레비전을 봤습니다. 남쪽의 MBC도 보고. 남쪽 인민들도 아마 다 환영 분위기이고 특별히 또 실향민이라든가 탈북자들에 대한 것을 소개해서 잘 보았습니다. 이번 기회에 고향 소식이 전달될 수 있지 않나 하면서 속을 태우는 것 같습니다. 실제로 우는 장면이 나옵디다."

"김 위원장께서 공항에 나와 우리 둘이 악수하는 것을 보고 외국기자들도 수백 명 모였는데 기자들 1000여 명이 기립 박수를 했다고 합니다."

"제가 무슨 큰 존재라도 됩니까. 인사로 한 것뿐인데, 구라파 사람들은 나보고 자꾸 은둔 생활을 한다고 하고 이번에 은둔 생활을 하던 사람이 처음 나타났다고 그러는데, 저는 과거에 중국에도 갔었고, 인도네시아에도 갔었고, 비공개로 외국에 많이 갔댔어요. 그런데 김 대통령이 오셔서 해방됐다고 그래요. 뭐 그런 말 들어도 좋습니다. 모르게 갔었으니까요. 식 반찬은 불편한 것이 없었습니까."

"음식이 참 좋습니다. 맛있게 먹었습니다. 북한 음식이 담백하고 정갈해 좋습니다."

김정일과 김대중은 비공개 회담을 가졌다. 기자들이 모두 회담장 밖으로 나갔다.

"누구나 영원히 사는 사람도 없고 또한 그 자리에 영원히 있은 사람도 없습니다. 지금 위원장과 나는 남북을 대표하고 있는데 우리가 마음 한 번 잘못 먹으면 우리 민족이 모두 공멸합니다. 그러나 우리가 조상 앞에 민족 앞에 경건한 마음으로 우리 민족의 살 길을 찾으면 우리는 평화적으로 통일해서 우리 국민에게 축복을 줄 수 있습니다. 그러기 위해서는 서둘지 맙시다. 평화적으로 공전하고 평화적으로 교류 협력하다 10년, 20년 후에 이만하면 되었다 할 때 평화적으로 통일합시다."

김대중이 말하자 김정일은 고개를 끄덕이며 동의했다. 본격적인 회담이 시작되자 김정일의 얼굴에서 웃음기가 사라졌다.

"이번 김 대통령의 평양 방문을 국정원이 주도했다면 동의하지 않았을 겁니다. 국정원의 전신인 안기부와 중앙정보부에 대한 인상이 아주 나쁘기 때문입니다. 그런데 다행히 아태위와 현대가 하는 민간 경제 차원의 사업이 잘되고 활성화돼 가니까 하기로 한 겁니다. 더구나 박지원 장관이 나섰다기에 김 대통령께서 다른 라인으로 직접 추진하시는 것으로 생각했지요. 그런데 알고 보니 국정원이 개입하고 임동원 선생이 뒤에서 조종하는 거예요. 그러나 정권이 달라졌고 사람이 달라졌으니까 한번 해보자 하는 겁니다."

"정부가 달라졌고 국정원도 과거와는 많이 달라졌습니다."

"남조선 대학가에 인공기가 나부낀 데 대해서 국가보안법 위반이니 사법처리를 하겠다는 겁니다. 이건 뭐, 정상 회담에 찬물을 끼얹겠다는 거 아닙니까. 어떻게 그럴 수 있습니까. 대단히 섭섭한 생각이 들었습니다. 어제 공항에서 봤는데 남측 비행기에 태극기를 달고 왔고, 남측 수행원들이 모두 태극기 배지를 달고 있었지만 우리는 신경을 쓰지 않았습니다. 그래서 제가 많이 생각해 봤어요. 어제 김영남 위원장과 회담하고 만찬 대접도 했으니 헤어지면 되겠다고 말이지요. 그런데 주위에서 만류해서 오늘 제가 나온 것입니다."

"처음 듣는 얘기입니다. 돌아가서 알아봐야 하겠습니다. 우리 쪽에는 여러 부류의 사람이 있습니다. 그것 때문에 너무 신경 쓰지 마십시오.

김 위원장께서 3년 상을 지내면서 효도를 다한 그 점에 대해서 동방예의지국이라는 감명을 받았습니다. 서로 하고 싶은 얘기들을 흉금을 털어놓고 이야기하고, 합의할 수 있는 것은 합의합시다."

김대중은 준비한 자료를 보며 차분히 설명을 시작했다.

"첫 번째, 화해와 통일 문제에 관한 것입니다. 국제 냉전은 종식되었고, 세계가 산업사회에서 지식 정보 사회로 전환함에 따라 무한 경쟁 시대가 전개되고 있습니다. 우리도 민족의 생존과 번영을 위해 화해하고 냉전을 끝내야 할 때입니다. 더 이상 미룰 수 없습니다. 우리는 교육과 정보화 기반이 튼튼하고 문화 창조력이 강한 민족으로서 지식 정보화 시대에 최고의 발전과 융성을 이루기에 가장 알맞은 민족입니다. 이제 우리가 서로 화해하고 협력하여 공동의 발전과 번영을 이끌어 나가는 것이 중요합니다. 김 위원장과 내가 솔선수범하도록 합시다.

통일은 점진적, 단계적으로 추진해 나가야 하며 통일의 과정을 남과 북이 협력하여 관리해 나가야 합니다. 그러기 위해 남북연합을 제도화하자는 것인데 8년 전에 채택한 남북 합의서에도 이런 정신이 반영되어 있습니다.

두 번째로 긴장완화와 평화 문제입니다.

남북은 서로 흡수 통일과 북침, 적화 통일과 남침에 대한 불안감을 갖고 있는데 이러한 것들은 사실 모두 불가능한 것입니다. 전쟁은 민족의 공멸을 초래할 뿐입니다. 우리의 입장은 확고합니다. 북침이나 흡수 통일을 절대로 추구하지 않겠다는 것을 확실히 약속하니 북측에서도 너무 걱정할 필요가 없습니다. 남북 기본 합의서에 합의한 대로, 불가침 문제를 다루기 위한 군사공동위원회를 개최하여 우발적 무력 충돌 방지 대책을 비롯하여 군비 통제 문제 등을 협의해 나가도록 합시다. 그런데 남북문제를 풀려면 주변국들과의 문제들을 같이 풀어 나가야 합니다. 나는 1998년 미국에 가서 북측에 대한 경제 제재 조치를 해제하는 것이 좋겠다고 제기했습니다. 일본의 모리 수상에게는 북측과의 관계 정상화를 촉구하고 그 방안에 대해 깊은 대화를 나누었습니다. 북측이 조속히 미국, 일본, 유럽 국가들과 좋은 관계를 가질 수 있도록 우리가 적극 지원하겠습니다. 그러니 북측도 핵 문제 해결을 위한 북미 제네바 합의를 준수하고 미국과의 미사일 회담도 잘 진행하기 바랍니다. 이런 식으로 한반도의 평화를 정착시켜 나가야 합니다. 그리고 한반도와 동북아의 평화와 안보를 위해 남북이 미·일·중·러와 함께 6개국 동북아 안보협력기구를 구성, 운영할 수 있도록 노력합시다.

세 번째는 남북 교류 협력 문제입니다.

남북 관계를 잘 푸는 데는 경제 협력이 중요합니다. 원래 우리 정부는 정경 분리를 원칙으로 하고 있지만, 남북문제의 특성상 철도, 통신, 항만, 전력, 농업 등 여러 분야에서의 남북 협력을 위해 당국 간 협력을 본격화 해 나갈 용의가 있습니다. 끊어진 철도와 도로를 다시 잇고 서해안 산업 공단을 함께 건설합시다. 그리고 금강산 관광뿐 아니라 백두산 관광, 평양 관광 등 관광 사업도 확대해 나갑시다. 그리고 북측이 국제 금융 기구에 가입하여 지원을 받을 수 있도록 우리가 적극 협조하겠습니다. 그러므로 남북 경협을 원활히 추진하기 위해서 투자 보장 등 경협 합의서들을 서둘러 체결해야 할 것입니다.

2002년 월드컵에도 북측이 참여해 주고, 이 기회에 서울과 평양이 정기적으로 축구 시합을 하는 경, 평, 축구도 부활시킵시다. 시드니 올림픽에도 공동 입장하는 것으로 합시다. 체육뿐 아니라 사회, 문화, 학술, 보건, 환경 등 모든 분야에서 교류 협력을 활성화해 나갑시다.

네 번째, 이산가족 상봉입니다.

자주 평화 민족 대단결의 원칙을 제시한 7.4 남북 공동 성명이 나온 지 어느덧 28년이 지났습니다. 남북 관계의 발전 방법을 완벽하게 제시한 남북 기본 합의서가 채택된 지도 8년이 되었습니다. 하지만 아무 것도 실천된 것이 없습니다. 이제 김 위원장과 저에게는 이미 정해진 원칙과 방법에 따라 실천하는 일만 남았습니다. 우리 둘이 합심해서 구체적인 실천으로 겨레에게 희망과 믿음을 줍시다. 남북 장관급 회담, 경제공동위원회, 군사공동위원회 등을 개최하고 이산가족 상봉과 다방면의 교류 협력을 실현합시다.

그리고 김 위원장의 서울 방문을 정식으로 초청합니다. 여론 조사 결과를 보면 김 위원장이 서울에 와야 한다는 여론이 81퍼센트나 됩니다. 조만간 서울을 꼭 한 번 방문해 주시기를 바랍니다. 제 나이 이제 일흔 여섯입니다. 대통령 임기는 2년 8개월 남았습니다. 30~40년 동안 숱하게 감옥살이를 하고 죽을 고비를 넘기면서 나름대로 민족의 화해와 통일을 위해 최선을 다하며 살아왔습니다. 그 뜻을 2년 8개월 사이에 김 위원장과 함께 꼭 이뤄 보고 싶습니다. 그리고 다음에 어떤 정부가 들어서더라도 그 길을 바꾸지 못하도록 단단히 해 두고 싶습니다. 그게 나의 소원입니다."

30분 동안 김대중은 긴 내용을 설명하였다. 설명하는 내내 김정일은 경청하고 있었다. 김대중의 설명이 끝나자 김정일이 예의를 갖추어서 말했다.

"훌륭한 말씀에 감사드립니다. 그리고 지난번 임동원 특사를 보내 설명해 주시고, 친서를 보내 주어 많은 도움을 받았습니다. 이렇게 다시 자세한 설명을 들으니 김 대통령의 구상이 무엇인지 잘 알게 되었습니다. 남북 간에 여러 문건이 합의되었는데 하나도 실천된 것이 없다는 데 동의합니다.

합의문에는 큼직한 선언적인 내용을 넣고 나머지는 당국 간 장관급 회담에 위임하는 것이 어떻겠습니까? 그러니까 자주적 해결의 원칙이나 통일의 방도와 같은 큼직한 문제만 포함시키고 남북 교류 협력이나 이산가족 문제 등은 회담에서 다루자는 것입니다. 중요한 것은 합의한 바가 반드시 실현되도록 감독하고 통제하는 일입니다."

"제 생각은 조금 다릅니다. 통일의 원칙이나 남북 관계 발전 방향은 7.4 공동 성명이나 남북 기본 합의서에 들어 있으니 당면한 실천적 과제를 합의해야만 겨레에 희망을 줄 수 있고 서로 신뢰를 쌓을 수 있다고 생각합니다. 따라서 이산가족 상봉, 경제, 사회, 문화교류, 김정일 위원장의 서울 방문 등을 합의 문건에 포함시켜야 합니다. 그렇지 않으면 저는 빈손으로 돌아가는 것이나 마찬가지입니다."

김정일이 의문을 제기 했다.

"남쪽에서 우리를 주적이니 괴뢰니 하면서 불신하는 판에, 제가 대통령 체면을 생각해서 큼직한 것들 몇 개 양보한다 한들 야당이 좋다고 하겠습니까. 남쪽에서는 공존, 공전하면서도 우리를 여전히 북괴라 하는데, 우리는 더 이상 남조선 괴뢰도당이라고 하지 않습니다. 의식이 문제예요. 의식을 계몽해야 합니다. 남과 북이 서로 형제라는 의식을 가져야 합니다. 남에서는 원래 우리를 소련의 위성국이라고 해서 북괴라 했고, 이제는 소련도 무너졌으니 그 괴뢰에 불과한 북조선도 곧 붕괴될 기라 주장하지 않습니까. 사실 우리는 남조선과 달리 해방 후 소련군을 곧바로 철수시켰습니다. 북쪽에는 외국군이 없어요. 우리는 지금껏 자주성을 지켜 왔습니다."

"야당이 문제가 아닙니다. 온 겨레와 세계가 이번에는 정말 성과가 있었다. 남과 북은 스스로 문제를 해결할 수 있는 민족이며 앞으로도 계속할 수 있겠다고 생각하게 만드는 것이 중요한 거지요. 그리고 이제는 남쪽에서도 괴뢰라는 표현은 쓰지 않습니다."

김대중의 말에 김용순 비서가 끼어들었다.

"1999년 5월 24일에 조성태 국방장관이 북한은 주적이다. 괴뢰다. 하면서 북괴라고 하지 않았습니까. 또 최근에 공개적으로 그렇게 하고 있지 않습니까."

김정일이 말을 이어 갔다.

"아직도 주변의 강대국들은 조선 반도의 분단을 고착시키고 두 개의 조선을 만들어 분할 통치를 하려고 합니다. 그런데 대통령께서는 자꾸 이 나라가 저 나라에 찾아가서 협력을 구하고 균형을 맞추려고 하는데, 그런 데서 탈피하고 우리 민족끼리 자주적으로 해결해야 합니다."

김대중이 말을 받았다.

"우리는 미국과 안보 동맹을 맺고 일본과도 가깝게 지냅니다. 중국이나 러시아와도 좋은 관계를 유지하고 있어요. 물론 북측도 중국과 러시아와는 가깝게 지내는 줄로 압니다. 남과 북이 모두 이 네 나라와 좋은 관계를 맺고 지내야 한반도의 평화와 통일에 도움이 됩니다. 그러나 북측이 계속 미국과 적대 관계를 유지하는 한 한반도 평화는 기대하기 어렵습니다. 북이 살 길은 안보와 경제 회생 아닙니까. 그것을 해결해 줄 수 있는 나라가 바로 미국입니다. 따라서 김 위원장께서도 핵 문제 해결을 위한 북미 제네바 합의를 준수하고 미국과의 미사일 회담도 잘해서 조속히 관계 개선을 해야 합니다. 저도 북이 미국, 일본, 유럽 국가들과 좋은 관계를 맺을 수 있도록 적극 지원하겠습니다. 한반도의 평화 문제를 풀어가는 데는 이들 국가의 협력이 필수적입니다. 저도 우리 민족 문제에 있어서 자주가 중요한 전제가 되어야 한다고 생각하는 사람입니다. 하지만 배타적인 자주가 아니라 열린 자주가 돼야 한다는 것입니다."

"대통령의 말씀이 틀린 말은 아니나 통일 문제는 어디까지나 남과 북이, 우리 민족끼리 힘을 합쳐 해결해 나가야 합니다. 당사자끼리 해결하자는 거지요.

우선 첫째로 민족 자주 의지를 천명하고, 둘째로 연방제 통일을 지향하되 낮은 단계의 연방제부터 하자는데 합의하고, 셋째로는 남북 당국 간 대화를 즉각 개시하여 정치 경제 사회 문제를 풀어 나가는 것으로 합의를 하는 것이 어떻겠습니까."

"2체제 연방제 통일 방안은 수락할 수 없습니다. 우리가 주장하는 남북 연합제는 통일 이전 단계에서 2체제 2정부의 협력 형태를 말하는 것입니다."

"연합제 방식이 바로 낮은 단계의 연방제입니다."

옆에서 듣고 있던 임동원이 김대중의 양해를 구하고 설명을 시작했다.

"연방제와 연합제는 개념이 다른 것입니다. 연방제는 연방 정부, 즉 통일 된 국가의 중앙 정부가 군사권과 외교권을 행사하고, 지역 정부는 내정에 관한 권한만 행사하게 됩니다. 연합제는 이와 달리 각각 군사권이나 외교권을 가진 주권 국가들의 협력 형태를 말합니다. 소비에트 연방의 해체 이후 성립 된 독립국가연합이 비슷한 예가 될 수 있을 것입니다. 저희가 주장하는 남북연합이란 통일의 형태가 아니라 통일 이전 단계에서 남과 북의 두 정부가 통일을 지향하며 서로 협력하기 위한 제도적 장치를 말합니다. 통일된 국가 형태를 말하는 연방과는 다른 개념임을 이해해 주셨으면 합니다."

김정일이 자신의 생각을 다시 말했다.

"대통령께서는 완전 통일은 10년 내지 20년은 걸릴 거라고 하신 것으로 알고 있습니다. 그런데 나는 완전 통일까지는 앞으로 40년, 50년이 걸릴 것으로 생각합니다. 그리고 내 말은 연방제로 즉각 통일하자는 것이 아닙니다. 그건 냉전 시대에 하던 얘기입니다. 내가 말하는 낮은 단계의 연방제라는 것은 남측이 주장하는 연합제처럼 군사권과 외교권은 남과 북의 두 정부가 각각 보유하고 점진적으로 통일 추진하자는 개념입니다."

김대중이 다시 나섰다.

"통일 방안은 여기서 합의할 수 있는 성질의 것이 아닙니다. 우리가 주장하는 남북 연합제와 북측의 낮은 단계의 연방제에 대해 앞으로 계속 논의하기로 하면 될 것입니다."

"그러면 이렇게 합의합시다. 남측의 연합제와 북측의 낮은 단계 연방제가 뜻은 같은 것이니까, 낮은 단계의 연방제로 남북이 협력해 나가자고 합시다."

"북이 낮은 단계 연방제를 제의했고 남이 남북 연합제를 제의했는데 말씀하신 대로 양자 간에는 공통점이 많습니다. 그러니까 앞으로 함께 논의해 나가는 것으로 합의합시다."

"좋습니다. 그 정도로 합의합시다."

"경제 협력에 대해서는 신의주보다는 남쪽에 가까운 곳, 이를테면 해주 같은 곳이 산업 공단으로 유리하다고 현대가 판단하고 있는데, 위원장께서도 하루속히 결정해 주시기 바랍니다. 그리고 경의선 철도를 연결해서 복선화하면 북측으로서는 많은 수익을 얻게 되고 남측으로서는 물류비용을 절감할 수 있어 공동 이익이 됩니다. 끊어진 민족의 대동맥을 연결한다는 상징성은 물론이고, 더 나아가 유럽으로 철도가 연결되면 한반도가 물류 중심지가 될 수 있을 겁니다."

"산업 공단 건설과 경의선 철도 연결 등 경제 협력 사업을 추진하되 현대와의 합의에 따라 진행하겠습니다."

회담을 시작한지 2시간이 지나자 김정일이 말했다.

"좀 쉬었다가 합시다."

"휴식에 잇시 합의할 내용을 정리하고, 임동원 원장과 김용순 비서가 합의문 초안을 만들게 하는 것이 어떻겠습니까."

"그렇게 하시지요. 지난번 임동원 특사께도 말씀드렸지만 이산가족 문제는 못할 게 없다는 생각입니다. 이번 8.15광복절에 시험적으로 100명 정도씩 서울-평양 교환 방문을 해보고, 그렇게 경험을 쌓아가며 단계적으로 확대 추진하는 것이 좋겠어요. 그런데 여기서 내가 좀 짚고 넘어가야 할 문제가 있어요. 남쪽의 국정원과 통일부는 왜 자꾸 탈북자를 끌어들입니까. 여기서 도망친 범죄자들을 감싸고돌면서 선전에 이용하고 비방 중상하고."

임동원이 말을 받았다.

"우리 정부 기관이 탈북자를 유인하는 일은 결코 없습니다. 그러나 서울에 오겠다는 탈북자들을 같은 민족으로서 받아들이는 것은 너무도 당연한 일이 아니겠습니까. 국정원장으로서 단언컨대 탈북자 문제를 선전에 이용하는 일도 전혀 없습니다. 그리고 남북 기본 합의서에서도 합의했듯이 비방 중상은 하지 않아야 합니다. 이번 기회에 두 정상께서 상호 비방 중상을 그만 두는 것으로 합의하는 것도 의미 있는 일이라 판단됩니다."

김정일은 임동원의 말에 동의 했다.

"좋습니다. 이번 기회에 아예 비방 중상을 하지 않기로 합시다. 군대에서 하는 대남, 대북 방송도 중지합시다."

김대중이 남북이 합의해야 할 내용을 정리했다.

"첫째, 우리 민족 문제를 자주적으로 해결한다. 둘째, 북측이 제안한 낮은 단계의 연방제와 남측의 남북 연합제는 상통하는 점이 많아 양측 당국자들이 계속 협의한다. 셋째 이산가족 문제를 해결한다. 넷째 경제 문화 사회 등 모든 분야에서 교류 협력을 활성화하여 상호 신뢰를 조성해 나간다. 다섯째, 당국 간 회담을 개최하여 구체적으로 합의하고 실천해 나간다."

김대중은 김정일에게 서울을 방문하고 제2차 정상 회담을 개최하자고 합의문에 명시할 것을 요청하였다. 그러나 김정일은 부정적이었다.

"김 위원장께서 동방예의지국 지도자답게 연장자를 굉장히 존중하는 것은 천하가 다 아는 사실이고, 내가 김 위원장하고 다른 것이 있다면 나이를 좀 더 먹은 건데, 나이 많은 내가 먼저 평양에 왔는데 김 위원장께서 서울에 안 오면 되겠습니까. 서울에 반드시 오셔야 합니다. 서울에 오시면 우리도 크게 환영하고 환대할 것입니다."

김정일은 한동안 말이 없었다.

임동원이 말을 받았다.

"이렇게 합의하면 어떻겠습니까. 김대중 대통령이 김정일 국방위원장의 서울 방문을 정중히 요청했으며, 김정일 위원장은 앞으로 편리한 시기에 서울을 방문하기로 합의했다고 말입니다. 일단 이 정도로 합의하고 방문 날짜는 다시 협의하면 되지 않겠습니까."

김정일이 알겠다는 듯 고개를 살짝 끄덕였다.

"협의 사항 이행 과정에서 문제가 있으면 대통령께서 임동원 특보를 자주 평양에 보내세요."

"김 위원장께서도 우리 언론에서 쓰는 추측 기사라든가, 정계에서 불쑥불쑥 튀어나오는 말에 너무 신경 쓰지 않으셨으면 합니다. 그런 문제를 비롯하여 뭔가 중요한 문제가 생기면 우리 두 정상이 직접 의사소통합시다. 이 기회에 두 정상 간 비상연락망을 마련하는 게 어떻겠습니까."

"그거 좋은 생각입니다. 그렇게 합시다."

두 사람의 만남 이후 비상연락망이 만들어졌다.

휴식시간이 지나서 다시 회담이 시작되었다.

김정일이 김대중에게 공격적으로 물었다.

"통일 방안에 대한 야당의 입장은 무엇입니까. 한나라당은 왜 남북 관계의 개선 문제에 대해 사사건건 시비를 걸고 마찰을 일으키는 겁니까. 이번 평양 방문에는 왜 한 사람도 보내지 않은 겁니까."

"우리의 통일 방안은 1989년 현 야당이 집권했을 때 여야 합의로 마련된 것으로 야당이 근본적으로 반대하지는 않습니다. 다만 한나라당은 남북 관계 개선으로 대한민국의 주체성과 안보를 훼손해서는 안 된다고 주장하는 겁니다. 물론 그것은 기우지요. 그리고 대북 지원에 대해서는 엄격한 상호주의를 주장하고 있는데, 그것은 국민의 지지를 받지 못하고 있어요. 사실 이번 평양 방문에 개인적으로 동행하고 싶어 하는 야당 의원들이 적지 않았습니다. 박정희 전 대통령의 딸인 박근혜 의원도 동행하겠다고 발표했으나 한나라당 지도부에서 허가하지 않았습니다."

"우리가 지금 아무리 좋은 합의를 하고 남북 관계를 개선해 나간다고 해도 만약 그런 한나라당이 차기에 다시 집권하면 원점으로 돌아가는 거 아닙니까. 대통령께서는 한나라당이 차기에 집권한다면 대북 정책이 어떻게 될 것이라고 보십니까."

"한나라당이 지금 야당이다 보니 정략적으로 그러는 거지 만약 집권한다면 우리가 추진하고 있는 정책 방향과 크게 다르지 않을 것입니다. 남북 연합은 그들도 주장한 것이고 남북이 평화 공존하자는 데 이의가 없을 겁니다. 물론 구체적인 정책 이행 방법상에는 차이가 있을 수도 있을 것입니다."

"제가 대통령께 비밀 사항을 정식으로 말씀드리겠습니다. 미군 주둔 문제입니다. 1992년 초 미국 공화당 정부시기에 김용순 비서를 미국에 특사로 보내 남과 북이 싸움 안 하기로 했다고 말했습니다. 그러면서 미군이 계속 남아서 남과 북이 전쟁을 하지 않도록 막아 주는 역할을 해 달라고 요청했습니다. 역사적으로 주변 강국들이 한번도의 지정학적 위치의 전략적 가치를 탐내어 수많은 침략을 자행한 사례를 들면서 동북아시아의 역학 관계로 보아 조선 반도의 평화를 유지하면서 미국이 와 있는 것이 좋다고 말했습니다. 제가 알기로 김 대통령께서는 통일이 되어도 미군이 있어야 한다고 말씀하셨는데 그것은 제 생각과도 일치합니다. 미군이 남조선에 주둔하는 것이 남조선 정부로서는 여러 가지로 부담이 많겠으나 결국 극복해야 할 문제가 아니겠습니까."

"그런데 왜 언론 매체를 통해 계속 미군 철수를 주장하고 있습니까."

"그것은 우리 인민들의 감정을 달래기 위한 것이니 이해해 주시기 바랍니다."

"지난번 김 위원장을 만나고 온 임동원 특사로부터 김 위원장의 주한 미군 주둔에 대한 견해를 전해 듣고 저는 정말 깜짝 놀랐습니다. 민족 문제에 그처럼 탁월한 식견을 가지고 계실 줄은 몰랐습니다. 그렇습니다. 주변 강국들이 패권 싸움을 하면 우리 민족에게 고통을 주게 되지만, 미군이 있음으로써 세력 균형을 유지하게 되면 우리 민족의 안정도 보장받을 수 있습니다.

"대통령과 제가 본은 다르지만 종씨라서 그런지 어쩐지 잘 통한다는 생각이 들어 이야기한 것입니다."

"김 위원장의 본관은 어디입니까."

"전주 김 씨입니다."

"전주요? 아, 그럼 김 위원장이야 말로 진짜 전라도 사람 아닙니까. 나는 김해 김씨요. 원래 경상도 사람인 셈입니다."

서로 농담을 주고받고 분위기는 좋아졌다. 그러나 금방 본론으로 돌아왔다.

"우리 자신이 스스로 해결해야 합니다."

"그러한 견해에 근본적으로 동의합니다. 이번 정상 회담도 다른 나라가 하라고 해서 하는 것이 아니라 우리 둘이 결정하여 세상을 깜짝 놀라게 한 거 아닙니까. 말씀대로 한반도 문제는 우리가 힘을 합쳐 주도하되 주변국의 지지와 협력을 얻어 나가야 한다는 게 내 생각입니다. 다시 한 번 말씀드리지만 배타적 자주가 아니라 열린 자주가 되어야 합니다. 이번에 우리 둘이 어떤 결정을 내리느냐에 따라 우리 민족의 운명이 좌우 됩니다. 잘못하면 전쟁의 참화를 초래하고, 우리가 잘하면 평화와 통일의 길을 열어 나갈 수 있습니다. 영원히 사는 사람도 없고, 한자리에 영원히 앉아 있는 사람도 없는 법입니다. 우리가 나라를 책임지고 있을 때 힘을 합쳐 잘해 나갑시다."

"이제 충분히 토론을 한 것 같습니다. 대부분 조정했으니 내일 아침에 공동 선언 초안을 만들어 최종 합의하고 이를 정오에 발표합시다."

"발표 시점을 조금 앞당기는 게 어떻겠습니까. 내일 조간신문에 보도 될 수 있도록 오늘 저녁에 합의하되 합의 날짜는 내일인 15일로 합시다. 내일 12시에 발표하면 모레 조간신문에 나오기 때문에 너무 늦습니다. 내일 아침 신문에서 바로 보도될 수 있도록 오늘 저녁에 합의를 봅시다."

"그럼 서명 문제는 상부의 뜻을 받들어 조선노동당 중앙위원회 비서 김용순과 대한민국 국정원장 임동원이 하는 걸로 합시다."

"김 위원장과 내 이름으로 서명해야 합니다. 그렇지 않으면 용을 그려 놓고 눈을 그리지 않은 것이나 마찬가집니다."

"합의의 격을 낮추자는 것은 아닙니다. 북쪽에는 나라를 대표하는 김영남 최고인민회의 상임위원장이 있으니 제가 서명하지 않는 것이 좋겠다는 뜻입니다. 그렇다면 서명은 김영남 상임위원장과 하고 합의 내용을 제가 보증하는 식으로 하면 될 것 같습니다."

"절대 그렇게 할 수는 없습니다."

김용순이 절충안을 내놨다.

"두 분의 존함만 표기하는 것이 어떻겠습니까."

"직함을 안 쓰고 이름만 쓰면 여러 가지 오해가 생깁니다."

"과거 7.4 공동 성명도 상부의 뜻을 받들어 이후락과 김영주, 이런 식으로 한 예가 있습니다. 김대중 대통령을 대표해서 임동원, 나 김정일 국방위원장을 대표해서 김용순, 이렇게 합시다."

"그때는 이후락 씨가 왔지만 지금은 대통령인 내가 직접 와서 정상 회담을 한 것입니다. 일 처리를 좀 시원하게 해 주십시오."

임동원이 옆에서 거들었다.

"선언문의 서두에는 대한민국 김대중 대통령과 조선민주주의인민공화국 김정일 국방위원장이 언제 평양에서 상봉하고 정상 회담을 하여 다음과 같이 합의 했다는 표현이 들어가야 하지 않겠습니까. 따라서 이 선언문의 말미에 대한민국 대통령 김대중과 조선민주주의인민공화국 국방위원장 김정일로 표기하고 서명하는 것은 너무도 당연한 것입니다. 이 선언문은 우리 민족사에 새로운 전기를 마련하는 기념비적인 문건입니다. 이것을 마련하신 두 분이 직접 서명하여 역사에 길이 남겨야 하지 않을까요. 이 얼마나 역사적이고 자랑스러운 일입니까."

"대통령이 전라도 태생이라 그런지 무척 집요하군요."

"김 위원장도 전라도 전주 김 씨 아니오. 그렇게 합의합시다."

"아예 개선장군 칭호를 듣고 싶은 모양입니다."

"개선장군 좀 시켜 주시면 어떻습니까. 내가 여기까지 왔는데, 덕 좀 봅시다."

김대중의 말에 김정일이 웃었다. 정상회담은 이렇게 종료되었다.

김대중은 목란관에서 만찬을 하게 되었다. 김정일과 같은 차를 타고 이동했다.

"99퍼센트 잘됐습니다. 공동 선언문 말이오!"

달리는 차안에서 김정일이 말했다.

"김 대통령께서는 금수산궁전에는 안 가서도 되겠습니다."

임동원과 박지원이 참배관련해서 송호경 아태위 부위원장을 만나서 설득을 한 것이었다.

"대통령님의 금수산궁전 참배는 절대 안 됩니다. 북측에서 계속 주장한다면 한광옥 실장과 내가 대통령님 대신 참배하고 베이징으로 먼저 돌아가겠습니다. 그리고 귀국해서 구속되겠습니다."

박지원이 이렇게 보고를 해왔던 것이다. 임동원도 미리 준비해간 메시지를 김정일에게 전했다.

"남쪽 국민들의 70%이상이 금수산궁전의 참배를 반대합니다. 김 대통령의 지도력이 상처를 받으면 정상 회담의 의미가 퇴색하고 합의 사항 이행이 어려워질 수 있습니다. 쌍방이 이익이 되는 방향으로 추진해야 합니다."

다음날 북측 인사가 박지원에게 말을 전했다.

"이번만은 참배를 하지 않아도 됩니다. 상부의 지시가 있었습니다."

만찬은 8시에 열렸다. 북측 인사 150명과 한국 측 50명이 참석했다.

김정일과 김대중의 환담이 이루어진 휴게실에는 백두산 천지를 옮겨 놓은 대형 그림이 붙어 있었다.

"백두산은 정말 대단합니다. 금강산도 그렇고 칠보산도 그렇습니다. 관광 사업을 하면 장점이 많지만 또 환경 보전이 어렵고 그렇습니다. 관광에서 얻는 것도 많지만 손해 보는 것도 많아요. 이탈리아, 유고 사람들은 관광이 돈벌이에 좋지만 자기 땅이 황폐화되고 오염된다고 해요. 그러나 돈이 중요한가, 환경 보호가 중요한가 생각해 봐야 해요. 그 사람들 말을 신주 모시듯 하지는 않지만 참고할 만합니다."

"환경 문제는 참으로 어려운 문제입니다. 개발도 중요하고 환경 보호도 중요합니다. 지속 가능한 개발을 해야 합니다."

"남조선 텔레비전을 보니까 기자 어른들이 평양 시내가 한적하다고 썼어요. 한적하다는 말에는 뭐가 없다는 의미 아닙니까. 워싱턴이 뉴욕보다 훨씬 한적합니다. 한적은 우리의 정책입니다. 우리 대표부가 있는 뉴욕은 시궁창이고 오물통입니다. 그러나 워싱턴은 깨끗합니다. 서울이 왜 워싱턴을 닮지 뉴욕을 닮아 갑니다."

"미국은 워싱턴이 깨끗한 반면 뉴욕은 번잡하고 어수선합니다. 호주의 캔버라와 시드니도 마찬가지입니다. 평양이 한적하다는 것은 뭐가 없다는 것이 아니라 깨끗하다는 비유일 것입니다. 서울은 해방 때

인구가 40만이었는데 지금은 1천만입니다. 생태 환경 파괴와 공해 문제는 남쪽에도 심각히 생각해야 할 문제입니다."

"제가 너무 경거망동한 것 같습니다."

"아닙니다. 중요한 얘기입니다. 환경은 중요한 문제입니다. 엊그제 중랑천에서 물고기가 떼죽음했다는 기사를 보고 심각하게 느꼈습니다."

"도시 건설만 너무 중시한 결과입니다. 평양시는 인구를 늘리지 않을 생각입니다. 서울은 뉴욕을 본받지 말고 워싱턴을 본받으십시오."

두 사람은 웃으며 만찬장으로 이동했다. 김대중이 만찬사를 읽었다.

"지금 이 시간에도 7천만 우리 민족의 마음이 여기 평양을 향해 집중되어 있습니다. 또 전 세계의 눈과 귀가 이곳에 모아지고 있습니다. 김정일 위원장과 저는 정상 회담을 성공리에 마무리했다는 것을 보고합니다. 이제 비로소 민족의 밝은 미래가 보입니다. 화해와 협력과 통일에의 희망이 떠오르기 시작하고 있습니다. 생각해 보면 참으로 오랫동안 기다려 온 이날이었습니다. 얼마 전까지만 해도 꿈에도 생각지 못했던 일이기도 합니다.

저는 제 평생에 북녘 땅을 밟지 못하는 것 아닌가 하는 비감한 심정에 사로잡힌 때가 한두 번이 아니었습니다. 오늘 이 감격을 무엇에 비하겠습니까.

이제 지난 100년 동안 우리 민족이 흘린 눈물을 거둘 때가 왔습니다. 서로에게 입힌 상처를 감싸 주어야 할 때가 왔습니다. 평화와 협력과 통일의 길로 나가야 합니다. 그것이 21세기 첫해에 우리 양측의 정상들이 한자리에서 만난 이유입니다. 역사가 우리에게 부여한 사명입니다. 우리는 이 사명을 수행하는 데 결코 실패해서는 안 되겠습니다.

저는 지난 40여 년 동안 참으로 많은 박해를 받아 왔습니다. 하지만 그 무엇도 남과 북의 화해와 협력 그리고 통일을 위해 헌신하겠다는 저의 의지를 꺾지는 못했습니다. 저는 7천만 민족의 간절한 염원이며, 또 제 평생의 소망이기도 한 조국의 평화적 통일을 이루는 데 헌신하고자 하는 열망을 한결같이 간직해 왔습니다. 이를 위해 우선 김 위원장과 저부터 남과 북이 서로 신뢰하고 평화롭게 공존 공영하는 기틀을 다지는 데 합심하고자 합니다. 우리 모두가 반세기의 분단이 가져다 준 서로에 대한 불신의 벽을 허물고, 이 땅에서 전쟁의 공포를 몰아내며 교류 협력의 시대를 여는 데 힘과 지혜를 모읍시다.

이제는 6월이라는 달이 민족의 비극이 아닌 내일에의 희망의 달로 역사에 기록되어야 하겠습니다. 그리하여 이 땅에서 영원히 살아갈 우리의 후손들에게도 가장 자랑스러운 달로 기억되어야 하겠습니다.

김정일 위원장, 북쪽 지도자 여러분, 서울에서 만납시다."

김대중의 만찬사가 끝나자 김영남이 답사를 했다.

"조선의 정치인들에게 가장 큰 보람은 민족을 위해 헌신하는 데 있습니다. 력사가 주는 기회는 언제나 있게 되는 것이 아니며 우리들에게 주어지는 시간도 무한적으로 긴 것이 아닙니다. 우리 정치인들은 통일을 미래형으로 볼 것이 아니라 현재형으로 만들기 위하여 모든 지혜와 힘을 모아야 합니다. 세월이 흘러간 먼 훗날에도 역사는 조국의 통일을 위해 공헌한 애국자들을 잊지 않을 것이며 그들의 이름을 언제나 기억할 것입니다. 나는 김대중 대통령의 이번 평양 방문이 온 겨레의 숙원인 통일의 길로 이어지게 되리라는 확신을 표명하는 바입니다."

만찬은 궁중 요리로 차렸다. 재료는 모두 남쪽에서 가져왔다.

대표단 테이블에 앉아 있는 이희호를 보고 김정일이 소리를 지르듯이 말했다.

"여사님, 이쪽으로 오십시오. 이산가족이 되면 안 됩니다. 대통령께서 그토록 이산가족 상봉을 주장하시는데 평양에서 이산가족이 되면 되겠습니까."

주변 사람들은 큰소리를 웃었다.

임동원 국정원장이 공동 선언문 초안을 가지고 들어왔다. 김대중은 김정일과 함께 연단으로 나갔다.

"여러분, 모두 축하해 주십시오. 우리 두 사람이 남북 공동 선언에 완전히 합의했습니다."

김대중은 김정일의 손을 잡아들어 올렸다. 주변에서는 박수소리가 끊이지 않았다. 그러나 문제가 있었다. 그 역사적인 순간을 찍을 카메라 기자가 하나도 없었던 것이었다. 박준영 공보수석이 김대중에게 다가왔다.

"대단히 죄송합니다. 아까 두 분이 나가서서 말씀하신 것을 카메라 기자가 없어서 잡지 못했습니다. 중요한 장면인 만큼 다시 한 번 해주십시오. 죄송합니다."

김대중은 어쩔 수 없이 김정일에게 가서 말했다.

"김 위원장, 아까 우리가 나가서 한 것을 카메라 기자들이 없어서 못 찍었다는데."

"그럼 오늘 배우 하십시다. 좋은 날인데 배우 한번 하십시다."

김대중과 김정일은 다시 연단으로 나아가 잡은 손을 높이 들었다. 카메라 플래시가 터졌다.

"조금 전에 사진을 못 찍었다고 해서 다시 합니다. 우리가 드디어 공동 성명에 완전 합의했습니다. 여러분 축하해 주십시오."

주변에서 우레와 같은 박수가 터졌다.

임동원 원장이 가져온 공동 선언문 초안을 김대중이 속으로 하나씩 읽어 내려갔다.

'남북 공동 선언.

조국의 평화적 통일을 염원하는 온 겨레의 숭고한 뜻에 따라 대한민국 김대중 대통령과 조선민주주의인민공화국 김정일 국방위원장은 2000년 6월 13일부터 6월 15일까지 평양에서 역사적인 상봉을 하였으며 정상 회담을 가졌다. 남북 정상은 분단 역사상 처음으로 열린 이번 상봉과 회담이 서로 이해를 증진시키고 남북 관계를 발전시키며 평화 통일을 실현하는 데 중대한 의의를 가진다고 평가하고 다음과 같이 선언한다.

하나. 남과 북은 나라의 통일 문제를 그 주인인 우리 민족끼리 서로 힘을 합쳐 자주적으로 해결해 나가기로 하였다.

둘. 남과 북은 나라의 통일을 위한 남측의 연합제 안과 북측의 낮은 단계의 연방제 안이 서로 공통성이 있다고 인정하고 앞으로 이 방향에서 통일을 지향해 나가기로 하였다.

셋. 남과 북은 올해 8.15에 즈음하여 흩어진 가족, 친척 방문단을 교환하며 비전향장기수 문제를 해결하는 등 인도적 문제를 조속히 풀어 나가기로 하였다.

넷. 남과 북은 경제 협력을 통하여 민족 경제를 균형적으로 발전시키고 사회, 문화, 체육, 보건, 환경 등 제반 분야의 협력과 교류를 활성화하여 서로의 신뢰를 다져 나가기로 하였다.

다섯. 남과 북은 이상과 같은 합의 사항을 조속히 실천에 옮기기 위하여 이른 시일 안에 당국 사이에 대화를 개최하기로 하였다.

김대중 대통령은 김정일 국방위원장이 서울을 방문하도록 정중히 초청하였으며 김정일 국방위원장은 앞으로 적절한 시기에 서울을 방문하기로 하였다.

2000년 6월 15일 대한민국 대통령 김대중,
조선민주주의인민공화국 국방위원장 김정일.'

만찬장은 감동과 감격 속으로 빠져 들어갔다. 걷잡을 수 없었다.

김정일이 큰 소리로 말했다.

"어이 국방위원들 어디 있어? 모두 나와 대통령님께 한 잔씩 올리라우."

인민군 장성들이 김대중이 있는 테이블로 다가와서 인사를 했다. 박재경 대장등 6명의 장성들이 줄을 서서 술을 따랐다. 김대중도 일일이 술을 따라 권했다. 김정일도 한광옥 비서실장과 이헌재, 박재규, 박지원 장관들과 건배를 하며 대화를 했다.

"내가 연단에 두 번 나갔으니 출연료를 받아야겠습니다."

김대중은 취기로 얼굴이 화끈거렸다. 고은 시인이 연단에 나왔다.

"오늘 아침 숙소에서 우리 민족을 생각하며 이 시를 썼습니다."

고은은 대동강 앞에서라는 시를 낭송했다.

만찬은 밤이 깊어서 끝이 났다. 자정에 6.15 남북 공동 선언 조인식을 거행했다. 서명이 끝나고 김정일과 김대중은 손을 잡고 치켜 올렸다. 카메라 플래시가 터졌다. 서로 샴페인을 채워 건배를 했다. 김정일이 남측 대표들을 찾아가 건배를 제의했다.

"민족 사업을 끝냈으니 기념사진을 찍읍시다."

김정일은 일정을 끝내고 백화원을 떠나려 하였다. 김대중이 배웅하러 함께 나갔다. 그때 김정일이 김대중에게 말했다.

"이제 모든 것이 잘 끝났으니 대통령께서는 편히 쉬십시오. 내일은 제가 점심을 모시겠습니다. 남측 대표단 모두를 초청하겠습니다."

"고맙습니다. 오늘 정말 수고 많았습니다."

김정일이 조금 걷다가 돌아서서 말했다.

"대통령께서는 내일 쉬시고 대표단은 우리 닭 공장을 방문해 주시라요. 최근 독일의 지원으로 큰 닭 공장을 완공했는데 가서 보시고 냉엄하게 평가해 주십시오."

김정일은 돌아갔고, 김대중은 숙소로 돌아와서 침대에 누웠다.

감옥에 갇혔을 때 김대중은 언제나 상상했었다. 김일성과 정상회담을 하는 상상 말이다. 시간이 흘러 그의 아들과 정상 회담을 했다. 그 꿈을 이룬 것이다.

김대중은 가장 힘들고도 가장 보람 있는 하루를 그렇게 마감하였다.

17

| 귀국, 그리고 노벨평화상 |

다음날 해가 밝았다. 한국에서 온 수행원들은 닭 공장으로 떠났다. 김대중은 이희호와 함께 숙소에서 휴식을 취하였다. 12시에 오찬이 백화원 영빈관에서 열렸다. 조명록 국방위원회 제1부위원장이 오찬사를 했다. 그는 군부를 대표하여 6.15 공동 선언을 지지했다. 남쪽에서는 임동원 국정원장이 답사를 했다.

김정일은 화제를 주도하였다.

"어제 만찬 때 대통령께서 전쟁을 기억하는 비극의 달에서 화해와 평화를 기약하는 희망의 달로 바꿔 나가자고 말씀하실 때 저도 감명 깊게 들었습니다. 그래서 오늘 아침에 국방위원장들에게 열흘 앞으로 다가온 올해 6.25에는 종전처럼 하지 말라고 지시했습니다. 더구나 올해는 50주년이 되는 해 아닙니까. 그런데 국방위원들이 남쪽에서는 안 그러는데 우리만 그럴 수 있느냐고 항의를 합디다. 50년 적대 관계에 신물이 날 법도 한데 군인들은 늘 상대방을 적으로만 생각하니 이 사람들의 적대감을 해소하는 것이 중요합니다."

김정일은 6.15 공동 선언의 첫 성과물을 발표했다.

"인민군 총사령관으로서 오늘 12시부로 전방에서 대남 비방 방송을 중지할 것을 명령했습니다."

김대중도 다음날 똑같은 조취를 취했다. 남북은 상호 비방 방송을 중지하였다.

박지원이 김정일에게 잔을 권하며 말을 걸었다.

"언론사 사장단의 방북을 초청해 주시면 어떻겠습니까?"

"좋습니다. 초청하겠습니다. 국방위원장 또는 개인 자격으로 초청하겠습니다. 8.15 전에 왔으면 좋겠고 가수 이미자, 은방울 자매도 왔으면 좋겠습니다. 언론인이나 경영인뿐만 아니라 정치인들도 방문해 주면 좋겠습니다."

김정일이 박지원에게 흔쾌히 답변을 했다. 그리고는 작별인사를 했다.

"이제 과거 구 정치인들이 한탄하고 후회하도록 합시다. 대통령께서 북남 관계에 새 역사를 연 대통령으로 기록되게 합시다. 주역의 대통령으로 남게 하도록 합시다. 모든 수석, 장관들의 역할을 기대합니다."

박지원이 일어났다.

"우리 다 같이 우리의 소원은 통일을 부릅시다."

김대중은 김정일의 손을 잡고 노래를 불렀다. 주위에 있는 모든 사람이 우리의 소원은 통일을 불렀다. 노래가 끝나자 박지원은 마이크를 잡았다.

"제가 문화부 장관이니까 노래를 한 곡 부르겠습니다."

박지원이 노래를 불렀다. 김정일은 밝게 웃으며 노래를 들었다.

"장관님, 한 곡 더하세요."

박지원은 김정일의 말에 한 곡 더 불렀다. 오찬이 끝나고 서로 작별인사를 했다.

김정일이 모두를 둘러보며 말했다.

"합의문을 실천합시다. 다 같이 노력합시다. 대통령과 나눈 말을 인민들에게 다 알릴 수 없습니다. 알려줄 말이 있고 둘만이 할 말이 있습니다. 남에선 대통령이 해 주십시오. 북에서는 내가 하겠습니다. 서로 힘들 빌려야 합니다. 이번 적십자 상봉이 꼭 이루어지도록 하겠습니다."

돌아오는 길에 김대중의 옆에 김정일이 또 동승했다. 평양시민들이 나와서 열렬히 환송했다. 김일성종합대학 앞에 서서 간단한 환송행사가 열렸다.

김정일과 김대중이 차에서 내리자 사람들이 만세를 외치기 시작했다.

여성악대는 경쾌한 음악을 연주하였고 두 명의 소녀가 김대중과 이희호의 목에 꽃다발을 걸어주었다.

4시가 넘어서 순안공항에 도착했다. 군악대가 우렁차게 연주를 했고 많은 인파가 도열해 있었다.

김대중은 북측의 인사들과 악수를 하였다. 마지막으로 김정일과 악수를 했다. 그러자 김정일이 김대중을 껴안았다. 김대중과 김정일은 세 번의 포옹을 했다. 트랩에 올라서 뒤를 돌아보는 김대중의 눈에는 손을 흔드는 김정일이 들어왔다. 김대중은 이희호의 손을 잡고 함께 흔들었다. 두 사람은 김정일을 뒤로 하고 비행기에 올랐다.

비행기 안에서 김대중은 북한 동포들에게 서면으로 평양 출발 인사를 했다.

"남과 북이 열과 성을 모아 이번의 정상 회담을 성공적으로 마쳐 온 세계를 깜짝 놀라게 했습니다. 남과 북의 화해와 협력을 향한 새 출발에 온 세계가 축복해 주고 있습니다. 불가능해 보였던 남북 정상 회담을 이뤄 냈듯이 남과 북이 마음과 정성을 다 한다면 통일의 날도 반드시 오리라 확신합니다."

김대중은 김정일과의 남북정상회담을 통해서 남북의 미래에 희망을 불러오게 되었다. 한 시간 만에 서울에 도착하였다.

서울 공항에는 많은 사람들이 김대중 일행을 기다리고 있었다.

"존경하고 사랑하는 국민여러분 역사적인 방북 업무를 대과 없이 마치고 지금 귀국했습니다. 제가 그렇게 임무를 수행할 수 있도록 밤잠도 주무시지 않으면서 환호해주신 국민 여러분에게 충심으로 감사를 드려 마지않습니다.

우리에게도 이제 새날이 밝아온 것 같습니다. 55년 분단과 적대에 종지부를 찍고 민족사에 새 전기를 열 수 있는 그런 시점에 우리가 이른 것 같습니다. 이번 저의 방북이 한반도의 평화, 남북 간의 교류 협력 그리고 우리 조국의 통일로 가는 길을 닦는 데 첫걸음이 됐으면 더 이상 다행이 없겠습니다.

만난 것은 중요합니다. 평양에 가 보니까 우리 땅이었습니다. 평양에 사는 사람도 우리하고 같은 핏줄, 같은 민족이었습니다. 그들도 겉으로는 뭐라고 말하며 살아왔건 마음속으로는 남쪽 동포들에 대해서 그리움과 사랑의 정이 깊이 배어 있다는 것을 조금 말해 보면 알 수 있었습니다. 그것은 너무도 당연합니다. 반만년 우리 민족은 단일 민족으로 살아왔습니다. 통일을 이룩한 지도 1300년이 되었습니다. 그런 민족이 타의에 의한 불과 55년의 분단 때문에 영원히 서로 외면하거나 정신적으로 남남이 되는 것은 있을 수 없다는 것은 당연한 일입니다. 저는 그것을 이번에 가서 현지에서 확인했습니다.

그들도 이익이 되고 우리도 이익이 되는 일을 같이해야 한다는 생각을 가지고 처음부터 가능한 것부터, 쉬운 것부터 풀어 나가야 합니다. 그러는 동안에 당연히 믿음이 생기고 이해가 일치할 것입니다. 그런 토대만 놓고 내가 물러난다면 또 뒤에 오는 분이 잘하실 것입니다.

우리 후손들에게 자랑스러운 한반도 전체의 조국을, 번영된 조국을 물려줄 수 있을 것이라 확신하는 바입니다. 여러분께 다시 한 번 그동안의 성원에 감사하고 앞으로도 저에게 있는 능력껏 힘을 다해서 국민 여러분께 봉사하겠다는 것을 말씀드립니다."

여론조사에서 남북 공동선언을 지지한다는 이야기도 93%를 넘어섰고 김정일의 답방을 지지한 것도 70%전후였다.

클린턴 미국 대통령은 남북 공동 선언에 대한 지지성명을 발표했다.

"역사적인 정상 회담은 한반도의 평화와 화해를 향한 희망적인 첫발이다. 본인은 두 지도자가 인도주의적 및 경제적 협력, 앞으로의 서울 정상 회담에 관해 이룩한 합의를 환영하며 양측이 이 유망한 길을 계속 나가가기를 희망한다.

본인은 김 대통령의 북한과의 관계 개선을 냉정하고 현실적으로 추진하면서 보인 인내와 지혜에 박수를 보낸다. 김 대통령과 본인은 이 문제에 관해 매우 긴밀하게 협의해 왔다. 본인은 항구적인 평화와 완전한 화해를 향한 그의 장래 구상을 지원하게 되기를 기대한다."

남북 정상회담에 대한 국제 사회의 지지는 계속 이어졌다. 오키나와에서 열린 G-8정상회의, ASEAN +3, ARF 외무장관회의, 유엔의 청년성상회의와 제55차 유엔 총회, 서울ASEM회의 부르나이 APEC에서 남북 정상 회담과 남북 공동 선언을 지지하는 특별 성명이 채택되었다.

김대중은 평양에서 돌아온 다음날 클린턴 대통령에게 전화를 걸어 정상 회담 내용을 설명했다.

"먼저 미국이 우려하는 핵과 미사일 문제에 대해 김정일 위원장에게 제네바 협정을 엄격히 지키고, 남북 간 비핵화 공동 선언도 꼭 지켜야 한다는 점을 강도 높게 이야기하였습니다. 김 위원장은 듣기만 했지만 회담이 끝난 후에 우리 측 외교안보 담당관에게 미사일 문제는 잘 될 것이라고 이야기를 했습니다.

주한 미군에 대해서는 김 위원장이 남쪽에 있는 미군이 북한을 공격하지 않는다는 것이 보장 된다면 미군은 계속 남아 있어야 한다고 생각한다는 뜻을 전했습니다. 그러니 미국에서 앞으로 김 위원장을 직접 만날 수 있는 사람이 북한을 방문한다면 솔직한 의견 교환이 가능하고 좋은 결과를 얻을 수 있을 것입니다."

듣고 있던 클린턴이 김대중의 설명이 끝나자 답변을 했다.

"정상 회담 성공을 축하합니다. 핵과 미사일 문제를 제기해 준 데 대해 감사하게 생각합니다. 이제는 다음에 우리 조치가 무엇이 될지 결정하는 것이 중요합니다. 결정하기 전에 다시 김 대통령과 의견을 나누겠습니다."

김대중이 돌아온 지 사흘이 지나서 미국은 대북 제재 완화조치를 발표했다.

50년 동안 금지됐던 북미 간의 교역 및 금융 거래가 재개되었다. 원자재와 기타 상품을 미국에 수출할 수 있게 되고 양국 간 영공과 선박 항로 개방도 이루어지게 되었다. 미국 기업들은 북한에 농업과 광산, 도로, 항만, 여행, 관광 분야에 투자할 수 있도록 허용되었다.

김정일은 선물로 풍산개 두 마리를 선물로 주었고 김대중은 진돗

개 한 쌍을 선물했다.

6월 23일 올브라이트 미 국무부 장관이 서울에 왔다.

"어려운 시기에 강인한 지도력을 발휘했습니다. 하나의 아이디어를 인내심을 갖고 추진하여 성공을 시킨 집념에 경의를 표합니다. 개인적으로 김 대통령을 존경하지만 이제 세계가 존경하고 있습니다."

"미국의 6.19 대북 제재 완화 조치 발효는 북한을 국제 사회로 이끌어 내는 데 크게 기여할 것입니다. 미국은 국무장관이나 대통령이 김정일 위원장을 직접 만나는 것이 효과적이라고 판단합니다. 이번에도 내가 직접 만났기 때문에 성과가 있었다. 결론적으로 김 위원장은 대화할 수 있는 사람이다. 문제를 풀려면 어떻게든 그와 직접 만나야 합니다."

"이제 한미 양국이 취할 조치는 무엇입니까?"

"남북 관계는 합의 사항들을 진행시키면서 차분히 발전시켜야 합니다. 북미 관계와 북일 관계도 남북 관계와 병행 발전되어야 합니다. 한미일 3국 공조가 중요합니다. 그리고 미국, 일본 두 나라 지도자들이 북한 지도자와 직접 대화하는 것이 필요합니다."

"내가 한번 북한에 가보겠습니다."

올브라이트의 말에 김대중은 웃으며 고개를 끄덕거렸다.

8월 15일 광복절이 되었다. 서울과 평양에서는 이산가족 상봉이 시작되었다.

1985년 이후 15년 만이었다. 남측의 102명의 이산가족은 북에 있는 218명의 가족을 만났다. 북측의 101명은 남에 있는 가족 750명을 상봉했다.

이산가족들은 선물을 준비했다. 눈물을 흘리며 상봉하는 이산가족들은 서로 부둥켜안고 눈물을 쏟아 냈다.

티비로 지켜보던 김대중도 함께 눈물을 흘렸다. 김대중의 방북이 이산가족의 한을 일부나마 풀어줄 수 있었기에 자신이 대통령이 된 것에 보람을 느끼는 순간이었다.

김대중은 퇴임 후 돌아갈 집으로 동교동을 선택했다. 그래서 공사가 시작되었다.

9월 2일, 북송을 원하는 비전향장기수 63명을 북으로 보냈다. 북은 판문점에서부터 이들을 맞았다. 환영 행사는 성대했고, 북쪽 시인들은 시를 지어 이들에게 바쳤다. 63명의 장기수는 대부분 70을 넘은 고령이었다. 짧게는 13년 길게는 44년을 복역한 것이었다. 생이 얼마 남지 않은 이들에게 고향 산천을 바라보며 가족의 품으로 보내야 한다고 판단했던 김대중이었다. 이념이라는 게 세월이 흐르면 바래서 작은 바람에도 나부끼는 구호에 불과한 것이 아니겠는가.

9월 11일 북한에서 김용순이 고려항공을 이용하여 특사로 서울에 도착했다.

김용순 일행은 제주도, 포항, 경주등 광관지를 둘러보고 포항제철 등 산업 시설을 둘러봤다. 임동원 국정원장과 김용순 노동당 비서가 고위급 특사 회담을 했고 9월 14일 7개 합의사항을 보도문으로 발표하였다.

김정일 국방위원장이 앞으로 가까운 시기에 서울을 방문하여, 이에 앞서 김영남 최고 인민회의 상임위원장이 서울을 방문하기로 하였다.

쌍방은 남측 국방부 장관과 북측 인민무력부장 간의 회담을 개최하는 문제가 현재 논의 중인 데 대하여 환영하였다.

이산가족 문제 해결을 위해 이산가족의 생사. 주소 확인 작업을 9월 중 시작하여 이른 시일 내에 마치기로 하였으며 이들 중 생사가 확인된 사람부터 서신을 교환하는 문제를 우선적으로 추진키로 하였다. 또한 남북적십자회담을 9월 20일 금강산에서 개최하여 위 문제와 함께 올해 두 차례의 이산가족 방문단 추가 교환 문제, 이산가족 면회소 설치. 운영 문제를 협의키로 했다.

남북 간 경제 협력을 완성시키기 위해 투자 보장, 이중과세 방지 등 제도적 장치를 마련하기 위한 실무 접촉을 9월 25일 서울에서 개최하며 이른 시일 내에 이를 타결키로 하였다.

님북 간 경의선 철도 및 도로 연결을 위해 이른 시일 내에 남북이 기공식을 개최키로 하였다.

북측은 15명 정도 규모의 경제 시찰단을 10월 중 남측에 파견키로 하였다.

임진강 유역 수해 방지 사업을 위해 금년 내 남북 공동으로 조사를 실시. 구체적 사업 계획을 마련키로 하였다.

김대중은 김용순과 오찬을 함께했다. 김용순은 김정일의 구두 메시지를 전했다.

"대통령께 정중한 안부 인사를 전합니다. 역사적인 평양 상봉을 통해 합의 된 6.15 공동 선언은 훌륭한 내용을 담고 있으며 선언 내용이 확실히 실현돼 가고 있는 데 만족하고 있습니다. 특히 평양에 오셨을 때 허례허식을 싫어한다고 말씀하셨는데, 그에 따라 공동 선언이 나왔고 이제 잘 집행하고 관철해 나가야 합니다. 공동 선언의 서명이 확실히 말라가고 굳어지고 있습니다. 공동 선언에 훌륭한 내용들이 많이 나왔는데 또 과거처럼 되돌아가서는 안 됩니다. 어떤 경우에도 공동 선언을 확실히 실천하고 이행해야 합니다. 나는 그런 마음으로 충만해 있습니다."

김대중도 답례 메시지를 보냈다.

"추석을 택해 따뜻한 선물을 보내준 데 대해 감사합니다. 6.15 공동 선언은 충실히 이행돼야 합니다. 평양에서도 얘기했지만 인생은 영원한 것이 아닙니다. 우리가 살 때 무엇을 했느냐가 더 중요합니다. 우리가 민족의 운명을 이 시기에 결정할 자리에 있다는 것도 참으로 의미 있는 일입니다. 우리는 민족의 통일을 바라면서도 이것을 서둘러서는 안 되고 그 기반을 확고히 닦는 것이 중요합니다. 나는 임기 때까지 이런 노력을 할 것이고, 후임자가 또 그것을 진전시켜 가도록 생각하고 있습니다."

김용순은 그날 저녁 판문점을 통해 북으로 돌아갔다.

9월 15일 호주 시드니에서 열린 올림픽 개막식에는 남과 북의 선수단이 한반도기를 앞세우고 사상 처음으로 동시 입장을 했다. 개막식장에는 아리랑이 울려 퍼졌다. 전 세계에 남북의 협력을 알리고 세계는 남과 북의 화해 협력을 축하해 주었다.

9월 18일 임진각 자유의 다리 앞에는 경의선 연결 기공식이 열렸다. 광복직후에 중단된 경의선 철도는 철도와 육로를 잇는 민족의 역사적인 행사였다. 남북은 공동으로 지뢰를 제거할 것이며 부산에서 출발한 기차가 러시아를 지나 파리 런던까지 갈 수 있는 시대가 올 것이었다.

9월24일 북한의 인민무력부장이 남으로 왔다. 북한군 수뇌부가 군사 분계선을 넘은 것은 한국전쟁 이후 처음 있는 일이었다. 판문점을 넘어 남측의 군용기를 이용하여 제주도로 이동하였다. 조성태 국방장관과 김인철 인민무력부장은 회담을 통해서 남북의 군인이 철도와 도로 공사를 위하여 비무장 지대에서 서로의 안전을 보장하기로 합의하였다.

김대중과 김정일의 6.15 남북 공동 선언으로 남북 관계가 획기적으로 변화 되었다. 경제 협력이 일어나고 사회문화적 교류가 이루어졌다. 남과 북이 서로를 재발견하는 계기가 만들어 졌다. 적이 아닌 공존의 대상이 되었고 서로 전쟁이 일어날지 걱정하는 시대에서 생업에 전념할 수 있는 평화의 시대가 한발 다가온 것이었다.

10월 9일 북한의 조명록 국방위 제1부위원장이 미국을 전격 방문하였다.

"본인은 클린턴 대통령과 중요한 현안들을 논의하기 위해 위대한 김정일 조선민주주의인민공화국 국방위원장의 특사 자격으로 여기 워싱턴에 왔다. 본인은 방문 기간에 국무장관과 국방장관을 포함한 관리들과 만날 계획이다. 새로운 세기로 접어든 역사적 시점에 한반도에 확산되고 있는 평화와 화해의 환경과 상응하는 새로운 단계로 조미 양국 관계를 증진시키는 것이 양국 정부 앞에 놓여 있는 중요한 과제이다. 우리는 방문하는 동안 뿌리 깊고 오랜 불신을 제거하고 양국 관계를 새로운 단계로 진전시키는 면에서 획기적인 변화를 이룩할 수 있도록 미국 지도부와 솔직한 논의를 갖기 위해 최선을 다 할 것이다."

미국무부는 국제 테러에 관한 북미 공동 성명을 발표하였다.

"북한은 모든 국가와 개인에 대한 테러 행위에 대해 반대할 것임을 공식 정책으로 확인하고 테러에 관한 모든 유엔 협약에 가입할 의향을 표명했다."

조명록과 올브라이트 장관은 회담을 갖고 북미 공동 성명을 발표하였다.

10월 13일 노르웨이에서는 노벨상 발표를 앞두고 있었다.

오후 여섯시가 되자 군나르 베르게 선정위원장이 수상자를 호명하였다.

"노벨 평화상에 김대중"

김대중은 티비로 지켜보다가 자신의 이름이 불리자 옆에 있던 이희호를 끌어안고 기쁨을 나눴다.

베르게 위원장이 선정 이유를 밝혔다.

"노르웨이 노벨위원회는 2000년 노벨평화상 수상자로, 한국과 동아시아의 민주주의와 인권 신장 및 북한과의 화해와 평화에 기여한 한국의 김대중을 선정했다. 한국에서 수십 년간 지속된 권위주의 체제 속에서 계속된 생명의 위협과 기나긴 망명 생활에도 불구하고 김대중은 한국 민주주의의 대변자였다. 그가 1997년 대통령 선거에 당선됨으로써 한국은 세계 민주주의 국가 대열에 올랐다. 대통령으로서 김대중은 민주 정부 체제를 공고히 했고, 한국 내의 화합을 도모했다.

김대중은 강한 도덕성을 바탕으로 아시아의 인권을 제약하는 기도에 대항하는 보편적 인권의 수호자로 동아시아에 우뚝 섰다. 미얀마 민주주의에 대한 지지와 동티모르의 억압을 반대하는 그의 역할은 평가할 만하다.

김대중은 햇볕 정책을 통해 남북한 사이에 50년 이상 지속된 전쟁과 적대감을 극복하려고 노력했다. 그의 북한 방문으로 두 나라 사이의 긴장을 완화하는 과정에 주요 동력이 됐다. 이제 한반도에는 냉전이 종식되리란 희망이 싹트고 있다. 김대중은 한국과 이웃 국가, 특히 일본과의 화해에도 기여했다. 노르웨이 노벨위원회는 북한과 다른 국가 지도자들이 한반도의 화해와 통일을 진전시키는데 기여했다는 점을 높이 평가하고 있다."

김대중은 박준영 대변인에게 수상소감을 구술했다.

"다시없는 영광입니다. 지난 40년 동안 민주주의와 인권, 그리고 남북한 평화와 화해 협력을 일관되게 지지해 준 국민의 성원 덕분으로 이 영광을 국민 모두에게 돌리고자 합니다. 세계의 민주화와 인권을 사랑하는 모든 시민들에게 감사드립니다. 고난을 같이해 온 가족, 동지, 친지 그리고 민주주의와 평화를 위해서 희생하고 헌신한 이 땅의 많은 분들과 영광을 나누고자 합니다. 앞으로도 인권과 민주주의, 한반도 평화를 위해서 그리고 아시아와 세계의 민주주의와 평화를 위해서 계속 헌신하고자 합니다."

수상자의 관례대로 노르웨이 국영 텔레비전과 전화 인터뷰를 했다.

"이 상은 내게 인권과 민주주의, 평화를 위해서 더 많은 노력을 하라는 격려의 뜻으로 받아들입니다. 저는 일생을 두고 믿기를 정의는 항상 승리하지만 당대에 승리하지 못하더라도 역사 속에서 반드시 승리한다는 신념을 갖고 살아왔습니다. 정의의 필승을 믿는 일생이었다고 생각합니다. 상을 받아보니 현세에서 과분한 보상을 받은 것 같습니다."

인터뷰를 마친 김대중은 세계가 보내준 보상에 가슴이 벅차올랐다. 그동안의 고통과 핍박이 오늘의 영광을 위해서였구나, 라는 신의 섭리를 느끼는 순간이었다.

전 세계에서 김대중의 노벨상 수상을 축하해 주었다. 반대의 소리는 어디에서도 들을 수 없었다. 김대중은 가만히 이희호를 바라보았다. 자신만이 아니었다. 그 누구보다도 고생한 지원자이자 지지자인 이희호의 손을 잡았다. 김대중의 얼굴에는 미소가 지어졌다.

"이것은 한국 국민의 승리이자 민주주의 승리인 것입니다. 여러분."

김대중에게 손을 흔드는 국민들이었다. 김대중은 한국인 최초의 노벨상 수상자가 되었다.

18

| 인생을 마치다 |

2001년 연말에 권력형 비리가 터져 나왔다. 속칭 게이트라 불리는 것들이었다. 김대중은 비리를 용납하지 않았으나 개인의 비리가 터져 나오는 것은 막을 길이 없었다. 대기업 위주의 경제구조를 바꾸려는 노력으로 시작된 벤처 붐에 편승한 비리는 김대중도 혀를 내두를 정도였다. 청와대 비서관 출신들이 비리로 인하여 김대중의 곁을 떠나갔다. 2002년 1월 14일에 열린 새해 연두 기자회견에서 김대중은 사과를 해야만 했다.

"죄송합니다. 미안합니다."

2002년 봄은 김대중에게 있어서 가장 마음 아픈 시련이 다가왔다. 김대중의 아들들이 비리 혐의로 여론에 몰리고 있었다. 김대중이 설립한 아태평화재단도 문제가 되었다. 비리의 온상인 것처럼 보도되었고 임원 중 한 명은 구속되기도 했다. 둘째 아들 홍업이와 막내 아들 홍걸이에 대한 비리 의혹은 연일 언론에 보도되었다. 홍걸이는 미국에 있었다.

"나는 언론의 보도를 믿을 수가 없어요. 홍걸이가 얼마나 착한 아이인데 김한정 부속실장이 미국으로 가서 홍걸이를 만나 보세요."

미국을 다녀온 김한정은 김대중 앞에서 보고를 했다. 긴장한 그는 말을 더듬거리고 있었다.

"홍걸 씨가 나서서 청탁한 일은 없습니다. 이용당한 것 같습니다."

"수사에 성실하게 응하라고 하시오. 죄가 있으면 받으라 하시오. 그리고 귀국하라고 전하시오."

김대중은 낙담했고 하루하루 버티고 있던 땅들이 꺼져 들어가는 느낌이었다.

이희호는 아들들을 위한 기도로 하루를 보냈다. 스트레스를 받았던지 구토를 하기도 했다.

민주당에서는 대통령 후보자 국민 경선이 진행되고 있었다. 전국을 돌며 경선이 벌어지고 국민들이 참여하여 주말마다 투표를 했다. 국민이 참여하고 국민의 축하 속에서 치러지는 대통령 후보 국민 경선제는 마치 축제 같았다.

경선 후보 중에서도 단연 노무현이 돌풍을 일으키고 있었다. 뛰어난 언변과 친화력, 그리고 사람을 끄는 매력이 있었다. 광주에서부터 노무현의 돌풍이 시작되었다. 정계의 유력한 후보들을 하나 둘씩 밀어내고 파죽지세로 달리기 시작했다. 이것은 마치 태풍과도 같았다. 결국 서울까지 노무현의 인기가 지속되었고 민심을 사로잡았다. 여론 조사에서는 지지율이 50퍼센트를 넘었다. 일부 후보들은 노무현의 돌풍을 잠재우기 위해 김대중과 노무현의 밀약에 관한 의혹을 제기하곤 하였다. 그러나 김대중은 실제로 경선에는 전혀 개입하지 않았다.

노무현이 결국 민주당 대통령 후보로 당선되었다. 4월 29일, 노무현은 김대중을 만나러 청와대로 왔다.

"민주당 총재직을 사퇴할 때 정치에 간여하지 않겠다고 약속했습니다. 국민들도 그런 결정을 잘했다고 여깁니다. 앞으로도 국정 과제 마무리에 전념하겠습니다."

"국민의 정부가 제대로 평가받지 못하는 게 아쉽습니다. 저는 국민의 정부를 당당하게 평가해 왔고, 그렇게 소신껏 얘기하면서 후보로 뽑혀서 자부심을 느낍니다."

김대중은 대통령 후보도 결정되었기 때문에 새천년민주당에서 탈당하기로 결심했다. 선거 중립을 지키고 국정에만 전념하기로 했다. 5월 6일 박지원 비서실장을 통해 성명을 발표했다. 파란만장한 삶을 함께 했던 정든 민주당을 그렇게 탈당한 것이다.

김홍걸은 5월 16일 귀국하여 이틀 뒤에 검찰에 구속되었다.

막내가 구속되자 언론은 다시 둘째 김홍업을 겨냥했다. 홍업이 또한 6월 21일 구속되었다. 이날 오후 김대중은 대국민사과 성명을 발표했다.

"지난 몇 달 동안 저는 자식들을 제대로 돌보지 못한 책임을 통절하게 느껴 왔으며, 저를 성원해 주신 국민 여러분께 마음의 상처를 드린데 대해 부끄럽고 죄송한 심정으로 살아왔습니다. 제 평생 많은 어려움을 겪었지만 이렇게 참담한 일이 있으리라고 생각조차 못했습니다. 이는 모두가 저의 부족과 불찰에서 비롯된 일입니다. 거듭 죄송한 말씀을 드립니다."

김대중은 마음에 커다란 못이 박힌 듯 답답하고 쓸쓸함을 느껴졌다.

자신이 대통령이 되었기에 아들들이 구속되었다는 생각에 마음이 아팠다.

자신은 당당하게 교도소를 집처럼 견디며 지냈지만 그 차가운 감방에 갇혀서 가족과 떨어져 지낼 아들들을 생각하니 마음이 쉽게 잠을 이룰 수가 없었다.

김대중의 마음을 아프게 한 것은 아들들의 구속뿐만이 아니었다.

신용카드 남발로 신용 불량자를 양산한 것과 빈부 격차가 벌어져 소득 양극화가 심화된 것이 너무나도 마음이 아팠던 것이다. 중소기업을 육성하기 위해 중소기업특별위원회까지 만들었지만 성과를 거두지는 못했다.

국민의 정부가 신용카드 사용을 권장한 이유는 우선 외환 위기로 침체에 빠진 경기를 활성화 시키는 것이었고 다른 하나는 모든 상거래 과정을 투명하게 해서 탈세를 막아보자는 것이었다. 1998년 외환 위기의 한파가 기업을 덮치자 생산 활동이 위축되었다. 소비가 살아나지 않으니 기업에 돈을 쏟아 부어도 경기가 살아나지 않았다. 1998년 9월 경제대책회의에서는 내수활성화에 중점을 두는 경제 정책을 추진이 결정되었고, 소비를 촉진하는 여러 가지 방안이 나왔다. 그중에 신용카드 장려 정책이 들어 있었던 것이다. 국세청은 신용카드 확대를 위한 정책을 마련했다. 기업이 자영업자와 거래할 때는 신용카드 영수증을 반드시 발급받아 세무서에 신고하도록 했다. 병원이나 음식, 숙박업, 서비스업에서 신용카드 가맹을 의무화 했다. 김대중은 신용카드 사용을 장려하기 위해서 신용카드 복권제도롤 제안했다. 그리고 신용카드 소득공제 제도를 도입했다. 이러한 정부 정책에 힘입어 신용카드 사용이 폭발적으로 늘어났다.

신용카드 사용이 늘어나면서 신용불량자도 증가했다. 신용불량자의 절반 이상이 신용카드 연체에서 비롯되었다. 신용카드 확대정책이 신용불량자를 양산한 것이다. 신용카드 회사는 갚을 수 있는 능력을 따지지 않고 카드를 발급했으며 카드 사용자들은 수입을 생각하지 않고 카드를 긁었다. 투명한 사회를 만들기 위해서 신용사회를 추구하였지만 그로 인하여 많은 희생자가 발생한 것이다. 실업자들이 늘어났고 중산층이 붕괴되었다. 화이트칼라와 자영업이 주류를 이루는 중산층들이 실직과 폐업 등으로 극빈층으로 밀려 났다. 이들을 돌봐 줄 사회적인 안전망은 전무한 실정이었다.

외환위기는 중산층을 허물어 버렸고 결국 소득의 양극화를 가져왔다. 한 번 빈곤층이 된 이들은 중산층이 되기가 너무나 힘들었다. 고금리는 부자를 더욱 부자로 빈자는 더욱 헐벗게 만들었다. 부유층들은 과소비를 하기 시작했고 중산 서민층은 박탈감을 느꼈다. 김대중은 자신이 대통령이 된 시점에서 이런 일이 발생하자 너무나 마음이 아프고 답답했다. 이러한 어두운 분위기를 한 번에 바꿔주는 일이 있었다. 그것은 바로 2002년 한일 월드컵이었다.

김대중은 5월 31일 상암 경기장에서 축구 대회 개막을 선언하였다. 그리고 6월 4일 밤 한국과 폴란드의 예선전이 벌어진 부산에 김대중은 직접 내려갔다. 이 경기를 보러 온 폴란드의 바시니에프스키 대통령과 부산 롯데 호텔에서 정상회담을 가졌다. 그리고 경기장에 입장하여 월드컵을 관람하였다.

황선홍이 첫 골을 터트리고 후반전에는 유상철이 골을 넣었다. 2대 0 월드컵 사상 첫 승리였고 이 경기의 승리는 김대중뿐만 아니라 경제 위기로 침울해 있던 한국 국민 모두에게 할 수 있다는 희망을 안겨준 것이었다.

한국은 세계적인 강호들과 경기를 하였고 승리하여 4강까지 오르는 역사를 만들었다. 붉은 악마라는 이름의 응원단은 활기를 불어 넣었고 관람 후에 거리를 청소하는 등 시민의식도 보여주었다. 그러나 이러한 월드컵 뒤에는 또 다른 사건이 있었다. 6월 13일에 여중생 두 명이 미군의 장갑차에 치어서 사망한 것이다. 이름은 효순, 미선이었다. 미 군사 법정은 공무 중에 발생한 사건이라며 장갑차 관제병과 운전병에게 무죄를 평결했다. 그러자 종로에서 100여명이 촛불시위를 시작했다. 그리고 월드컵의 연승으로 열기가 달아오르고 있는 시점에서 북한의 도발이 있었다. 바로 연평도 부근에서 벌어진 교전이었다.

월드컵 폐막을 하루 앞둔 6월 29일 오전에 북한 해군 경비정 2척이 북방한계선을 넘어 왔고 우리 측 고속정이 접근을 저지하려 하였다. 그러자 북한 경비정이 기습 포격을 하였고 고속정은 침몰했다. 해군 장병 6명이 전사했다.

두 번째 연평해전이라는 뜻에서 제 2차 연평해전이라는 이름이 붙었다.

국방부 장관이 성명을 발표하자 북한은 신속하게 사과를 했다. 김대중의 햇볕 정책은 서해교전으로 인하여 공격받았다. 그러나 김대중은 동요하지 않고 일본에서 열리는 월드컵 결승전을 보기 위해 도쿄로 향했다. 일본 방문을 마치고 국군수도병원을 찾아가 서해교전으로 부상당한 장병들을 위로했다.

미국 대통령인 클린턴과 함께 북한의 개방을 위해 노력한 김대중이었다. 그러나 클린턴에 이어 부시가 대통령이 되자. 북한과의 관계에 찬물을 끼얹은 듯 냉각되어 가고 있었다. 김대중은 부시를 설득하기 위해 부단히도 애를 썼지만 9.11 테러 이후의 미국은 안보에 대한 두려움으로 인해서인지 북한을 경계하고 있었다.

김대중은 임기 말을 맡고 있었다. 한국통신의 민영화를 마무리하기 위한 노력을 계속 했고 전자정부를 만들려는 노력 또한 멈추지 않았다.

대통령 선거가 다가왔다. 노무현과 이회창의 여야 구도에 국민통합 21의 월드컵 성공에 힘입어 인기몰이를 하고 있는 정몽준이었다. 노무현은 정몽준과 단일화를 모색하고 있었다. 그리고 여론 조사를 통해서 단일화에 합의했다. 그러나 선거 운동 마지막 날 그러니까 투표하기 바로 전날 정몽준 후보가 노무현 후보 지지를 철회한 것이었다. 유세장에서 차기 대통령 감으로 정몽준이 아닌 다른 사람을 거명했다는 이유 때문이었다. 그러나 이것은 선거의 판도를 뒤흔들었지만 결과적으로 노무현 지지자들을 결집시키는 결과를 가져와서 강력한 대통령 당선 유력자였던 이회창을 밀어내고 노무현이 제 16대 대통령으로 당선되었다. 두 사람의 표 차이는 60만 표 정도였다.

노무현은 12월 23일 김대중을 만나기 위해 청와대로 찾아왔다. 김대중은 본관 현관으로 나가서 노무현을 맞이했다. 이것은 5년 전 김영삼이 김대중을 기다리던 것과 같은 모습이었다. 오찬장에서 함께 축배를 들었고 노무현은 햇볕정책을 지지하겠다는 다짐을 했다.

2003년 새해가 되어 김대중은 동교동계를 해체하겠다는 선언을 했다. 새로운 노무현 정권에 짐이 되지 않기 위해서였다. 그리고 아태재단도 연세대학교에 기증하기로 했다. 김우식 연세대 총장은 아태재단을 인수하여 김대중 도서관을 만들기로 했다. 북한이 핵확산금지조약에서 탈퇴를 하였다.

북한이 경경하게 대응하기 시작한 것은 미국이 제네바 합의의 핵동결 전제 조건이었던 중요 공급을 12월에 중단했기 때문이다. 북한은 벼랑 끝 전술을 선택한 것이다. 김대중은 퇴임 전에 북한 핵문제를 수습하고 싶었다. 임동원을 특사로 보내고 임성준 외교안보수석과 이종석 노무현 당선자 측 인수위원도 동행했다. 1월 27일 서해안 직항로를 이용하여 평양으로 날아갔다.

임동원은 김정일을 만나지 못했다. 부시행정부의 강경정책에 북한은 핵개발로 대응하려 하였다. 결국 북한은 수년 후에 핵을 개발하게 되었다.

임기를 열흘 앞두고 칠레와 자유무역협정을 체결했다. 그리고 대북송금 사건이 터졌다. 현대 상선이 4억 달러를 대출받아 금강산 관광의 대가로 북한에 보냈다는 주장이 나왔다. 대출에는 청와대가 개입했고 남북 정상 회담의 대가라는 주장이었다. 노무현도 검찰 수사가 불가피하다며 압박을 가해왔다. 차기 정권에 부담이 될 것이 우려되어서 김대중 정부에서 털고 가야 한다는 메시지였다.

2월 14일 김대중은 국민에게 직접 사실을 밝히는 것이 필요하다고 생각해서 방송에서 생중계로 발표를 하였다.

"최근 현대상선의 대북 송금 문제를 둘러싼 논란으로 인하여 국민 여러분께 큰 심려를 끼치게 되었습니다. 참으로 죄송하기 그지 없습니다. 저 개인으로서도 참담하고 가슴 아픈 심정일 뿐입니다.

정부는 남북 정상 회담의 추진 과정에서 이미 북한 당국과 많은 접촉이 있던 현대 측의 협조를 받았습니다. 현대는 대북 송금의 대가로 북측으로부터 철도, 전력, 통신, 관광, 개성공단 등 7개 사업권을 얻었습니다. 정부는 그것이 평화와 국가 이익에 크게 도움이 된다고 판단했기 때문에 실정법상 문제가 있음에도 불구하고 이를 수용했습니다. 그러나 이것이 공개적으로 문제가 된 이상 정부는 진상을 밝혀야 하고 모든 책임은 대통령인 제가 져야 한다고 생각합니다. 저는 여기에 대한 책임을 지겠습니다.

북한 정권은 법적으로 말하면 반국가 단체입니다. 국가보안법에 의한 엄중한 처벌의 대상입니다. 그러나 우리는 국민적 합의에 의해서 북한에 대하여 한편으로는 안보를 튼튼히 하고 한편으로는 화해 협력을 추진하고 있습니다. 이와 같은 남북 관계의 이중성과 그리고 북의 폐쇄성 때문에 남북문제에 있어서는 불가피하게 비공개로 법의 테두리 밖에서 처리할 수밖에 없는 경우가 있습니다.

이러한 점은 동서독의 협력 관계에서도 찾아볼 수 있습니다. 이번의 경우도 어떻게 하면 한반도에서 전쟁을 막고 민족이 서로 평화와 번영을 누릴 수 있을 것인가. 어떻게 하면 우리 국민이 안심하고 살면서 통일의 희망을 일구어 나아갈 수 있도록 할 것인가 하는 충정에서 행해진 것입니다.

저는 이번 사태에 대하여 책임을 지겠습니다. 다만 국민 여러분께서는 저의 평화와 국익을 위해서 한 충정을 이해해 주시기 간곡히 바라 마지않습니다. 그리고 모처럼 얻은 남북 간의 긴장 완화와 국익 발전의 기회를 훼손하지 않도록 최대한 아량으로, 관대한 아량으로 협력을 아끼지 말아 주시기를 바랍니다."

기자간담회를 가졌던 그날 금강산 육로 시범 관광이 시작되었다. 휴전선이 열리고 남한의 사람들이 북으로 넘어가는 역사적인 순간이 온 것이다.

어느덧 5년의 시간 동안 김대중의 곁을 지킨 청와대 사람들과 작별을 할 시간이 왔다. 요리를 해준 문문술 국장과 주방 사람들, 박성배 이발사, 조효정 코디네이터, 그리고 정리원들과 김대중은 일일이 작별 인사를 나눴다.

2월 24일 오전에 국립묘지를 참배하고 청와대로 돌아와 마지막 국무회의를 주재했다. 회의 전에 김대중은 퇴임 인사를 했다.

"존경하고 사랑하는 국민 여러분, 제가 대통령으로서 국민 여러분을 대하는 것이 오늘로서 마지막이 되었습니다. 삼가 작별의 인사를 드립니다. 무엇보다 지난 5년 동안 격려하고 편달해 주신 국민 여러분의 태산 같은 은혜에 머리 숙여 감사를 드립니다. 저는 제 인생 최대의 보람을 국민 여러분들에게 봉사하고 여러분과 함께 민족과 국가의 운명을 열어 가는 데 동참하는 것이라 믿고 저의 모든 것을 바쳐 살아왔습니다.

그러나 부족하고 아쉬운 점도 많았습니다. 후회스러운 점도 한두 가지가 아닙니다. 하지만 국민 여러분과 저의 정부는 지난 5년 동안 최선의 노력을 다하여 국운 융성의 큰 기틀을 잡았다고 생각합니다.

일생 동안, 특히 지난 5년 동안 저는 잠시도 쉴 새 없이 달려왔습니다. 이제 휴식이 필요합니다. 그러나 앞으로도 저의 생명이 다하는 그 날까지 민족과 국민에 대한 충성심을 간직하며 살아갈 것입니다.

국민 여러분, 노무현 대통령을 적극 지지해 주십시오. 새 정부가 추구하는 민족 간의 화해와 협력과 국민 참여 속의 개혁은 반드시 성공해야 합니다. 저는 노무현 대통령이 그 소명을 다할 것으로 믿어 의심치 않습니다.

저는 우리 민족의 장래에 큰 희망을 가지고 있습니다. 대한민국은 반드시 세계로부터 존경받는 위대한 국가로 성장할 것입니다. 우리 국민은 그러한 자격이 있습니다. 경제 대국의 꿈도 이룰 수 있을 것입니다. 남북 간의 평화적 통일도 언젠가는 실현시키고 말 것입니다.

이제 저는 국정의 현장에서 물러갑니다. 험난한 정치 생활 속에서 저로 인하여 상처 입고 마음 아파했던 분들에 대해서는 충심으로 화해와 사과의 말씀을 드리는 바입니다.

존경하고 사랑하는 국민 여러분! 우리 모두 하나같이 단결합시다. 내일의 희망을 간직하고 열심히 나아갑시다. 큰 대의를 위해 협력합시다. 감사합니다."

김대중의 초상화가 세종실 벽에 걸렸다. 역대 대통령들의 초상화가 걸려 있었다. 국민의 정부 마지막 국무 위원들과 오찬을 하고 본관 로비에서 기념사진을 찍었다. 비서실 수석 및 특별 보좌관들과 기념촬영을 하였다. 박지원, 임동원, 이기호, 최종찬, 조순용, 이재신, 현정택, 임성준, 조영달, 김상남, 박선숙, 조영재, 박금옥과 사진을 찍었다.

오후 5시에 청와대를 나왔다. 모든 직원이 도열하여 떠나가는 대통령에게 인사를 했다. 시민들도 몰려나와 연도에서 박수를 치고 태극기를 흔들었다.

동교동으로 돌아왔다. 새로 지은 집은 언론에서 아방궁으로 불렸다. 김대중 본인 생각으로는 아방궁으로 불릴만한 집은 아니라고 생각했다.

침대로 들어가 잠을 잤다. 마치 지난 5년이 꿈처럼 느껴졌다.

다음날인 2003년 2월 25일 국회의사당에서 열린 노무현 대통령 취임식에 참석했다. 김대중의 건강은 그리 좋지 않았다. 수많은 의전행사와 심리적인 압박으로 인하여 건강을 많이 해친 것이다.

3월 15일 노무현 대통령이 대북 송금 사건 특별 법안을 공포했다. 김대중의 간절한 호소에도 불구하고 벌어진 일이었다.

1억 달러를 지원하려고 한 것은 사실이었지만 그에 합당한 이익이 돌아오기 때문에 한 것이었다. 특검이 사정없이 진행되었다. 결국 이근영 금융감독위원장, 이기호 경제수석, 박지원 청와대 비서실장이 구속되었다. 재판이 진행 중일 때 현대의 정몽헌 회장이 집무실에서 투신자살하기도 했다.

미국은 3월 20일 이라크를 침공했다. 9.11 테러로 인한 불안감이 결국 전쟁을 일으키게 하였다.

김대중은 협심증 증세가 보여 세브란스에 입원했다. 심혈관 확장 수술을 받고 신장 혈액 투석을 받았다. 이것은 처음 있는 일이었다. 앞으로는 계속해서 투석을 받아야 한다고 했다. 신장 투석은 김대중을 너무나 힘들게 했다. 집에서 투석을 받았다. 투석을 한번 할 때는 4시간 이상이 소요되었다.

이 와중에 민주당이 분당되는 사태가 발생하였다. 노무현을 따르는 신주류 의원들이 새로운 당을 만들었고 노무현도 민주당을 탈당했다. 통합된 신당은 열린 우리당이라는 명칭을 사용하였다. 같은 달인 2003년 11월 3일 김대중 도서관이 문을 열었다. 각계각층에서 축하 메시지를 보내 주었다. 신동천 교수가 초대 관장을 맡았다.

가수 서태지를 김대중 도서관에서 만났다. 데뷔 때부터 김대중은 서태지를 지켜보았다. 그의 노래에는 사회 문제가 담겨 있었다. 마이클 잭슨과도 친분이 있는 김대중이었다. 그는 각계각층에 두루 인맥을 가지고 있었다.

2004년 1월 29일 김대중 내란 음모사건 재심 선거 공판에 출석하여 사형선고를 받은 지 23년 만에 무죄 선고를 받았다.

"법에 의해 신군부를 단죄했습니다. 국민과 역사는 반드시 승리한다는 것을 다시 깨달았습니다."

국회에서는 헌정 사상 처음으로 현직 대통령 탄핵 소추안을 가결시켰다. 노무현 대통령이 17대 총선을 앞두고 선거 중립을 위반했다는 이유였다.

"열린 우리당에 대한 압도적 지지를 기대한다."

한나라당과 민주당이 함께 기습 상정하여 무기명 투표로 가결시켰다.

소추 의견서를 헌법재판소에 보냈다. 김대중은 역풍이 불 것이라고 예상했었다. 아니나 다를까 국민들은 촛불시위를 하였고 국회에 대한 질타를 하기 시작했다. 결국 국회의원 선거에서 열린 우리당은 압승을 거두었다. 과반 의석을 차지한 것이었다. 민주당은 9석을 가진 군소 정당이 되었다.

2005년 2월 10일 북한이 핵무기 보유 선언을 했다. 그리고 미사일 발사 유예 조치도 철회해 버렸다.

그리고 국가 정보원이 국민의 정부에서도 불법 도청이 있었다고 발표했다. 김영삼 정권에서 요인들을 불법 도청했던 안기부 미림 팀에 불통이 튄 것이었다. 김대중은 최경환 비서를 통해서 입장을 정리해 발표 했다.

"중앙정보부, 안기부의 최대 희생자로서 도청, 정치 사찰, 공장, 미행 감시, 고문을 없애라는 지시를 역대 국정원장에게 했다. 아울러 일체의 불법적인 정보 수집을 하지 못하도록 지시했다. 당선되자마자 도청 팀을 해체하도록 했다. 또한 국정원장이 보고를 할 때에도 이를 강조했으며, 그 어떤 불법 활동도 보고받은 바 없다."

검찰은 임동원, 신건 전 국정원장에 대해 통신비밀법 위반 혐의로 사전 구속 영장을 청구했다.

김대중은 다시 비서관을 통해서 성명을 발표하였다.

"국민의 정부는 도청 팀을 구조 조정하고 도청 기구도 파괴한 정부이다. 어떻게 그런 분들에게 이런 무모한 일을 할 수 있는가."

김대중은 호흡 곤란과 탈진으로 9월 22일에 세브란스에 입원했다. 보름 후에 퇴원하여 사저로 돌아왔다.

2006년 7월 5일 북한이 미사일 6발을 차례로 발사했다. 국제 사회의 비난이 높았다. 미국은 금융제재 등으로 북한을 궁지로 몰아넣었다. 김대중은 방북을 하고 싶었으나 그러지 못했다.

2007년 10월 2일 노무현 대통령이 남북 정상회담을 위해 평양으로 떠났다. 노무현은 군사 분계선을 걸어서 넘어갔다. 티비에서는 이 장면을 생중계하고 있었다. 김정일은 기력이 없어 보였다. 남북 정상은 10.4 남북 공동성명을 했다. 서해평화특별지대를 설정하는 것은 특히 김대중의 마음에 들었다.

12월 19일 대통령선거가 열렸다. 많은 표차이로 민주당 후보가 패했다. 이명박이 당선된 것이었다.

이명박 대통령이 당선된 이후 한미 FTA 체결과 쇠고기 수입에 대해서 촛불 시위가 벌어졌다. 광우병에 대한 우려로 인하여 시민들이 촛불을 들고 일어난 것이다. 촛불 시위는 점차 거세졌다. 놀란 이명박 정부는 시청 앞에 서울광장을 봉쇄하였다.

7월 11일 금강산 관광객 중 한명이 새벽에 산책을 나갔다가 북한군의 총격으로 사망하였다. 북한은 유감을 표명했으나 현장 조사를 거부하였고 금강산 관광이 전면 중단 되었다.

미국도 대통령 선거가 치러지고, 오바마 후보가 당선되었다. 김대중은 이 흑인 대통령의 당선에 미국의 위대성을 느꼈다. 지구촌이 평화로워 질 거라고 김대중은 생각했다.

2009년 4월 24일 김대중은 고향 하의도를 방문했다. 이것이 생의 마지막 방문이 될 것이라는 생각이 들었다. 하의 3도 농민운동기념관 개관식에 참석하여 연설을 하였다. 선상에 올라가 배례를 했다. 덕봉서원을 방문했다. 이곳은 김대중이 초암선생에게 한문을 배운 곳이었다. 그리고 하의 초등학교를 방문하였다. 아이들은 밝고 건강했다. 큰 바위얼굴을 돌아다녔다. 어린 시절 넓게만 보였던 갯벌은 너무나도 작아 보였다. 어린 시절 꿈을 품고 살았던 하의도를 방문한 김대중은 지나간 날들이 영화처럼 스쳐지나갔다.

퇴임한 노무현 대통령의 비리가 줄줄이 터져 나왔다. 내외 친인척과 측근들의 비리가 이어졌고 아들도 비리 의혹을 받았다.

5월 23일 토요일 오전 노무현 대통령이 서거한 소식을 비서관을 통해 전해들은 김대중은 큰 망치로 뒤통수를 얻어맞은 듯한 충격을 받았다. 노무현은 고향 앞산에서 스스로 죽음의 길을 택했다. 검찰은 노무현의 부인, 아들, 딸, 형, 조카사위 등을 조사하였다. 수사 기밀은 언론에 새어들었고 여론은 노무현을 자살로 밀어 넣었다. 김대중의 생각에 노무현의 자살은 이명박이 강요한 것이었다. 장례위원회에서 김대중에게 조사를 부탁했다. 나이가 한참이나 어린 후임 대통령의 조사를 읽게 될 줄은 김대중은 상상도 못하였다. 그러나 그의 조사를 수락했지만 이명박 정부는 반대하였다. 그리하여 김대중은 자신이 준비한 조사를 읽을 수 없었다.

"내 몸의 반이 무너진 것 같았다."

김대중은 5월 29일 경복궁 앞에서 열린 노무현 대통령의 영결식에 참석하여 미망인이 된 권양숙 여사를 만났다. 눈물이 한없이 쏟아졌다.

정치적인 검찰은 권력에 굴종하다가 약해지면 물어뜯었다.

노무현의 문상객은 500만 명을 넘었다.

노무현이 세상을 떠나자 김대중은 더욱더 기력이 떨어졌다.

일주일에 세 번 월, 수, 금에는 신장투석을 받아야만 했다. 서재에 투석용으로 침대를 가져다 놓고 4시간 30분을 꼬박 누워 있어야 했다. 몸 안의 혈액이 모두 빠져나간 후에 기계를 거쳐서 다시 몸속으로 들어왔다. 시간이 흐를수록 점점 더 힘이 들었다.

"이것을 죽기 전까지 해야 하는구나."

투석이라는 것을 받기 시작하면 5년을 넘기기 힘들다고 한다. 그러나 김대중은 5년을 넘겼다. 아무리 그래도 투석은 너무나 힘이 든다. 정신이 몽롱하고 힘이 없었다. 시간이 지날수록 건강이 쇠약해졌다. 걷기도 힘들었다. 집안에서도 휠체어를 타게 되었다.

나이를 먹으면서 종교에 대한 생각이 더욱더 커졌다. 김대중은 마태복음 25장 40절 말씀을 좋아했다.

"내가 진실로 너희에게 이르노니 너희가 여기 내 형제 중에서 지극히 작은 자 하나에게 한 것이 곧 내게 한 것이니라."

예수는 천대받고 나약한 사람들의 편에서 싸웠다. 십자가를 지고 살다가 정치범으로 몰려서 세상을 떠났다. 김대중은 자신은 예수의 제자인 것처럼 생각되었다. 간디와 예수, 김대중은 이 두 사람의 삶에서 믿음과 영감을 받고 투사가 되었던 것이다. 모함을 받고 박해를 받을 때면 언제나 예수의 삶을 떠올렸다.

투석 장치를 끄고 싶었다. 이제는 기력이 너무도 약해져서 많은 사람을 만나지 못함이 아쉬웠다. 하지만 그 누구보다도 많은 이들을 만났고 어떠한 어려움도 헤쳐 나가는 용기가 있었다.

2009년 7월 13일 김대중은 흡인성 폐렴증세를 보여 세브란스 병원에 입원 하였다. 이명박 대통령, 김영삼 전대통령, 그리고 정치적으로 고난을 주었던 전두환 대통령이 김대중의 건강을 걱정하며 면회를 왔다. 김대중에게 가장 고통을 주었던 정치적 라이벌인 박정희의 딸인 박근혜도 김대중을 보기 위해 세브란스 병원을 찾았다. 박희태 한나라당 대표도 방문했다. 그리고 대통령선거에서 대결했던 이회창 자유선진당 총재도 김대중을 방문했다. 민주당 정세균, 창조한국당 문국현, 반기문 UN사무총장도 방문을 했다.

이것이 마치 마지막인 것을 아는 것처럼 많은 이들이 방문을 했다.

위급한 순간이 있었으나 고비를 조금씩 넘기고 있었다. 기력이 어느 정도 회복되어 창문을 열어 바람을 쐬었다. 지나간 일들을 돌아보면 참으로 기쁜 날도 많았고 힘든 날도 많았다. 그러한 모든 고통스러운 순간이 모여 자신이 되었다. 가족들은 자신의 투쟁으로 인하여 힘든 시간을 보냈다. 특하나 아내는 항상 마음고생을 하였다. 나라와 조국을 위해서 그리고 자유와 민주주의를 위해서 자신은 한목숨 바친 것이었다.

자신을 위해서 모든 것을 바친 여인 이희호는 언제나 김대중 옆에서 그를 지키고 있었다. 전두환에게 잡혀 사형을 당하기 전에도 이희호는 전두환을 만나 김대중의 생명을 살렸으며 함께 조국을 떠나 해외에서 망명생활을 함께 하기도 했다. 감옥에 갇혔을 때에는 편지를 주고받으며 외로움과 고통을 이겨낼 수 있었다. 아내는 교회에서 기도를 하며 김대중의 회복을 바라고 있었다.

인동초 같은 삶이라고 사람들은 부르고 있었다. 죽을 고비를 넘기고 다시 살아나고 꺼져가는 촛불처럼 보였지만 다시 커다란 횃불이 되고 비참한 시간을 보냈지만 다시 살아나서 영광을 얻고 납치가 되어 절체절명의 순간이 왔지만, 이를 이겨내고 민주주의를 이 땅에 가지고 왔다.

어머니는 자신을 위해 모든 것을 희생하셨다. 저 멀리 떨어진 조그마한 섬에서 대통령이 되고 노벨상을 타기까지, 모든 것은 어머니의 희생 때문이었다.

김대중은 지난 자신의 삶이 주마등처럼 스쳐 지나감을 느꼈다.

침대에 누웠다. 호흡이 가빠졌다. 가족들이 김대중의 침대 주위로 몰려왔다.

아들들의 모습이 눈에 들어 왔다. 아주 어릴 적 세상을 떠난 딸의 얼굴도 떠올랐다. 사람은 한 번 태어나면 가는 것이었다. 호흡이 조금씩 가빠졌다.

이제는 고난과 영광을 준 이 세상을 떠나서 어머니가 있는 하늘로 올라갈 때가 된 것이다.

김대중의 호흡은 서서히 멈춰갔고 아내를 잡고 있는 손에서 힘이 빠졌다. 가족들은 눈물을 흘리기 시작했다. 김대중은 세상을 떠났다.

2009년 8월 18일의 일이다.

인동초 김대중

| 박병두 다큐소설 |

초 판 1쇄 발행일 · 2016년 04월 04일
개정판 1쇄 발행일 · 2024년 10월 25일

지은이 | 박병두
펴낸이 | 노정자
펴낸곳 | 도서출판 고요아침
편 집 | 정숙희, 김남규

출판 등록 2002년 8월 1일 제 1-3094호
03678 서울시 서대문구 증가로 29길 12-27 102호
전화 | 302-3194~5
팩스 | 302-3198
E-mail | goyoachim@hanmail.net
홈페이지 | www.goyoachim.com

ISBN 978-89-6039-789-7(03810)

*이 책은 해남군의 지원금을 받아 출간되었습니다.

*책 가격은 뒤표지에 표시되어 있습니다.
*지은이와 협의에 의해 인지는 생략합니다.
*잘못된 책은 교환해 드립니다.

ⓒ 박병두, 2024